新潮文庫

リセット

北村　薫著

リセット

第一部

第一章

1

星です。わたしの最初の記憶は、流れる星なのです。

夕暮れ時、お線香を点《つ》けたことがあります。先を蠟燭《ろうそく》に近づけ、小さな炎となるのを待つ。やがて振って火を鎮《しず》める。炎が消えると、入れ替わりに、お香の薫《かお》りが立ちます。橙色《だいだいいろ》の点になった端が、手の動きに連れ薄闇《うすやみ》の中で、すっ、すっ、と流れました。

あ、これだ……と思いました。こういう光の動きを見たのだ、と。

隣の座布団《ざぶとん》に座っていた父に、

「――ね、こんな風にお星様が流れたんだよね」

と、同意を求めたことを覚えています。それが、父とわたしの共通の記憶だったからです。毛布にくるまれたわたしは、父の大きな手で抱かれ、空に引かれる何本もの線を見つめていたのです。

「いいから、早く、南無南無《なむなむ》しなさい」

父は、そういいました。それも、お線香を持ったままでいるのが不謹慎だからです。仏間から、ちゃぶ台に戻ってしまうと、母に、

「真澄《ますみ》は、あのことをよく覚えているよ」

と、自慢げにいいました。わたしは五つか、六つ。その頃でも、もう思い出話でした。二人のやり取りを聞くうちに分かったのですが、母の方は流星を見せることに乗り気ではなかったのです。

――まだ小さ過ぎますよ。夜中に揺さぶったって、目を覚ますものですか。そりゃあよく寝るんですから。第一、まだ右も左も分からないんですもの。何も覚えちゃいませんよ。

――でも、お前、《三つ子の魂百まで》というだろう。

――そりゃあ、少しばかり意味が違うんじゃございませんか。そんなことなすって風邪でもひかせたら、どうします。

――この子は、利口なんだから、きっと覚えているよ。これが、四、五年に一度のことなら、無理はいわない。三十何年に一度だそうだ。

——三十何年なら大丈夫、この子は、また見られますよ。

——そりゃあそうだが、果たして僕はどうかな。

——まあ、縁起でもない。

——真面目《まじめ》にいってるんだよ。人生五十年とすれば、危ないもんじゃないか。僕は、お前や、まあちゃんと一緒に、こいつを見ておきたいんだ。

ラジオ劇風に再現するなら、こんな会話が交わされたようです。結局、母も一緒に起きていて、夜食を作ったそうです。室内用の文化竈《かまど》で火を起こし、うどんに具を色々入れて煮込んだようです。その頃はまだ、燃料も食べ物も豊富だったのです。椎茸《しいたけ》や鶏が入り、だしのよくきいた汁からほかほかと湯気がたつ——考えただけで、おいしそうな匂《にお》いが漂って来るようです。

父はいいます。

「雲が一面にかかっていたからね、見えないかと心配したよ」

わたしに忘れさせないためでしょう、その翌日から、流星見物の話を聞かせたようです。

——となると、本当の記憶なのかという疑問もわきます。後から作られたものではないか。『グリム童話』の場面が《絵》として浮かぶように、聞かされた情景が《見える》のではないか。

金の尾を引く星の残像は、あまりにも鮮やかです。確かにわたし自身の記憶だと思います。ただ、わたしには、星が見える前に嵐《あらし》があったように思える。——それは、父の話のせいでしょう。

家が巨人の手のひらで揉《も》まれるように揺れ、雨戸が絶え間無く音を立てる。寂しげな蠟燭の光が、部屋の中央だけを照らしている。恐怖に満ちた時間の後に、いつしか静寂が訪れ、開かれた窓の外に、数条の星が流れるのです。

「あの前に台風が来たんだよ。とんでもない大嵐だった」

父は、《六甲《ろつこう》ハミガキ》という会社に勤めていました。本店は神戸、支店が横浜にありました。その横浜店にいて、保土ケ谷《ほどがや》というところに、大きな家を借りていました。もっとも、過ごしたのが子供の頃ですから、何でも大きく見えたのかも知れません。

仕事の関係で、よく東京と横浜を行き来していたようです。大嵐の時も、虎ノ門《とらのもん》の方に出掛けていました。——本当は、もっと色々なところに行ったのかも知れませんが、子供心には、南方にでもありそうな《虎ノ門》という地名が印象深かったのです。

「凄《すご》い雨と風でね、踏ん張らないと吹き飛ばされてしまう。道路の上が水で一杯だ。大きな通りに出るほど風がひどい。一面に水煙が白く立って、それがうねる。うねって押し寄せて来る。息が出来なくなって自然と口を開いてしまう。すると、雨が口の中に叩《たた》き込まれる。真空の中にいるように苦しくなって来る。そんな中に、組み木をした出来かかりのビルジングが立っていた。新橋のプラットホームは、まるで船だ。暴風雨の中の甲板のようで、上がれやしない。汽車は出ないが、横須賀《よこすか》線は動くというので、階段の下で待った。

　帰りも大変だった。車は、まったく捕まらない。

　列車も止まり止まり、やっとのことで保土ケ谷に着いた。町は真っ暗で、見渡す限り、満々たる泥水。四つ角に来ると、自動車が一台来る。かけあってみようかと思ったが、それが針金を引っ張っている。こちらの膝《ひざ》に当たりそうで危ない。何と看板を引きずっているんだ。とても駄目だ」

　父は、大型台風にあった経験をこんな風に話したものです。

「空が絶えず唸《うな》っている。停電で闇なのだが、辺りは水の光で、ぼうっと明るくなっている。ドイツ映画にありそうな眺めだった。剝《は》がれそうな看板やトタンは他にもあり、頭の上でばったばったと揺れている。ひょっと釘《くぎ》が抜けて、飛んで来て首にでも当たったら、もうおしまいだろう。東京の新聞には後で風速が三十何メートルと書かれたが、こちらの方では四十七メートル出たそうだ。家の玄関に着いた時には、《やれやれ助かった》と思ったよ。蠟燭の火を頼りに足を洗い、顔を洗い、シャツを取り替え、ようやくさっぱりした」

　父は、そこでにこりとして、

「お母さんが、あんまりたいしたことと思っていないので、癪《しゃく》にさわったね」

母は、大きな目をおかしそうに瞬《またた》かせます。その辺りから、両親のやり取りになります。父は、翌日も朝から東京に出掛けました。六郷の橋というところから河原のゴルフ場を見たそうです。すっかり水に浸《つ》かっていたといいます。若い職工さんらしい人が、それを見ながら《ブルジョアジー、ざまを見ろ》といったそうです。

わたしは、その言葉が分からなかったので、

「《ブルジョアジー》って何？」

と、聞きました。

「まあ、お金持ちっていうことだね」

「お金持ちでないと、大変なの？」

「ああ。——もう、お前ぐらいから、物売りしている子はいるからね」

自分には、まだそんなことは出来ないと思いました。

「うちは、お金持ちなの」

父は、にこりとして、いいました。

「貧乏じゃあない方だよ」

そう聞いて、安心はしました。でも、一方で、落ち着かない気持ちにもなりました。

それは、こちらの大金持ちのお嬢様達の中の特別な人、例えば弥生原《やよいはら》の優子《ゆうこ》さんなど

が、時に口にする皮肉な、

――某侯爵《こうしゃく》のお坊ちゃんがいってたそうよ。いつかは、革命が起こって僕達は絞首刑《こうしゅけい》だって。わたしはギロチンがいいな。

といった言葉を、耳にする時に起こるものです。ギロチンが怖いというわけではないのです。いいえ、勿論《もちろん》、怖いのですけれど、ただ《死》ということに関していうなら、わたし達には、もう二十歳《はたち》まで生きようという未練はない。むしろ、生から死を、こちらの座敷から隣の座敷に移ることとぐらいに思う、そういう気持ちがなければ、空《むな》しさに食い尽くされて、今という一瞬を生きることも出来なくなると思います。

そうではなくて、人と人の対立自体が、――スポーツの試合ではなく、本気で人間が対立し得るということが怖いのです。憎しみという感情が怖いのです。

父は、わたしの心の曇りを見抜いたように、すぐに言葉を継ぎました。

「その後も空はぐずついてね、見られるかどうか、やきもきしたものだよ。あの――」

わたしは、すかさず、

「獅子座《しし》の流星群を」

と続けたものです。

2

保土ケ谷には、小学三年の初めまでいました。それから、父の仕事の都合で、神戸の芦屋《あしや》に越して来たわけです。

せっかく、これから東京でオリンピックがあるのにと残念な気がしました。ところが、それどころか万国博まで延期という話でした。――後から、とうとう両方とも中止と決まってしまいましたから、いずれにしろ見られなかったのです。

それにしても、今となってみれば、オリンピックなどといっていた頃が夢のようです。幼い日々の思い出とも別れて、わたしは、西へ向かいました。先に芦屋に行っていた父も、数日前から色々な後始末を兼ねて、迎えに来てくれました。東海道線の旅は疲れたけれど物珍しく、楽しいものでした。

その途中で忘れられない体験をしました。当たり前なら、霊峰富士を見たことが一番でしょう。でも、それ以上の事件があったのです。

わたしは、まったく飽きずに、窓の外に続くパノラマを眺めていました。昔なら弥次《やじ》喜多《きた》が長い日にちをかけて旅した五十三次を、座ったままで行くのは何と贅沢《ぜいたく》なことだろうと思いました。

ところが途中から、外の眺めの前景に、まるで鉛の兵隊を、大地に突き刺して並べたように、直立不動の人の姿が見えて来ました。巡査のおじさん達です。

「何かしら？」

と聞くと、隣の母が耳に口を寄せるようにして、

「陛下が、いらっしゃるのでしょう」

たちまち、列車の中の空気が張り詰めたものに感じられました。

ちょうど列車は、見渡す限りの水田に差しかかっていました。空は大きな刷毛《はけ》で塗ったように均一に青く、雲一つありませんでした。早苗《さなえ》の世話をする姿は、はるか遠くに見えるだけです。海のように広がった水面が、わずかな風に光っていました。目前の畦《あぜ》道《みち》には、機械仕掛けで打ち出されて来るように、制服制帽の姿が次々に現れては、後ろに飛んで行きます。

堅い表情をした車掌さんが、後ろから入って来ます。そして、窓の鎧戸《よろいど》を、がたんがたんと一つ一つ下ろして来ます。向かい合って座るわたし達の間にも身を入れ、窓に手を伸ばします。鎧戸が落ち、溝に当たった瞬間の音が、拍子木でも合わせたように甲高く響きました。

車中の人々は、次々に立ち上がって行きました。男の人は帽子を取ります。父も、勿論、そうします。ふと、列車の天井中央に一列に続く電灯が、白い山高帽子を逆さに取

り付けたようだと思いました。そんな時に、そんなことを考えるとは、おかしなものです。

疾駆してやって来るものの予感が、胸を締め付けます。待つほどもなく、上りのお召し列車が、初夏の雷のごとくに轟々《ごうごう》と、前を駆け抜けました。鎧戸を洩《も》れる明かりが、一瞬、明滅します。

車中の全員が深々と礼をしました。一つ二つ数えた辺りで、列車がカーブに差しかかり、ゆらりと揺れました。皆《みな》が、よろめきながら、それをきっかけに起き直りました。元通り、陽光の溢《あふ》れた窓辺に座ると、わたしは、

「今、すぐそこを、――陛下がお通りになったのね」

と、言葉に出して確認しました。そして、一番近付かれた瞬間には、何歩離れたところにいらしたのだろうと、まるで宮中に招かれたように、どきどきしたものでした。

3

父は会社では、かなり重んじられているようでした。関東での実績もあげて、凱旋《がいせん》将軍といったところでした。もうこちらに腰を落ち着ける気で、芦屋の高台に家を買いました。眺めはよく、遠く、大阪の辺りまで見通すことが出来ます。

少し離れたところに、《六甲ハミガキ》社主の田所《たどころ》さんのお屋敷があります。来るとすぐに、お誘いがありました。わたしと同い年のお嬢さんがいらっしゃるのです。気が進まなかったのですが、父はそんな気持ちを見抜いて、

「家来になるんじゃないよ。だったら行かせるわけがない。そんな人達じゃないから、安心して行っておいで」

と、いいました。

実際、田所の八千代《やちよ》さんは、わたしを嬉《うれ》しそうに迎えてくれました。顔は四角く、男っぽいのですが、しゃべり方と下がり目に性格の出るような甘えん坊さんです。

お話をした後、外に出て、テニスの真似事《まねごと》をしました。お姉様は年が離れている。男兄弟は女子供と侮《あなど》って相手にしてくれない。お友達が来た時しか出来ないそうです。

お庭のテニスコートで、ポコンポコンと白球を打ち合っているうちに、すっかり親しくなりました。頭の上を鳶《とび》が、水の上を滑るように悠々と飛んでいました。

汗をかいた後、外のお椅子《いす》に並んでサイダーを飲みました。ストローを銜《くわ》えると、歯先で麦藁《むぎわら》が、ちょっぴり凹《へこ》みます。口に飛び込む泡が、気持ちよく頰の内側をはじきました。

その後、お部屋で、宝塚の仮装をした写真を見せてもらいました。お友達と『モンテ・クリスト伯爵』の扮装《ふんそう》をし、撮ってもらったそうです。

宝塚には、小さい頃から行かれたらしい。偶然なのですが、八千代さんと同じ名前の方が、舞台で活躍していらっしゃるそうです。お姉様達にからかわれて、最初はとても嫌だったけれど、今ではすっかり、ひいきにしているといいます。

『モンテ・クリスト伯爵』には、その春日野《かすがの》八千代さんは出ていなかったそうです。でも、とても面白かったので、お誕生会に《何かやりたいことはあるか》といわれた時、《お芝居がしたい》と答えたそうです。田所のお母様が一所懸命になり、他のお母様達もそれにつられ、本格的なものになりました。

まるで、宝塚の舞台から、そのまま降りて来たようです。その扮装で寸劇も演じたそうです。

「だって、台詞《せりふ》が分かるの？」

と、聞くと、八千代さんは、お机の上に積んであった雑誌に手を伸ばしました。『宝塚少女歌劇脚本集』です。裏に《場内特価》という赤い判が押してあります。行った時に、買って来るそうです。宇知川朝子《うじかわあさこ》、秩父晴世《ちちぶはるよ》、月野花子《つきのはなこ》、萬代峯子《よろずよみねこ》などと、美しい人達の写真が載っています。八千代さんは《二人の恋人　それは貴方《あなた》とパリー》と歌い、見て来たばかりのミュージカルコメディーの出だしを演じてくれました。

八千代さんの家のある辺りは、西洋に来たような大邸宅や、どこまで広いか分からないような庭、お城のような建物ばかりが並んでいました。話しぶりから覗《のぞ》けたのも、わたしが今までに見たことのない世界でした。

学校は私立でした。今までいたところとは、まったく違った感じですが、八千代さんのおかげで、早く溶け込むことが出来ました。

弥生原優子さんは、八千代さん達のグループの一人で、お父様は、航空機を作っている会社の技術重役です。

優子さんは、実に不思議な人でした。後になって聞いたことですが、小学部一年生の時、手を挙げて、

「わたしは、御祖父様《おじいさま》にしか会ったことがありません。御祖父様がひい御祖父様を知っていても、せいぜい五、六代前のことしか分からないのに、どうして天皇陛下は万世一系だと分かるのですか」

と、質問したそうです。

この学校で、しかも一年生の女の子だったからか、別に怒られもしなかったそうです。ただ、その夜、工学博士弥生原優作――その道では、相当、有名な人だということです――氏の許《もと》に、担任の先生が訪れ、話し込まれたということです。一番、困ったのは皆の前で、そんなことをいわれてしまった先生なのでしょう。

そういった方々との出会いもさることながら、関西の地に来て、衝撃的だった事件があります。

阪神大水害の年でしたから、他の記憶は全《すべ》て消えてもおかしくないのです。でも、わたしの頭に、あの大災害以上に強く残っているのが、新聞で見た鉄道事故なのです。

《山陽本線　二重転覆》と出ていました。

「岡山の和気《わけ》って、和気清麻呂《わけのきよまろ》に関係あるのかな」

そこが、事故の現場です。父は、

「ああ、和気一族ゆかりの地だな」

忠臣清麻呂は歴史上の有名人物で、十円札になっている。日本人なら、誰でも知っています。でも、この事件の方は関西の新聞でなければ、大きく取り上げなかったのかも知れません。保土ケ谷にいたら、気づかなかったでしょう。

明け方に、下関発京都行き十一両の列車が脱線転覆。そこに反対側から、下りの十二両編成が突っ込んだのです。亡《な》くなられた方は二十人を越し、百人を越す負傷者が出ました。

関西では、その後も、鉄道事故が続きました。西成《にしなり》線の炎上のような、歴史に残る大惨事もありました。でも、わたしには、この二重転覆の印象の方が強いのです。

突っ込まれた列車のせいでした。修学旅行の小学生が乗っていたのです。新聞には、土砂に埋もれていて掘り出された子供の、生々しい手記などが、何日も載っていました。

この頃には、まだ、修学旅行が制限されていなかったのです。そしてまた、昨日元気だった人が、今朝には死んで行くようなことが、普通ではなかったのです。

大陸の戦争のことは知っていました。でも、聖戦は遠くで行われるもので、死は、特に子供とは関係のないものだと思っていました。早く、こんな時局になっていれば、あの子達も車中にはいなかったことになります。

上級とはいえ、自分と同じ小学生が、突然の事故に巻き込まれ、この地上から、大勢旅立って行ったのだと思うと、わたしは、いても立ってもいられないような気持ちになりました。

それも、今となっては、はるかな時の彼方《かなた》のことです。

——眠らなくてはいけないと思いながらも、何故《なぜ》か今夜は、おかしいほど目がさえてしまいます。閉じた瞼《まぶた》の裏に幻灯を映すように、十六年の思い出が、くるくると代わるがわる浮かんでは消えるのです。

そして、呪文《じゅもん》のように、あの人の言葉が、耳に響くのです。

デン・イェーダー・フリューリング・

ハット・ヌーァ・アイネン・マイ

4

あの人に初めて会ったのは、こちらに来て、夏、秋と過ぎ、お正月を迎えた時です。八千代さんにお呼ばれをして、田所のお宅にうかがいました。お誕生会の時なら、もっと人が集まるのですけれど、風邪をひかれた方もいらしたせいか、来たのは二人。わたしと、弥生原さんだけでした。

廊下を抜けて、広いお部屋に行きました。床の間には漢詩の軸がかかり、福寿草《ふくじゅそう》の鉢が置いてありました。部屋の隅に、百人一首の箱があったのは、お姉様方が、一戦交えたのでしょう。

フルーツコンポートと熱いお紅茶が、とてもおいしかった。

さて、普段やるイエス・ノオなどのゲームはさておいて、お正月にはそれらしいことをやりました。といっても、双六《すごろく》でも百人一首でもありません。『少女の友』新年号の付録で遊ぶのです。こういうものは、数カ月で味の変わる食品と同じで、旬《しゅん》がそんなに長くはありません。

この年は、中原淳一《じゅんいち》の『啄木《たくぼく》かるた』が付いていました。あの、朝顔の種のような黒い大きな瞳《ひとみ》をした少女達が、彩《いろど》り豊かに描かれています。わたしには、早くから母の

『主婦之友《しゆふのとも》』で見慣れた名前でした。《ああ、きっとあの人だ》と懐《なつ》かしく思いました。挿絵や、抱き人形や、フランス人形の作り方を眺めた記憶があります。しかし、確かめようはありません。引っ越しの時、母が実用的な付録と切り抜きだけを残し、古い雑誌を処分してしまったからです。

中原淳一だけではありません。宝塚のグラビアや記事なども載っています。《大和撫子《なでしこ》が映画俳優や少女歌劇のスターにサインをねだるのは好ましからず》といわれ、貰《もら》えなくなりましたが、禁止以前のサインをいっぱい持っているような八千代さんです。

普通は『幼年倶楽部《クラブ》』でも買うところなのに、『少女の友』絶対支持だったのです。

わたしも、その影響を受けて、この号の『少女の友』は買ってもらいました。雑誌は、付録目当てに新年号だけ買う人が大勢いました。婦人雑誌などは特にそうです。だから、珍しいことでもなかったのです。でも一度手に入れると、後も欲しくなり、お正月でもないのに、おねだりをして買ってもらった号もあります。

付録の小物の魅力だけでなく、背伸びをして、女学生の世界を覗く喜びがあったのは勿論《もちろん》でしょう。言葉の抵抗はありませんでした。それは、毎月、振り仮名付きの『主婦之友』を見ていたからでしょう。裁縫はともかく、お料理の記事は昔から好きでした。ヘレン・ケラーのことを読んだのも『主婦之友』ですし、「婿《むこ》探しをしてゐるお父様の座談会」や「女弁護士三人の座談会」などが、とても面白かったのです。だから『少女の友』に、わくわくはしても、難しいという印象はありませんでした。『かるた』は遊ぶのが勿体《もったい》なくて、ただ並べて眺めていることが多かったのです。八千代さんは違います。

「いいんよ、こっちは使う方やから」

と、いいます。要するに、気に入った付録がある時は、取っておくのと、遊ぶのと二冊分、買うらしいのです。

「本はどうするん」

「藤《ふじ》やにあげるの」

何人もいるねえやさんのうち、女の子がいる人に渡すのです。勿論、その子供は『少女の友』にしろ『少女倶楽部』にしろ、買ってはもらえない。だから、八千代さんは、善いことをしていると信じています。

でも、それは、善くも悪くも思えました。確かに、まれに宝物を貰えるのは嬉しいことでしょう。手に入らないよりは、入る方がいい。しかし、それは、おいしいところをすでに食べられた料理です。お藤さんの子供は、その度に《欠落》を貰うことになるのです。

そんなことを考えずにいられる八千代さんは、やっぱりお姫様なんだと思いました。そういうわたしの心も、絵札が畳の上に撒《ま》かれると、もう楽しさでいっぱいになってしまいました。

それぞれに美しい洋服和服を着た少女達が、うっすらと頰を染めて散らばっています。そこに歌の第四句が、ひらがなで《おもひでのやま》とか《きしべめにみゆ》などと書かれているのです。裏返せば、百人一首の取り札のように下の句が《おもひでのやまおもひでのかは》と三列に並んでいます。でも、やはり、絵のある方で遊びたくなります。読み札は漢字混じりですが、全部、振り仮名が振ってあるから不自由はしません。今から思えば、啄木の歌の意味など、本当には分かっていなかったのですが、それは百人一首でも同じことです。

最初にわたしが読み上げました。三行書きになっています。

「《わかれ来《き》てふと瞬《またゝ》けば

ゆくりなく

つめたきものゝ頰《ほゝ》をつたへり》」

こんな具合です。女の子の手に合わせてか、普通のかるたより横幅が狭く、細身になっていて、そこがまたハイカラでした。

読み上げの抑揚は百人一首と同じになります。ただ、あちらとは違って、慣れない歌ばかりです。出だしだけ耳にして、取るわけには行きません。それなのに、弥生原の優子さんは、素早く手を伸ばすのです。

わたしは、それまで優子さんと、あまり親しく会話を交わしたことがありませんでした。人見知りする方でしたから、先に話しかけてくれない優子さんには近付きにくかったのです。実は、向こうも同じだったようです。

優子さんには、最初、物静かな印象がありました。その人の手が、案外、俊敏に動くのに驚きました。八千代さんの、暖かそうなレンガ色のビロードの袖《そで》が、札の上で迷って揺れていました。

一回、終わると八千代さんは、ご挨拶《あいさつ》代わりにいいました。

「まあ、憎らしい」

本音はさほど口惜《くや》しそうではありません。遊びは遊び、と思う人なのです。主人役らしく、白地に群青《ぐんじょう》で四季山水の描かれた火鉢に、大きな炭を足しながら、言葉の方も付け加えました。

「――まあちゃんも入らんと面白くないよ」

「だって、かるたやったら、どっちみち誰かが読むことになるわ」

「分かった」

八千代さんは合点をし、軟球がはずむように、ぽんと立ち上がりました。

「一人、生け捕って来る」

そのまま、廊下に駆け出して行きました。スリッパも引っかけず、靴下のまま出て行きました。ちょっと間を置いてから、大きな声が聞こえて来ました。

「──修《しゅう》ちゃん、修ちゃん」

5

八千代さんが連れて来たのは、男の子でした。神戸では見慣れた、男子私立小学部の制服を着ています。照れているのか、怒ったような顔をして、入り口に突っ立っていました。制服は即《すなわ》ち正装です。お正月の挨拶に来ている親戚《しんせき》の子でしょう。

八千代さんは、抱えて来た座布団《ざぶとん》を自分の横に置くと、

「さ、お座んなさいよ」

「もう、かなわんなあ」

修一さんは、覚悟を決めたものか、とぼけたいい方をして座に着きました。

八千代さんは手で示して、紹介します。

「優子さんは、前にも会ったことがあるわよね。──まあちゃん、これ、修一。結城《ゆうき》修一」

「これってことはないやろう」

「こちら様でもないでしょう。モン・パパの妹の坊ちゃま」

つまり従兄弟《いとこ》です。

お父様の結城氏は召集されて外地にいらしたそうです。お母様とお二人、広い敷地の別棟で暮らしている。八千代さんとは同い年で、小さい頃には、お庭でチャンバラまでして、泣かしたり泣かされたりしていたらしい。

男の子と女の子ですから、だんだん、そういうこともしなくなりました。八千代さんにいわせると、《うっかりテニスなんかやって負けたら、沽券《こけん》にかかわると思ってるのよ》というわけです。だから、今まで顔を見たこともなかったのです。

「で、こちら様が、お友達の水原《みずはら》真澄さん」

修一さんも、わたしも互いに無言で、こくんと頭を下げ合っただけです。男の子と間近で話をすることなど、普通はありません。兄弟がいなければ、そうでしょう。八千代さんは、面白い玩具《おもちゃ》を見せるように、修一さんを呼んだのかも知れません。

「あのね、修ちゃんったら、断然、朗読が上手なんよ」

「馬鹿《ばか》いってら」

と、いい終わらないうちに、八千代さんは読み札を押し付けます。

「お願いいたします。イシカワ・タクボクなんだけど、――修ちゃんには難しいかしら」

「ふん」

わたし達は、畳の上に取り札を散らします。修一さんは、トランプを切るように、読み札を動かしています。

「いいわよ」

八千代さんが声をかけると、修一さんは、歌には少し堅い調子で読み上げ始めました。わたしは一応、家で読んでいますが、修一さんはぶっつけ本番。もしかしたら、《読み違えたら沽券にかかわる》と、思っているのかも知れません。

「《夜寝《よるね》ても口笛吹《くちぶえふ》きぬ
　口笛《くちぶえ》は
　十五《じふご》の我《われ》の歌《うた》にしありけり》」

終わったところで、八千代さんが『かるた』の感想を聞きました。

「どう？」

「歌は面白いよ」

八千代さんは、分かったというように大きく頷《うなず》くと、わたし達に向かって、

「修ちゃんのお母さん、詩もお書きになるのよ。雑誌に載ったことがあるんですって

――」

修一さんは、ちらりと八千代さんを横目で見ました。

大きく表情が動いたわけではありません。でも、わたしには、何だか嫌がっているよ

うに思えました。お母様のことを、ぺらぺら人にしゃべられるのが、嬉《うれ》しくないのでしょう。

八千代さんの言葉が続きそうだったので、わたしは咄嗟《とっさ》に、短く聞きました。

「絵は？」

修一さんは、にこっと笑うと、

「気持ち悪いや、触りたくないよ」

八千代さんが、ふくれます。

「まあ、随分ね」

そこへ、お藤さんが、焼き立てのマフィンと温かいカルピスを持って来てくれました。そろそろ、《砂糖が買へぬ、バタが無い。玉子が手に入らぬ、缶詰が切れた。台所はいよいよ非常時だ》などといわれ出した頃です。でも、わたし達の周りには、まだまだそんな実感はありませんでした。

修一さんは、バターっぽい香りのするマフィンを取って、顔の前に上げ、

「だって、目玉がこれぐらいあるぞ。化け物だよ」

「そこが芸術やない。——ほら、これなんか、わたしみたいでしょ？」

八千代さんは、ぱっちりとした目で宙を見上げている子の札を、取り上げました。髪はふわりとパーマをかけ、朱色のベレー帽を被《かぶ》っています。現代風なお嬢さん、といっ

た感じです。

「さあ、どうだかね」

「《かのはまなすよ》って書いてあるわ。――《はまなす》って何やったっけ」

露草色のワンピースを着た優子さんが、

「花でしょう」

「茄子《なす》のお仲間？」

「歌を見てみれば」

読み札をめくって探してみます。下の方にありました。

「《潮《しほ》かをる北《きた》の浜辺《はまべ》の
砂山《すなやま》のかの浜薔薇《はまなす》よ
今年《ことし》も咲《さ》けるや》」

八千代さんは、読んでから、

「綺麗《きれい》な花だよね、とにかく浜の薔薇《ばら》なんやから」

と、付け加えました。少し前に《ほろほろ鳥って、どんな鳥なんやろう？》と、いっていたのを思い出します。

八千代さんのお宅は皆さんフランスびいきで、レコードはミスタンゲットや『巴里《パリ》恋しや』などがいっぱいあります。そういう中に、中姉さんの『旅の夜風』が入っています。『愛染《あいぜん》かつら』という映画を観《み》、その帰りに主題歌を買っていらしたそうです。

八千代さんは、《子供には、まだ早い》と連れて行ってもらえず、レコードの《鳴いてくれるな　ほろほろ鳥よ》を聞いて、《何だろう》と思ったそうです。

お姉様方に尋ねても笑っている。《ほろほろ鳥が出て来るの》と聞いたら、なお笑っていらしたそうです。《きっと、自分たちも分からないんだよ》といっていましたが、さあ、どうでしょう。

『旅の夜風』は、色々なところで、嫌でも耳に入って来る歌です。わたしも同じように不思議でした。優子さんは、《ほろほろ鳥なら、大阪で食べられるらしい》といっていました。東洋一の食堂は、大阪にあると聞きました。さすがに、そういう街だけのことはあります。

「――優ちゃんは、どれかな」

いわれた優子さんは、逆に読み札の方を見返して、

「……これ」

そして、絵札を指します。お下げに茜色《あかねいろ》のリボンを付けた子が、わずかに俯《うつむ》き加減にしています。文字は《しうじんがゐて》。

「あ」

と、声を上げてしまいます。お正月のかるたに《囚人》というのは、まったく似合い

ません。だから、読んだ時にも、取った時にも、印象に残っていました。

優子さんは、黙って読み札を見せます。

《人《ひと》といふ人《ひと》のこゝろに
一人《ひとり》づつ囚人《しうじん》がゐて
うめくかなしさ》

優子さんを面白い人だと思ったのは、この時からです。

八千代さんは、マフィンを口に運びつつ、

「何や変なの、おめでたくないわね」

食べ終わったところで、ふと思いついたのでしょう。

「ねえ、修一って、囚人一号の略みたいやない？」

修一さんは、大人びた調子で、

「出世前の男に、そんなこというもんやないよ」

「それってモン・パパの受け売りやない。――《出世前の男に》ってさ」

「事実やろ」

どうだか、といいながら、八千代さんはマフィンを食べ終わり、

「――ねえ、まあちゃんは、どの絵に似てる？」

聞いた相手は、修一さんです。

話の流れからいって、そうなるのは分かっていました。でも、自分に向かうと思っていた矛先が、修一さんの方に行ったので、どきりとしてしまいました。意味もなく、深めの紅茶茶碗《ぢゃわん》に入った、カルピスの残りを口に運びました。熱いお湯で割られた飲み物も、もう、とろんと生ぬるくなっていました。

修一さんは、わたしのおかっぱの髪を見、右膝《ひざ》の前にあった一枚を示しました。紺鼠《こんねず》のセーラー服を着た、断髪の子の横顔です。頭上の白い、大きめの空間に、七つの平仮名が横書きされていました。

――《ことばはいまも》。

6

皆《みん》ながカルピスを飲み終えてしまうと、修一さんが、いい出しました。

「ねえ、五十銭札と虫眼鏡、持ってない？」

去年、銀貨の代わりに出た、富士に桜の五十銭です。これ一枚で、アンミツなら三杯いただける。お汁粉だと難しい。映画は映画でも、宝塚新温泉の、一銭活動なら、五十回も覗《のぞ》けることになります。宝塚ホテルのランチとなると、これが二枚でも足りません。お札仲間の末っ子で、兄さんの十円札や一円札に比べると一回り小さい。いただいたお年玉があるのか、それとも、いつでもすぐに出るものなのか、八千代さんがさらりと、いいました。

「お金はあるけど、虫眼鏡はどうやったかしら」

「じゃあ、借りて来るよ。あっちで見てたんや」

「何を見てたの」

「――隠し文字」

優子さんが、

「《ニ・ホ・ン》でしょう？」

修一さんは、ちょっとがっかりして、

「知ってるの」

「何かで聞いたけど、レンズまで使って調べてないわ」

修一さんは、元気を取り戻し、

「よし」

と、出て行きました。

何なの何なの、と、八千代さんが聞きます。優子さんが説明します。

「五十銭てね、偽札《にせさつ》が作れないように、小さな字が刷り込んであるんやって。片仮名で《ニ・ホ・ン》」

「へえ」

待つ程もなく、修一さんが、大きな虫眼鏡を持って、戻って来ます。まるで易者さんから借りて来たようです。田所の御祖父様《おじいさま》が新聞を読む時に使うものだ、といいます。重そうです。

「お札も、一緒に借りて来た。五十銭の１５０１」

「何、それ」

「お札の番号さ。ほら、赤い字で書いてあるやろ」

なるほど朱色で、その数字が打ってあります。八千代さんは、すぐにその１５０１を手に取り、《右上から富士に向かって光の射《さ》している表》に虫眼鏡を向け、ぎゅっと片目をつぶり、あちこち観察し始めます。

「……分からへんわ」

「どうや、まいったか」

「反対側かなあ」

と、《苔《こけ》のような緑色で模様と数字の書かれた裏面》を返してみます。修一さんは、偉そうに、

「まどろっこしくて、見てられへんね。特別サービス、教えてあげる。表。《桜》の辺りを見てごらん」

「ふうん」

右下の、朝日に匂《にお》う桜花にレンズを向けた八千代さんは、

「あ、これかな」

「どれ」

「《拾》の下の、花と枝の間」

「何て書いてある」

「《ソ》――じゃなくて《ン》だ。だって、《ニホン》なんでしょ」

「ご名答」

一つ見つかり、二つ見つかると後は楽です。お札と虫眼鏡は優子さんから、わたしに回って来ました。なるほど、上に刷られた菊の御紋章の、芯《しん》の丸よりもっと小さな片仮名が刷られています。数字の《五》の下に《ホ》、横に《ニ》があります。

「不思議よね、一度、分かってしまうと、後は割合くっきりと見えるもん。でも、何や、眼がちかちかして来た。――視力検査みたいや」

と、八千代さん。優子さんが、

「近くがぼやけるのは、お年寄りやないの」

「失礼やわ」

「大昔は、星の中の、どれが見えて、どれが見えないかで、視力を決めたそうよ」

「まあ、ロマンチック」

「今はオリオンが綺麗やね」

わたしは、ふと、口にしていました。

「獅子座《ししざ》の流星群って、知ってる？」

皆な、首をかしげました。

失敗したような気になりました。仕舞っておけばいいものを、人前に晒《さら》してしまったように。

でも、もう後戻りは出来ません。説明しなければなりません。

──三十数年ごとに、流れ星の群れが獅子座の方角に現れる。星は次々に尾を引いて、漆黒の空に明るい金の線を引く。まるで、黒猫が鋭い爪《つめ》で闇《やみ》を掻《か》き、その裏の光を垣間《かいま》見《み》せるようだ、と。

「それを見たん？」

「ええ」

父に抱かれて凍るような空を見た記憶について、話しました。

「幾つの時？」

「三つ」

「本当？」

優子さんが《わたし、寝ていたわ》と昨日のことのようにいいます。八千代さんは、さっき《お年寄り》といわれた言葉が頭に残っていたのでしょう。

「でも、まあちゃんは五月生まれ。わたしは十一月。まあちゃんの方が——」六、七、八、と指を折って行き、「半年、おばあちゃんだもの」

確かに、三つぐらいで、六カ月の差は大きいでしょう。

その時、修一さんが、いいました。

「三つでも四つでも、一人じゃ見られへんよ。——起こしてもらえて、よかったね」

何でもないけれど、これは素敵な言葉でした。記憶に残る最初のことを、無駄でも無意味でもないと、いわれたのです。

——そうか、よかったんだ。

修一さんは、さらに続けました。

「でもさ、今の話だと、それ、いつかまた出て来るんやろう」

わたしは、こくんと頷《うなず》きました。

「そんなら、その時に見てみようよ。どこで、何してるか分からへんけれど」

「いくつになるの、わたし達？」

「四十近いんやない」

「信じられへんわね。そんな年になるなんて。もう、——皆な、子供がいるのね」

八千代さんがいうと、妙にませて聞こえます。修一さんは、畳に置いてあった五十銭札を拾い上げました。

「これ、その頃、どこに行ってるんやろう」

「もう、ぼろぼろになって退役してるでしょう」

優子さんが、いいました。

「溶かされてパルプになって、また別のお札になってるわ」

――そこから思い出は、三冊の本に繋《つな》がって行きます。八千代さん、優子さん、修一さんから手渡された三冊の本です。

7

次の年のお正月には、また修一さんに会えるのではないかという思いが、わずかながら、ありました。記憶の最初の一瞬を《よかった》といってもらったことが、やはり心に残っていたのです。

『少女の友』一月号の表紙は、去年と同じように、梅の花を散らした振袖《ふりそで》の女の子でした。でも、付録はかるたではなく、『ランド・ゲーム』でした。読み上げ役はいりません。お友達も、前の年より多かったので、修一さんが呼ばれることはありませんでした。

八千代さんは札を手に広げ、《へへへ呑気《のんき》だね　フフフ呑気だね　ハハハ呑気に暮らしましょう》と歌い、上機嫌でした。宝塚のミュージックショウの歌です。

さて、『ランド・ゲーム』は一種の家族合わせです。札が、世界十カ国分あります。父母兄姉などの代わりに、それぞれの国の少女、国旗、国花や、代表的女性、《友情》という意味の言葉などが揃っています。

フランスなら、袖のふっくらした朝焼け色のドレスを着た女の子、三色旗、ジャンヌ・ダークに白百合《しらゆり》。そして、《アミチエ》と書かれたカード。

ドイツなら、質朴そうなチェックの普段着の女の子、鉤《かぎ》十字、マリア・テレサに紫の矢車菊。そして、《フロイントシャフト》。

『啄木《たくぼく》かるた』と同じように細身の札で、絵は勿論《もちろん》、はかなげにやさしい中原淳一《じゅんいち》です。どの国の少女も、か弱い手足をして、小声で《友情》とつぶやいているようでした。

欧州では、ついに英仏が、ドイツに宣戦布告していました。明けて新春、『少女の友』は、こういう付録を付けました。今、思えば別の国の出来事のようです。夏のパリ陥落の頃には、中原淳一の絵は禁止になってしまいました。だから、余計、印象が強いのかも知れません。

さて、お正月のお休みも終わって、しばらくして、学校で八千代さんに、

「渡すもんがあるから来て」

と、いわれました。

何かと思いましたら、すぐに済むというので、帰りに寄ってみると、じらすように、応接間でレコードを聞かせてくれました。うちにも蓄音機はありますが、八千代さんのお宅のは何百円もするチニーです。それで、『あの人はどこに』という曲をかけてくれました。

フランス語です。

「おかしいんよ、これ。《嘘《うそ》でー、嘘でー》って聞こえるんよ」

確かに、繰り返しのところがそう聞こえます。八千代さんは、転げて笑っています。

それから、高い声の別のレコードをかけ、

「ダニエル・ダリューって、色っぽいわねえ」

などと、生意気をいっています。

「ねえ、渡すものって何やの」

たまりかねて、そういうと、やっと、

「それがね、わたしからやないの。うちの《修三《しゅうぞう》さま》からなの」

修一さんのことです。

その頃、皆なに人気があったのが、由利聖子の『チビ君物語』です。元は『少女の流行《はや》りました。これで読んだカルピスのイチゴ・ジュース割りも、一時、流行《はや》りました。主人公の女の子《チビ君》もさることながら、お坊ちゃんの《修三さま》が、ものの分かったいい人で、素敵だったのです。八千代さんは《修ちゃんと一字違いだね》といっていました。その《修三さま》。

「――え？」

思いがけない言葉でした。

「まあちゃんに本を貸したいんやって」

「わたしに？」

「それがね、もの凄《すご》いのよ、――愛の本やの」

小学生がそんなことをするなんて、信じられないことです。修一さんは、不良だったのでしょうか。

八千代さんは、わたしの驚きを楽しみながら、紙袋に入った本を、秘密めかして渡しました。

誰かに見られているようで、家への坂道に来るまで、袋を開けられませんでした。石段を上ったところでランドセルをがたんと上に揺すり上げ、その拍子に後ろを振り返り、人気のないのを確かめました。眼下に冬の神戸の街並みが広がっています。

右手の手袋を取り、開けてみました。堅い紙がカサカサと枯れ葉の擦れるような音を立てました。そっと中を覗《のぞ》いてみます。小さめの本で、『愛の一家』という表題が読めました。サッペル女史著、宮原晃一郎《こういちろう》訳としてある。

どうも八千代さんにからかわれたようで、いかがわしい本ではなさそうです。わざわざ、玄関の戸を閉め、《ただいま》と中に入ります。

「八千代さんに、本、借りたん」

と、いわなくてもいい断りをいってしまいます。

ねえやの良やさんと並んで、台所にいた母は、

「あらそう」

とだけいいました。

鍋《なべ》が、コトコトと音を立てていました。ガスの火が温かそうでした。《お勉強してなさい》といわれたので、父の書斎に行き、その机の上に、借りた本を広げました。

児童向けの小説でした。目次を見て、すぐに貸してくれたわけが分かりました。三章に《獅子宮流星群》としてあったのです。

南ドイツのある町に住む、ペフリングという音楽の先生一家のお話でした。両親と七人の子供達で暮らしています。学校で使うものにも満足にお金を出せないけれど、それでも一家は、お互いを愛し、音楽を愛し、楽しい毎日を送っています。ある日、兵隊さんが来て話します。《僕は昨夜営門の歩哨《ほしょう》に立ったのだ》。静まり返った、暗い晩の話で

す。

わたしは、雑記帳を持って来て、その場面を書き写しました。父の硝子《ガラス》ペンとインクを借りて、一字一字、書いて行きました。

僕の後ろには、長い黒い営所の塀が、薄気味悪くおつ立つてゐる。ところが、夜中になると風が凪《な》いで、空も明るくなつて来た。上を向いて見ると、段々星の数が増していつて、その中の一つが、空の半分を、弓なりに飛んだ。と見てゐる中に、又一つ、又二つ、俄《にわ》かに飛んで消えちまふんだ。それから、どんどん星が飛んで、僕はまるで、煙火が上がるのを見てゐるやうだつた。

ペンは、紙の上で、仕事をする時の快い音をたてます。

僕はすつかり厳粛な気持ちになつて――これは仲間に話すことではない。僕が嘘を言つてゐると思はれるに相違ないから――と思つた。

ところが、夜間行軍をしていた一隊が帰り、彼らも見たといいます。隊長が話します。《それは獅子宮流星群といふものだ》と。《年によると、この流星が、非常に多いことがある。今年は即《すなわ》ち、それだ》。

　ペフリング家の男の子達は、真夜中、家を抜け出し、流星を見に行きます。子供なら誰もが眠りの湖に沈んでいる時刻、空を見つめる瞳《ひとみ》があります。

「御覧、あれ御覧——」この時オットーが東の空をさして叫んだ。明るく、白く、光る星が、蒼空に大きな弓形を描いて、しゅつと飛んだ。

8

『愛の一家』は、心温まる本でした。おそらく、名作という評判を、修一さんのお母さんが聞いたのでしょう。そして、買ってくれた。修一さんは、作品の中に流れる星に驚いた。

　こういうことでしょう。

　わたしには、これは、ただの本を超えた存在でした。

　サッペル女史自身も、獅子座《ししざ》の流星群を見たに違いありません。わたしの時より前の、日本の歴史でいえば、日清日露の戦いの頃です。

　ドイツの空に、それを見た人の本を、今、わたしが読む。朝はまた朝に繋《つな》がり、一月は一月に繋がり、流星群はまた夜空に明るい線を描く。時の流れの、繰り返しの不思議さを感じました。

数日経《た》って、八千代さんに本を返しました。御礼を書いて添えたかったのですが、女の子から男の子に手紙を渡すのは、いけないことのように思えました。形の残るものは迷惑でしょう。ただ八千代さんに、ありがとうとお伝え下さい、と頼みました。

これが、一冊目の本。借りて返せた『愛の一家』です。

——後の二冊は、それぞれ違った理由から、返せなくなりました。

第二章

1

東京のオリンピックは、残念ながら中止になりました。でも、『民族の祭典』というベルリン大会の映画がやって来たので、それを観《み》ることが出来ました。

以前は保護者と一緒なら、どんな映画にでも行けたのですが、もう、文部省指定か文化映画、ニュース以外は禁止になっていました。監督が女性だというので、びっくりし、また、誇らしい気持ちにもなったものです。

裸の男の人が、聖火を持って走ったり、やり投げをする場面がありました。ちょっと見ると、何も着ていないようです。八千代さんが、

「あれって、どれぐらい裸なのかしら」

と、気にしていました。

ヒットラー総統の姿も、何回か映りました。ドイツでは、パン屋さんでパンを買う時も、花屋さんで花を買う時も、《ハイル・ヒットラー》というそうです。

連れて行ってくださったのは、田所のおうちの方です。付き添いの大人がいるので、とがめられる心配はありません。帰りにデパートを覗《のぞ》いた後、食堂でアイスクリームを御馳走《ごちそう》になりました。お米を節約するために、うどんやそばを使った代用食献立が並ぶようになる、ほんの少し前です。優子さんも一緒でした。

涼しげに盛られたクリームには、濡《ぬ》れたように赤い桜ん坊が寄り添っていました。指に軽い、薄い金属の匙《さじ》を、クリームに入れた八千代さんが、

「アイン、ツヴァイ、ドライ！」

といって口に運びました。

八千代さんは、英語の他に、小学校に上がってからフランス語を習っていた筈《はず》です。でも、『民族の祭典』の後だったから、お兄様にでも聞いた言葉を使ってみたのでしょう。

優子さんは、ちょっとお行儀悪く、頬杖《ほおづえ》をついてよそを向いていました。その手をはずすと、八千代さんの顔をまじまじと見ました。そして眉《まゆ》を寄せるようにして真剣に、こう、いいました。

「ドイツ語にはね、一二三の数え方って他にもあるんよ」

「そうなん？」

優子さんは、こくんと頷《うなず》き、

「――イヒト、ニヒト、ミヒト」

八千代さんはけげんそうな顔をし、隣にいたお兄様の方が吹き出したので、よく覚えています。

お兄様は、その時、

「日本はいずれ、アメリカと戦争することになるんや」

と、いいました。わたしは、ただ《本当かなあ》と思うだけでした。それから、防空《ぼうくう》壕《ごう》の話になり、

「あれに入っていても、結局、窒息したり、蒸し焼きになったりするそうや」

と、笑いながら、おっしゃいました。空気が吸えなくなって死ぬのは嫌です。どうせなら、空の見えるところで死にたいものです。

それから一年と経《た》たないうちに、小学校の呼び方は、入学した時とは違う国民学校になりました。そして、忘れもしない六年生の十二月八日、その予言は現実のものになりました。

朝、わたしは母の、

「真澄、大変よ」

という声で呼び起こされました。学校に着くと、初めは、この大事件を知っている子がほとんどいませんでした。

掲示板に日米開戦の報が貼《は》り出されるのを見ると、皆《みん》なの話題はもう他にありません。決意と緊張の漲《みなぎ》る中に、ハワイ爆撃成功の知らせが入り、お友達が歓声を上げて抱き合いました。わたしも、涙を見せまいと下を向いても、ぽろぽろと溢《あふ》れて来るものを止められませんでした。

家に帰ってから、母に、

「あまり感動して、気持ちが上ずっては駄目よ。肝心の勉強が疎《おろそ》かになってはいかんよ」

と、いわれました。

真珠湾攻撃の大戦果から、マレー沖におけるプリンス・オブ・ウェールズの轟沈《ごうちん》、シンガポール陥落と、新聞には大きな見出しが打ち続き、誰も彼も、長いお祭りの日を過ごしているようでした。

そういう中で、わたしは高等女学校へと進んだのです。入学式は四月九日でした。憧《あこが》れのセーラー服を着、校章をいただき、西宮に出て電車の定期券を買って来ました。

桜の早く咲いた年でした。その分、散り急いでもいました。春の空気の向こうに、六甲の山並みがいつもより霞《かす》み、あちらこちらに、刷毛《はけ》ではいたように、うっすらと花の色が見えました。

2

高女では、優子さんと同じイ組になりました。入学式後の神社参拝の時も、歓迎会の時も側《そば》にいました。おかげで今まで以上に、親しく話すようになりました。

一週間ほど経った土曜日に、親睦《しんぼく》遠足がありました。神社に行き、それから、大きなお庭のあるお屋敷に入りました。優子さんの話によれば、学校にお嬢さんが来ているか、いたか、というお宅のようです。お庭といっても、公園より広いのです。

そこで学年ごとに歌い、お弁当を食べ、お菓子を食べたり交換したりしました。口は、しゃべる方に、より多く動いていましたから、とても賑《にぎ》やかでした。

優子さんに、

「お弁当は竹の子ね」

と、聞かれ、

「大好物なの。今だと方々から来て、思う存分食べられるでしょう。——美容には良くないみたいやけど」

「あなたは、色気より食い気やね」

「おっしゃる通りです。——節米にならんで困るわ」

などと答えたものです。

——ついこの間のようでもありますが、あの頃は、食べようと思えば、ご飯がお腹《なか》一杯食べられたのです。

五年生のお姉様は、先生方と野球をなさいました。わたし達は、トランプをしたり、鬼ごっこをして遊びました。

学校まで帰って来たら、黄色い切れをつけていない白旗が立っていました。——空襲の印と聞いていたものです。

信じられませんでした。学校に着けば、後は解散ということでした。まさかと思っていると、気味の悪いサイレンが鳴り出したのです。

学校にいた方がいいという人と、急いで帰った方がいいという人がいて、うろたえてしまいました。五年生の方々が、

「一緒に帰ろう、心配せんでも大丈夫よ」

と、先に立って下さいました。《大人だなあ》と心強く思いました。

土曜はピアノの先生がいらっしゃる日でしたが、そんなことがあったので、練習にも

身が入りませんでした。これが、ドゥリットルの本土初空襲でした。神戸でも一部に爆弾が落とされ、何軒かの家が火事で焼け落ちました。

翌日の日曜も、ラジオにいきなり雑音が入ったかと思うと警報です。父が仕事で出ていたので、《乗っている列車に爆弾でも落とされたら》と思うと、気が気ではありませんでした。窓から顔を出すと、屋根に上って双眼鏡を構えている人の姿が何人か見えました。不思議な眺めでした。

そんなことを小さな陰りとしながらも、学校生活は、楽しく始まりました。五月になると警戒警報にも慣れ《帰らせてもらえるかしら》と、わいわい騒ぐようになりました。あれ以来、実際の空襲はなく、来て下さいと祈っているような子までいて、さすがにどうかと思いました。

わたしの苦手の授業は、代数と裁縫でした。優子さんに、

「頭を使うもんと、手を使うもんが不得意やのね」

と、やられてしまいました。

代数で分からないところがあると、よく優子さんに電話をかけて聞きました。電話のない子はいません。何しろ入学時の調査項目に、《家にねえやさんが何人いるか》などというのがあるぐらいでしたから。

でも、数学が出来るのは全員ではありません。そういう意味でも有り難いお友達でし

た。

裁縫は、運針がうまく行かないのです。でも授業で、面白いお話がありました。繊維から洗濯のことになり、まだお若い先生が、

「洗濯板の特徴とは何でしょう。ただの板との違いは?」

と、お聞きになりました。盥《たらい》と一緒に使う、あの洗濯板です。指された生徒が、《こんな当たり前のことをいって、いいものだろうか》と、とまどいながら、答えました。

「凸凹《でこぼこ》に、波形のギザギザが付いているところです」

先生は、《はい》と受け、質問を重ねました。

「では、そのギザギザは何のためにあるのでしょう」

わたし達は、顔を見合わせました。次に指された子は、

「こすりつけて、布の汚れを押し出すのではないでしょうか」

先生は、にっこりし、

「そう考えるのが普通でしょうね。百人一首にも《ふるさとさむくころもうつなり》という札があります。砧《きぬた》という道具で、濡らした布を叩《たた》いていたわけです。昔は洗剤がありませんでした。だから、力で汚れを押し出していたのですね。でも――」と、教室を見渡し、「それでは布地が傷《いた》んでしまいます。ことにスフなどを、ギザギザに押し付けるのは禁物です」

と、評判の悪い新しい繊維の名を挙げました。皆なが《それでは、どうして》という顔になるのを待って、先生は続けます。

「現代の我々は、こう思った方がいいでしょう。——洗濯板のギザギザは、布を縮めたり伸ばしたりして、洗剤を、よりよく揉《も》み込むためのもの。ですから、親の仇《かたき》にあったように、むきになって、洗濯物をこすりつける必要はないのです。それが科学的な考えというものです」

見たいというお客が詰め掛け、日劇を七まわり半したという満州のスター李香蘭《りこうらん》に、目元の辺りがよく似ている先生でした。この言葉を聞いた時、わたしは、上級の学校に来たという実感が湧《わ》いたのを覚えています。

誰かが手を挙げて、

「母が、スフは水に入れると弱くなって困るといっていました。どうしたらいいのでしょう」

「その通りですが、あまり神経質にならなくてもいいでしょう。手早く、穏やかに洗いましょう」

洗濯に《穏やか》という言葉が面白く聞こえました。

「——具合を見て、丈夫なものなら、温《ぬる》めの石鹼水《せっけんすい》で軽く洗います。アルカリのない新洗浄剤は、石鹼に混ぜて使うのが経済です」

先生は白墨を手に取り、黒板に、さらさらと新洗浄剤の名を列記しました。

モノゲン
キセリン
カスデン
センタクス

片仮名の並びが、リズミカルで、詩のようでした。モノゲン、キセリン、カスデン、センタクス。

五月の風が窓から入って来る、明るい午後のことでした。

帰り道、優子さんが珍しく、その日の授業のことを褒めました。

「あれはよかったね」

ぽつんと一言なので、わたしが付け足しました。

「目から鱗《うろこ》？」

優子さんは、真新しいセーラー服の似合う、きつめの顔をこちらに向けました。

「鱗。――鱗が落ちるというより、《鱗があるかも知れない》と教えてくれたん。そこが尊いんやないかな」

考えながら、ゆっくりと足を運びます。

防空訓練の時などには、木綿のもんぺになります。でも登下校には、まだ制服のスカートがはけました。

「そう？」

「第一、あの中で、自分でごしごし洗濯してる子が何人いるん」

「耳が痛いわね」

お嬢様ではないのですけれど、わたしも、家の洗濯は、つい良やさんにまかせてしまい、自分の身の回りのものだけ洗うことになりがちです。

「それに、ああ聞いたって、やっぱり洗濯板の凸凹って、ごしごしやって汚れを落とすためのものみたいな気がする」

そういわれれば、確かにそうです。どうも、わたしは右といわれれば右、左といわれれば左と思ってしまうようです。

優子さんは、続けます。

「ともかく、当たり前みたいに思ってることだって、違うかも知れないわけでしょう。そこで《本当は何やろう、本当は何やろう》と考えてしまう。それが、わたし達やない」

頷くことも出来ません。あまり、色々なことを考えないのが、わたし達のような気がします。

「だから、そういう考え方をはっきり示してもらうと、敬服いたしますね」

と、優子さんは、どこかの紳士みたいないい方をします。

「ただもう、分かり切ったことを黒板にずらずら書いてる先生もいるしね」

「また、それを、こっちが書き写してるからね」

「それは仕方がないんやないの」

「とにかく、感心せえへん先生もいる。特に、生徒に、へいこらしているの」

これは、優子さん一流の決めつけ方です。しかし、通っているのが、灘《なだ》の大きな酒屋や銀行頭取の娘、あるいは名門の御令嬢といった人達ばかりです。優子さんのいう通り、先生方の中には、丁寧過ぎて生徒に気を遣っているように見える人もいました。

わたしは、この学校の万事に丁寧な扱い、特に《自分の意見をいった時には、必ず人の意見も聞きなさい》などというところは、気に入っていました。

面白い授業は他にもありました。東京帝大を出た、中島という若い先生が、いらっしゃいました。講読の時間に文学を語られます。それを聞くのが好きでした。静かな調子で、声は糸のように続きました。度の強い眼鏡をかけ瘦《や》せた中島先生は、胸の病気があり、わたしが二年の時に学校を辞められました。亡《な》くなられたという知らせを、在学中に聞きました。

父も同じ病気になったので、印象が強いのかも知れません。それはともかく、話は元に戻ります。

優子さんとは、八千代さんのお宅でだけ会って来ました。優子さんは、集まりが終わると、すっと帰って行くのが常でした。特にきっかけもなかったので、同じ芦屋《あしや》にある弥生原《やよいはら》の家に行ったことはなかったのです。

洗濯の話をしたその日、優子さんは、わたしを家に誘ってくれました。——玉を磨くから、来ないかというのです。

3

案内されて着いたのは、思ったよりこぢんまりとしたお宅でした。でも、張り出したテラスがあり、その前は芝生になっており、屋根は赤いという洒落《しゃれ》た造りでした。芝の庭には、南洋で見る椰子《やし》に似たような木が夫婦《めおと》松のように並んで立っていました。

優子さんは、お帰りの挨拶《あいさつ》をすると、お母様にわたしを紹介しました。それから、お部屋に連れて行ってくれました。北向きだけれど、かえって落ち着く、板敷きの部屋でした。普通の家では珍しいことでしょうが、神戸のお友達は、大体、自分の部屋を持っているようです。

優子さんは、棚から硝子《ガラス》瓶を取りました。中には透明の液体が入っています。とろりとしているように見えます。

「これは何？」

優子さんは、こともなげに、

「酢酸アミール」

わたしは聞き返し、二度、答えを貰《もら》いましたが、やはりよく分かりません。理科では、まだそんなことはやっていません。

上級生のお姉様の中には、理科室の何かを使って、学校のブローチを銀色にしている方がいます。何か、そういった秘法があるのでしょうか。

優子さんは、机の上に置いてあった、薄い透明な切れ端をつまみました。

「うちにあった三角定規。縁に罅《ひび》が入っちゃったから、これを切ってね、酢酸アミールの中につけ込んで置いたのよ」

溶けてしまうらしい。

「――セルロイド？」

「そう、透き通ってないと、色がついちゃうから駄目なの。キューピーさんなんか入れたら、肌色の液になる」

わたしは、その一瞬、形の崩れて行くキューピー人形が見えるようで、気味が悪くなりました。

「これを使うと、綺麗《きれい》になるの」

「そうだっていってたよ」

お父様に聞いたそうです。分野とすれば、化学でしょう。弥生原博士は航空機の権威、つまり工学が御専門です。塗料のことだから繋《つな》がるのでしょうか。あるいは、案外、普通の知識なのかも知れません。

「――いうまでもなく、あれは本物の金ではない。ナントカで出来ているから、空気中のナントカと化合したり、酸化したりして、本来、黒ずむものなんやって」

「……分からへんわ」

「わたしにも分からへんわよ。だけど、すべからく知識なるものは、実生活に生かすべきものであって――」

「簡単にいってちょうだい」

「要するに、《理屈はともかく、こうすりゃあいい》とメモを書いてくれたのよ」

「ふーん。でも、酢酸アミールなんて、よく手に入《し》ったわね」

「そう呼ぶといかめしいけど、実はうちで使ってる染み抜きなの」

すでに、実用品でした。

「他に、いるのは」

「杯と割り箸《ばし》、筆。それから、――金粉」

優子さんは、机の引き出しを開けます。そして、魔法の粉でも扱うように、うやうやしく紙包みを取り出しました。どきどきします。五角に畳まれた袋を広げると、まばゆい光のような粉が、ひそんでいました。

「凄《すご》い。お高いんでしょう」

舶来品を見たおばさんのような口調になってしまいます。

「いいえ。――十銭」

「十銭？」

「兄が、元町に行ったついでに、薬屋さんで買って来てくれたの」

優子さんには、お兄様が二人。上の方は御長男らしく飛行機関係のお仕事に就かれ、下の方は東京の大学で、畑違いの文学をやっていらっしゃるそうです。優子さんは、この下のお兄様と仲が良く、色々なことをお話しする。春のお休みで帰っていらした時に、金粉のことを口にしたら、早速、買ってくださった。

「――でも、あんまりな値段でしょ。聞いてみたら、薬屋さんで売ってる金粉て、まこと正体は真鍮《しんちゅう》の粉なんやって」

「なーんや」

「そんなもんよ。――これ一袋で、五個も六個も塗れるって。あまるから、お宅でもやってみるといいわ」

内心、《うまくいったらね》と思ってしまいます。優子さん、ごめんなさい。もし、わたしが、こんなことをやるといい出したら、父も母も《よせよせ》というに決まっています。何しろ、物が物です。《そんなこと、商売人にまかせておけ。失敗したらどうするんだ》と、いわれるでしょう。あっさりとまかせてもらえるのが、羨《うらや》ましくもあります。これが、家風というものなのでしょう。

優子さんは、いよいよ、机の上に手拭《てぬぐい》をかけて置いてあった、それを取ります。どこの家にもある物。——国旗の竿《さお》の頭につける玉です。

普段は高いところにあるものですが、手元で見ると、思ったより大きい。玉を磨く——とは慣用句から、そういったまでです。耳に残る唱歌にも、《金剛石《こんごうせき》も、みがかずば、たまの光は　そはざらむ》とあります。しかし、こちらは、いくらこすっても撫《な》でても仕方ありません。実際には、玉に《塗る》のです。

優子さんは、薬剤師のように慎重に、用意の杯に金粉を入れ、割り箸をパチンと二つに割りました。片方の端を、酢酸アミールとセルロイドの溶液に浸《つ》け、引き上げると一滴二滴と、杯の中に落とします。

次に、もう片方の箸を取り、辛子でも練るように、金粉と液を混ぜます。この動作が根気よく繰り返されました。

ただ見ているだけでもつまらないから、わたしは、包んでいた手拭で玉を拭《ふ》いていました。その表面はもう汚れを取られ、滑らかになっていたのですが。

やがて、御伽噺《おとぎばなし》の秘薬めいた、とろりとした金色の塗料が出来上がりました。優子さんに玉を渡すと、左手で、下に伸びた脚の部分を持ちます。右手で、筆にたっぷりと黄金の塗料を含ませます。その姿は、まるで人形の首に顔を描こうとする人のようです。最初筆は、球面に向けて運ばれます。艶《つや》やかな黄金が、ぺたりぺたりと塗られます。最初は塗りむらが見えましたが、乾燥が速く、次第に玉全面が、新品のように輝き出しました。お雛《ひな》祭りの段の横に置き、雪洞《ぼんぼり》の光を当てたら似合いそうな輝きです。

「凄いわ、お見事ね」

「本当、思ったより、ずっと上手に出来たわ」

優子さんも満足そうでした。ほとんど乾いたそれを、念のため木製の鉛筆立てにさし、余った塗料で、鉛筆立ての模様に金彩を施し始めました。

4

途中まで送ってくれながら、優子さんの頭には、ふと何かが閃《ひらめ》いたようです。

「ねえ、本を読む？」

「それは読むけど――」

「貸してあげるわ。明日、持って行く」

「何の本?」

「それは、明日のお楽しみ」

少女小説だろうと思ったわたしは、

「でも、読んだ本やとつまらんわ」

優子さんは、ちょっと首を曲げ、

「読んでへんと思うわ。兄の愛読書だから」

それでは、きっと難しい大人の本でしょう。とはいっても、まさかコチコチの文学論でもなかろう――と、思いました。確かに、文学論ではありませんでした。

翌日、お教室に入ると、優子さんがすっと寄って来て、市松模様の紙袋を渡してくれました。和菓子屋さんの袋ですが、中身は昨日いっていた本だと分かりました。

わたしは、窓際《まどぎわ》の席に着くと、早速、袋の中に手を入れ、本を引き出してみました。箱の色は暗く、それだけに黄色の地に細筆で赤く書かれた題字の部分は浮き立って見えました。『江戸川乱歩全集　第六巻』。はっと思いました。その下には黒い活字の縦書きで、禍々《まがまが》しい言葉が並んでいたのです。『蜘蛛男《くもおとこ》』『鏡地獄』などと。

あわてて、さっと本を元に戻しました。優子さんは、素知らぬふりをして教科書を揃《そろ》えています。というより、実際、まったく気にならないようなのです。

間の悪いことというのはあるものです。そろそろ気の緩む頃と、学校側も思ったのでしょう。ちょうど、その日に、女学校生活最初の持ち物検査があったのです。

体育の時間は、班に分かれてバレーボールの練習をしました。

それが終わって帰ると、机の中の紙袋が消えていました。そして、黒板に数人の生徒の名が記され、《右の者は、職員室に来ること》となっていたのです。

「やられたね」

といったのは、優子さんです。名前が書かれてはいませんでしたが、一緒に職員室まで付いて来てくれました。

他の子達は、簡単な注意をされただけでした。ところが、わたし達は最後に回されてしまいました。

『少女の友』の小説にも、《地震、雷、所持品検査》と書かれ、禁制の婦人雑誌を持っていて怒られる場面がありました。こちらは婦人雑誌どころか、『蜘蛛男』。いかにも、罪が重そうです。

頬骨の張った、防毒マスクというあだ名の先生が、机の上に本を置き、

「何や、これは？」

「――はい」

「《はい》では分からん。大体、こんな本を読んで、いいと思ってんか」

隣の優子さんが答えます。

「水原さんは何も知りません。わたしが勝手に持って来て、渡したんです」

優子さんは、そう主張して、この場に残っていました。先生は、わたしを睨《にら》み、

「そうなのか？」

肯定するのは卑怯《ひきょう》に思えました。しかし、事実ではあります。小さな声で《はい》と答えました。先生は、先程の質問を優子さんに向けます。《こんな本を読んで、いいと思っているのか》と。

優子さんは、胸を張り、

「戦勝祝賀等で、国旗を掲揚することが多くなりました」

「何？」

「国旗の玉が汚れているのはいかがかと思い、昨日、水原さんと一緒に、金色の塗料を塗り、国威発揚を示す燦然《さんぜん》たる輝きを取り戻しました。帰る水原さんを送りながら、その本のことを思い出したのです」

「何だと」

先生は絶句しました。それはそうでしょう。この不気味な本と国旗の玉は、どう考えても繋《つな》がりそうにありません。ややあって、

「どうしてだ？」

優子さんは、《そんな当たり前のことをどうして聞くのだろう》という無垢《むく》な調子で、すっと答えました。

「金色だからです」

先生は、うっと息をついてから、『蜘蛛男』を手に取り、箱から引き出しました。なるほど黄金の表紙です。ただ、古い本らしく、ところどころが薄黒く変色しています。塗り直す前の玉のようです。

優子さんは、あどけなく続けました。

「お釈迦《しゃか》様が蜘蛛の糸で、地獄にいる人を助けるような童話があったかと思います。そういった話ではないんですか」

先生は、眉《まゆ》をひそめていいました。

「江戸川乱歩だぞ。――エログロだっ」

優子さんの顔は、途端にぱっと真っ赤になりました。横にいたわたしが、思わず見入ったほどの変わりようです。先生は身を引き、横に立っていた女の先生に、視線を投げました。返って来たのは、たしなめるような目です。

女学生とはいっても、冷静になってみれば、つい昨日まで小学生だった相手です。怒りの矛先は、そこで折られてしまいました。

優子さんが、弥生原博士の令嬢だったせいもあるのでしょう。お説教は終わり、次の授業が終るまで、職員室の隅で立っているようにいわれました。

5

学校の門を出た途端、今日の事件の話になりました。優子さんが、

「ごめんね、あたしのせいで怒られてしもて」

「そんなこといいんやけど、でも、本、取られてしもたね」

問題の書は没収されたまま返って来ません。怪しい『蜘蛛男』は、職員室の奥で蠢《うごめ》いているのでしょうか。

「いいのよ。どうせ兄貴だって、どこかの夜店で安く買って来たんやから」

「せっかくの愛読書なのにねえ」

被《かぶ》せるようにいうと、優子さんが笑い出します。わたしは続けて、

「――ねえ、本当に童話やと思っていたの」

優子さんは、一層高く、青空のような声で笑います。

「そんなわけないでしょ。全部、読んだわよ。ああでもいわないと、まだまだ怒るもの。男のヒスって、嫌やわね」

わたしは、驚くというより、あきれてしまいました。

「それでよく、あんなに赤くなれるねえ」

優子さんは、いいました。

「だって、心の底から恥ずかしかったんだもの。エログロっていった時の、防毒マスクの頭の中が見えるようでさ。――何て恥ずかしい人なんやろうって思たら、その照り返しで、こっちまで赤くなってしもたの」

――まだ、辺りは暗く、窓から差す光はありません。あの時、この時のことが、次々と思い出されます。

わたしは結局、『蜘蛛男』を読むことはありませんでした。でも、返せなかったこの本のおかげで、優子さんとは、一層、親しくなれたような気がします。

弥生原の家に回ると、駅へは遠回りになります。でも、心が近づいたおかげで、朝も寄り、一緒に通学するようになりました。

毎日は、明るく楽しく過ぎて行きました。宝塚に行けば、『ピノチオ』や『新かぐや姫』が観《み》られました。その舞台の輝きに、何の心配もなく浸れました。大阪に出れば、電気科学館の、プラネタリウムの空に光る星々を眺めることが出来ました。

夏休みには、アスファルトにカラコロと下駄を鳴らして、芦屋浜の水泳に向かいました。ぼちゃぼちゃと水浴びをしている人の前を、覚えた横泳ぎや蛙《かえる》で、ことさら得意げ
に行き過ぎたりしました。夏中には『六段』をあげようという勢いで、母にお琴も習い
ました。

日本が負けるかも知れない、などとは、考えることも出来ませんでした。いえ逆に、
歴史の中の輝く瞬間にいる、という高揚感がありました。あの頃には、今はないもの、
——明日がありました。

前の年、十二月まで繰り上げられた、大学の卒業が、この年は秋になりました。校長
先生が講堂朝礼のお話の中で、
「本年の早稲田《わせだ》大学、五学部卒業生中、法、文、二学部の首席は女性であった」
と、お話しになりました。声にはならぬざわめきが、風が水面を行くように、お下げ
の頭の上を渡りました。
「——法学部の渡辺さんは、お父様が判事であったが、お亡《な》くなりになられたそうです。
刑事政策を専攻され、まことに見事な論文を書かれたという。これ以上の孝行はなく、
お父様も、お喜びのことと思う。いずれにしても、一つの大学で女性の銀時計二人とは、
わが国、始まって以来のことであります。皆さんも、後に続く者として、よく勉学に励
むように」

首席のしるしは銀時計――そう思った時、頭の中に《金剛石も、みがかずば》の歌が響きました。

時計のはりの　たえまなく
めぐるがごとく、ときのまも、
光陰《ひかげ》惜みて　はげみなば、
いかなる業か　ならざらむ。

少なくとも、その日は、いつもより勉強に熱が入りました。
新聞には、授業に出た新洗浄剤どころか、代用洗剤の奨《すす》めが載り始めました。でも、米のとぎ汁や、うどんのゆで汁で洗い物をしようなどとは思いもしませんでした。まだ、お割烹《かっぽう》室から、お腹《なか》をくすぐる調理のいい匂《にお》いが流れて来ることがありました。ミルクチョコレートが、お店から姿を消したことが、大きな事件でした。同じ組の、ピアノの上手なお嬢さん達は、御影《みかげ》の公会堂で、次々と音楽会をなさいました。
防空演習、教練、模擬サイクロトン爆弾の消火見学、分隊別マラソン等々、非常時の訓練は、次から次へと行われましたが、まだ、それだけ、わたし達の周りは平穏だったのです。

秋の学級対抗試合では、八千代さんのいるロ組と戦いました。種目は、ドッチボールとハンドボールです。コックリさんで勝敗を占い、一喜一憂していると、優子さんが、

「そんな馬鹿馬鹿《ばかばか》しいことやってるひまがあるんやったら、練習しましょう」

と、いい、近くの小学校の校庭を借りて来ました。

わたしは、優子さんと一緒にハンドボールに出ました。結果は、イ組の大勝でした。八千代さんは、廊下ですれ違っても、しばらくは、つんと顔をそむけていたものです。

6

次第に寒さが忍び寄って来て、ハンドボールも霜焼けの手では、しっかりとつかめないようになりました。

神戸の阪急会館で、お母様と一緒に『ハワイ・マレー沖海戦』を観ました。海軍兵学校の訓練の厳しさ、規律の正しさには、ただただ感じ入るばかりでした。あの生徒さんに、わたし達の生活を見せたら、どう思われることでしょう。

十二月八日の大東亜戦争第二年目記念日には、式の後、控室で組の常会があり、いよ

いよ決意を堅くして行こうと決めました。形だけの決心にならぬよう、また特別な日だけの三日坊主《ぼうず》にならぬよう、気をつけたいと思いました。

年の暮れには、『愛国百人一首』の和歌が、街のあちこちに溢《あふ》れました。文学報国会の選者の方々によって選ばれた百首の歌です。札は一円。

書道の時間、短冊《たんざく》の手本にもなりました。その年、最後の講読の時間にも出て来ました。

中島先生は、這《は》い寄る冬の寒さに鉋《かんな》をかけられたように、一層、痩《や》せられました。袖《そで》口《ぐち》の大きく見える、細い腕を動かし、何首かを黒板に書き、講義して下さいました。

もう、時間も残り少なくなった時、先生は柿本人麻呂《かきのもとのひとまろ》の歌に触れました。

大君は神にしませば
　天雲の雷《いかずち》の上にいほりせるかも

「この歌は持統天皇の御代《みよ》のものとすることもあるが、さだかではない。帝《みかど》が飛鳥《あすか》雷《いかずちの》丘《おか》に仮小屋を建てられた。その時、陛下は神であらせられるから、雷の上に住まいになる——と申し上げたのです」

迷いなく《大君は神にしませば》といい切る言葉の力強さ、続く言葉の荘重な響き。

わたしは、ふと、時が発条《ぜんまい》仕掛けか何かで、急速に巻き戻されるのを感じました。西へと向かう列車で、わたしは陛下とすれ違いました。あの記憶が轟々《ごうごう》と鳴る車輪の音と共に、鮮やかに蘇《よみがえ》って来たのです。教室の席が、二人ずつ向かい合いの、東海道線の席に思えました。空は、灰色に塗り込められたような曇天でした。その薄暗さが、締め切られた鎧戸《よろいど》を連想させせました。

——陛下は、雷の上に座す、戦神《いくさがみ》であらせられる。

理屈ではなく、鳴く声から、鳥を鶯《うぐいす》と知るように、歌の響きから自然に、そう胸に落ちました。

先生は、細い声で、わたしの気持ちの動きを追うように、おっしゃいました。

「この歌こそ、天皇陛下に帰一し奉《たてまつ》る、真実純粋なる精神の表れとされています」

それから、白墨を持った手元に目をやり、ぽつぽつと付け足しました。

「……わたしは、人麻呂がこの歌を詠《よ》んだ時、陛下も、周りの方々も、微笑《ほほえ》まれたのではないかと思う」

気を付けなければ、そのまま聞き過ごす言葉でした。ただ、何かひっかかるものがありました。どこがそうなのか、うまく表せません。

そのまま、終業になりそうでした。すると、優子さんが手を挙げました。

「何か？」

先生の声を受け、優子さんは、さっと立ち上がりました。

「――つまり、この歌は洒落《しゃれ》だということですか」

蒼白《あおじろ》い先生の頬が、微《かす》かに紅潮するのが分かりました。そして、唇の端が少し上がりました。

「洒落といっては、よろしくない。ただ、《神にしませば》というのは、この頃、慣用的に使われた表現なのだね。――わざと大袈裟《おおげさ》な表現をすることによって、至誠を表したのだと思います。――となれば、歌の妙味はその後を、どう続けるのかにある。《神にしませば、雷丘に仮小屋を建てられた》。そこに表れた人麻呂の真心は、陛下にも、周りの方々にも、温かなものの染《し》み入るように伝わったことと思います」

先生の口元の動きが、優子さんに向けられた笑みだと分かりました。先生のおっしゃる《陛下の笑い》も、どこか似通った《こいつ、やりおるわい》といったものでしょう。

そこで、わたしの引っ掛かりの正体が分かりました。そう考えると、歌の《悲壮》といってもいい荘重さが消えてしまうのです。かわりに、無骨に近い、おおらかさが生まれたように思えます。色合いの変化は、驚くばかりです。

わたしのすぐ横の、沢口という瞳《ひとみ》の大きな子が、たちまち手を挙げ、指名を待たずに立ち上がりました。

のんびりしていて、時局のことなど、あまり考えないお嬢さんも多かったのです。一方で、沢口さんは、いつも眦《まなじり》を決している子でした。

「先生っ。先生は、帝《みかど》を《神》と歌うことを大袈裟とおっしゃるんですか」

目は真っすぐに、蒼白い先生を見つめ、机をつかんだ指が小さく震えていました。

「大袈裟……」

「そうおっしゃいました」

教室は、しんと静まり返りました。沢口さんは、その静寂に、かえって高ぶり、激しく付け加えました。

「――不敬ではありませんか」

先生は、しばらく間合いを置いて、

「……それほどに大きな気持ちがある。大きな思いを表すためには、最も大いなる言葉を使う必要があるということです」

沢口さんは、身を乗り出し、

「詭弁《きべん》に聞こえます。率直に、取り消されたらいかがですか」

先生は、分厚い眼鏡の縁に手をやり、位置を直しました。

「この非常時において、わたしの言葉は誤りだったと思います。取り消しましょう」

沢口さんは、なおも鋭く迫ります。

「そこでまた、どうして《非常時》という条件を、お付けになるのですか。不純な気がいたします。真理とは、時によって変わらぬものではないのですか。だからこそ、真理なのではありませんか」

実際、先生のお答えは、瓢簞鯰《ひょうたんなまず》のようにぬらりくらりとしたものに思えました。肯定にしろ否定にしろ、はっきりしてもらいたいと思いました。その時、終業の鐘がなりました。

先生は、ゆっくりと教室を見回し、それから視線を沢口さんに戻しました。その目の、不思議な穏やかさは、忘れられません。慈《いつく》しむような瞳でした。

「分かりました。無条件で取り消しましょう」

先生は、頭を下げられました。場を取り繕おうという気持ちも、勿論《もちろん》、あったでしょう。いえ、それだけだと思いました。正直にいえば、生徒にやり込められる先生に、いささか、がっかりもしました。

でも、――後から思えば、中島先生の瞳には、別なものが、あったようです。

先生はこの時、すでに御自分の病気も、生の終わりも意識しておられた。だからこそ、一途《いちず》な思いを表白する沢口さんの若い命が、愛《いと》しくてたまらなかった。それ故《ゆえ》、出て来る言葉は、あれしかなかった。

――今、間近に迫った、自分の死を感じる時、そう思えてならないのです。もはや確かなものは、一瞬に燃え上がる《純粋》しかない、と。

授業の後、余勢を駆って、沢口さんは優子さんに詰め寄りました。

「あなたが茶化したのも、不敬よ」

と、いうのです。

はたからは色々に見られますが、実は《茶化す》というのは、優子さんの心情からは、最も遠いものです。弥生原優子は本気で怒りました。

やり取りの末、優子さんは激烈な調子で《陛下のためなら、すぐにでも命を投げ出す》といいました。その形相に、沢口さんも、たじたじとなり鉾《ほこ》を収めました。

7

お正月、元町に行きました。人出はあっても、鈴蘭灯《すずらんとう》がほとんどなくなっており、寂しい感じがしました。こういう時局だから仕方のないことです。家でも、ハトロン紙に墨を塗ったもので目張りをし、夜、外に光が漏れぬようにしました。

優子さんは、帰って来たお兄様と一緒に『愛国百人一首』のラジオ放送を聞いたそうです。その時、教室でのことを話したそうです。

朗唱の途中だったのですが、お兄様は面白がって放送を切りました。そして、あれこれ教えてくださった。

『愛国百人一首』の選者のお一人には、お兄様の傾倒する学者で歌人の方がいらっしゃいます。その授業を受けたくて、東京の大学まで行かれたくらいです。ところが、別の選者のことから話された。――元陸軍少将の斎藤瀏《りゆう》氏です。

斎藤氏は、人麻呂の、

東《ひんがし》の野にかぎろひの立つ見えて
かへりみすれば月西渡《かたぶき》ぬ

に、軍隊での露営の体験を、重ねあわせているそうです。そして、人の死を越えて動く、大いなる時を見ている。

お兄様は、こうおっしゃった。

「斎藤さんはね、他にも、随分、無理なことをいっている。例えば、《敷島の大和の国に人二人ありとし思はゞ何か嗟《なげ》かむ》。この意味は勿論、《あなたが二人いると思ったら、何を嘆こう。ただ一人、あなたを恋しているのだ》となる。だが、斎藤さんは、最初見た時、《二人でいるなら、何も嘆くことはない》という意味かと思い、動かされた。だから、違うと分かった今でも、そう取りたい、という。――つまり、無茶苦茶だよ」

学問としても、ただ歌を読む者としても、お兄様は、これらの解釈を否定なさるそうです。

「しかし、是非はともかく《俺にはこう見えてしまう》ということはある。――そう考えると、時代と真理というのは難しい問題や。俺が、冷えたラムネが好きやとする。うまい――と思う。これが夏なら、一般に通用する真理だろう。ところが、底冷えのする冬なら、皆《みん》なに背を向けられてしまう。気が知れないといわれる。人麻呂の歌に露営を重ねるなどというのも、《時代》がそれを一つの説にしてしまうことはあるやろう。実際、大陸で、昨日死なず今朝の夜明けを迎えた兵士の耳に、《東の野にかぎろひの立つ見えてかへりみすれば月西渡ぬ》が、響くことはあるやろう」

ましてや、この非常時に《大君は神にしませば》の歌が、真剣に取られるのは当然だそうです。さらに、選者十二人の中で、それを強く推したのは、おそらく、お兄様が敬愛する恩師の先生だろう、とのことです。

「《傑作だ》といっていらしたからね。ただし、《誇張だ》とも、おっしゃっていたよ。それによって、傑作になっているとね」

学校は冬の休業中でした。本屋さんに行っても、これといった本は売り切れている頃でした。学校が始まってから、図書室に行き、斎藤瀏という名前を探して見ました。

『現代短歌叢書《そうしょ》』という小型の本の第八巻に、その名が、ありました。「八紘一宇《はっこういちう》」という見出しから始まり、戦場の様子から、孫を歌った《普通のおじいさんだ》と思わせるものまで並んでいました。啄木《たくぼく》のように共感出来るわけではないので、本屋さんで見ても買いはしなかったでしょう。ただ、一番最後の歌だけが奇妙に、心に残りました。

　国つひに幾つかのこる限られし地球の上に日本《にっぽん》もある

　その頃、反物がほしくて、阪急の呉服部に行きました。大阪は、さすがに神戸より繁華でした。初め、お召しを出してもらいましたが良いものがなく、数も少ないので地下鉄で大丸に行き、友禅を買いました。わたしより、母が気に入っていました。

　お腹《なか》がぺこぺこになり、先に食堂に行っていた父の後を大急ぎで追いました。父が、大丸の支那《しな》料理は割においしいといっていましたが、出て来たのは地下で売っていた烏賊《いか》を、やたらに入れたものでした。それでも空腹のせいか、おいしく食べられました。代用のご飯ではなく、パンがあったのも幸いでした。

　わたし達が席に着いた時はそうでもなかったのに、後から後から人が入って来て、最後には大混雑になりました。芋を洗うよう、とは、このことでしょう。

——こんなところに爆弾が落ちたら、どうなるのだろう。

ふと、そんなことを考えました。

8

四月の始業式の日の帰りに、婦人会の人から、紙を渡されてしまいました。もんぺをはくように、というのです。

翌日は、入学式と時間割の発表だけでした。家に帰ると、午後三時頃、通信網で《明日からもんぺ着用》と知らせて来ました。

その頃、わたし達が憧《あこが》れたのは海軍です。服の形がよく、着ている士官さん達も、皆な、素敵に見えました。嘘《うそ》か真《まこと》か知りませんが、海軍に入る条件の中に《容貌《ようぼう》、甚だ醜きは採らず》というのがある、と聞きました。その制服は、宝塚の舞台にも、よく登場したものです。

八千代さんが、小学部一年に入った頃、神戸沖で、連合艦隊の大演習と観艦式があったそうです。日本中の海軍さんが集まったので、阪神の普通のお宅が、宿屋代わりに使われたそうです。八千代さんのお宅にも、海軍さんが泊まったといいます。

「手足を伸ばして寝られて、真水のお風呂《ふろ》に入れるのが、何よりの贅沢《ぜいたく》なんですって」

そういわれると、なるほど、船の上で暮らしている人にとって貴重なのは《広さ》と《水》だと分かります。

八千代さんは、子供用の水兵服を着て海軍さんと遊びました。その時の写真も見せてもらったことがあります。海軍さんと並んで、小さい八千代さんが敬礼しています。

「陸軍の敬礼とは違うのよ。腕を横に張らないの。スマートなんよね」

大阪湾での観艦式は、威風堂々として、実に立派なものだったと、八千代さんはいいます。

「遠くの船も、近くに見えたわ。そんな感じがするの。もっと凄《すご》かったんは夜よ。あちらこちらにイルミネーションが輝いた。軍艦も電灯艦飾で大きな蛍みたいになるの。そういう船からサーチライトの光が、真っ暗な空に向かって突き出る。御伽噺《おとぎばなし》の巨人が、長い棒を振り回すみたいに、その光が宙を駆けるの」

その頃、わたしは、まだ保土《ほど》ケ谷《や》にいたわけです。

「――同じ光でも、花火大会なんかのとは、まるで違う。何ていったらいいんかなあ。――あっちは普通の生活の中にあるものなんよ。観艦式の夜の輝きは、この世のものとは思われなかったわ。――夢みたいやった」

――次第に闇《やみ》が薄くなって来ました。夜明けが近づいて来ました。今夜は何事もなく明けそうです。――この世のものとは思われないほどに、美しく、恐ろしい光なら、この数カ月の間に何度となく見て来ました。夢と現実とは、穏やかな日常の中で思うほど、遠いものではありませんでした。

父が仕事で東京に行き、帰って来た時、いかにも感服したという調子で、こんなことをいいました。

「前の席に海軍さんが座ったんだ。それが、こっちに着くまで八時間ぐらい、背筋をすっと伸ばしたままだった。姿勢を、まったく崩さない。たいしたもんだ」

五月の自習の時間、皆で校庭の築山《つきやま》に上がり、海軍の歌のお稽古《けいこ》をしました。大声で歌いました。

その日、家に帰ると、《海軍さん》の代表、山本五十六《いそろく》連合艦隊司令長官の戦死が報じられていました。肩をつかまれ、揺すぶられたような気持ちになりました。

わたし達は、峠に立って下を見たのです。

翌日に、大相撲の関取二人が、引き分けになったのはけしからんと処分されました。敢闘精神に欠けるから――だそうです。普段のわたしなら、いくら何でも的外れだ、と笑ってしまう筈《はず》です。ところが、笑えない。何か、歯車の動きが違って来ている――そう感じられてなりませんでした。

学徒の勤労動員が決まり、上級生は、夏休みの間、海辺の航空機工場に行くことになりました。前の年の二学期にも、勤労報国隊に選ばれた十二名の出勤がありました。しかし、今度は五年生のお姉様方、全員です。八千代さんが《わたし達も、飛行機を作っている。何かをしたい、という気になるのは当然です。八千代さんが《わたし達も、飛行機を作ってお役に立ちたい》と、いい出しました。優子さんに向かってです。

「ねえ、お父様に頼んでみたら」

優子さんのお父様が、技術重役をしていらっしゃる会社だからです。優子さんは、取り合いません。実際、娘がどうこういっても、動員の予定が変わるようなことはないでしょう。

その代わり、わたし達は炎天下で、馬の飼料になる草を刈ることになりました。風が動いただけで、むっとするような空気が顔に襲いかかって来ます。流れる汗と腰の痛みに、すっかり嫌気のさした八千代さんが、

「こんなことやるより、工場の方がずっといいわ」

と、溜息《ためいき》をつきました。

学校に帰ると、この夏は一面の朝顔がわたし達を迎えました。といっても、午後のことですから、花は皆《みな》、しぼんでいましたが。

どうして朝顔かといえば、薬用植物の内、輸入の途絶えたものの代用として、この花

が考えられたのです。わが校にも栽培の割り当てがあり、学び舎《や》が、時ならぬ朝顔の里となったのです。

種はわたし達も貰《もら》っていました。我が家では防空壕《ぼうくうごう》の横に植えてありました。涼しげな濃紫の花が、毎朝、開きます。

壕は父とわたしで作ったものです。思いついては、支えの竹を渡して補強したり、芝を植えて、土の崩れを防いだりしています。

八千代さんのお宅の防空壕は、随分前に作ったものでした。四方を厚く鉄筋コンクリートで固めたものです。広くて丈夫。地下の蔵といった感じで、家宝の品々も入れ、大きな錠がかかるようになっています。我が家のような防空壕では、直撃されたら一たまりもないでしょう。頼りない限りです。

この年が、物のある夏の最後だったような気がします。薄暗くなっても蟬《せみ》の声の耳につく夕方、帰って来た母が、風呂敷《ふろしき》包みを解いた時のことを覚えています。デシンの布地を手に入れて来た、といい、汗ばむ手で触らないようにと注意しました。実際、じっとしていても、じわじわと汗の浮き出す日でした。

秋の足音がして来た頃には、優子さんと元町で、錨《いかり》の浮き出たブローチを買ったりもしました。

その辺りを境に、デシンもブローチも、買えなくなりました。

レインコートや、冬のオーバーなどは毎日使うものではありませんから、元町の西尾やプリムローズで作ったものが、ずっと使えました。困ったのは靴です。鮫革《さめがわ》などというのもはきました。特別なルートを通して上海《シャンハイ》から手に入れるお友達の、素敵な運動靴が羨《うらや》ましかったものです。

ある日、父がデパートで貴重品の革靴を買って来てくれました。左右取り混ぜて置いてあったそうで、よく見ると飾りの穴の、位置と形が違います。それでも、牛革だというだけで有り難いのです。勿論《もちろん》、通学に使いました。けげんそうに足元を覗《のぞ》き込む子もいて、決まりの悪い思いもしました。

当たり前の生活の色合いは、こうして日々、朧《おぼ》ろに霞《かす》むように薄れて行きました。

九月には、三国同盟の一角、イタリアが無条件降伏してしまいました。その緊張感の中で、二十二日には重大放送があると知らされました。ラジオから流れて来たのは、東条首相の声でした。大学生などの徴兵猶予《ゆうよ》がなくなるというのです。

――《満二十歳以上の徴兵適齢学徒は十二月を目標に入隊すべし》。

最初は、潮が寄せるように、そういう時が来たか、という思いに浸されただけでした。

次に、優子さんのお兄様のことを考えました。

後から、理工並びに医科、さらに私立以外の教育系学生は、勉学を続けられると知らされました。優子さんのお兄様は、該当しません。

弥生原は理系の家なのに、なぜ文学部に進んだ——と、惜しむ人もいたようです。悪気はないのでしょうが、これほど、傷つく言葉もありません。

十月二十一日の午前八時から、東京、神宮外苑《がいえん》の競技場で、出陣学徒壮行会が開かれました。東京は前夜から、雨が降り続いたとのことでした。並んだ学生は、体の芯《しん》まで冷えたことでしょう。神戸は曇天でした。

朝、行くと、優子さんの家には、国旗が出してありました。旗は垂れていましたが、頂の金色の玉は、灰色の空の薄い光を、一点に吸ったように輝いていました。

9

翌朝の新聞には、女学生達の振る、白いハンケチのことが書かれていました。その情景が、鮮やかに目に浮かびました。時間がないので、わたしはその辺りしか読みませんでしたが、優子さんには別のことをいわれました。

「歯磨きは大丈夫？」

「——え？」

何のことか分かりませんでした。よく聞くと、父の会社のことです。その日の新聞の隅に《歯磨きは粉だけに》という記事が載っていたそうです。チューブの練り歯磨きなどは、これから作られなくなるそうです。経営は大丈夫かということでした。

そういわれると気になります。お昼休みの廊下で八千代さんの姿を見たので尋ねると、あっさり打ち消してくれました。八千代さんは、笑いながらいいました。

「歯磨きは、軍需物資よ」

大陸支店の《満州六甲牙粉公司《ヤーフェンコンス》》や《上海六甲牙粉公司》などでは、もともと生産の七割以上を、軍に納めていたそうです。今は内地でも、軍用の比率が高くなっていて、岡山の工場では、勤労動員の女学生が、《六甲ハミガキ》の袋詰めをしているといいます。

薄荷の香る工場の方が、当たり前なら居心地はいいでしょう。しかし、動員されて粉歯磨きでは、意気が揚がらない。飛行機を作る方が、やはり、お役に立っているという実感があります。

次の日曜は家にいたので、ラジオの《週間録音》を聞きました。その前の弦楽の演奏を聞きつつ待つ間、早くも、心は高ぶっていました。

やがて放送が始まりました。《観兵式行進曲》は叩《たた》きつけるように律を作り、地を踏む学徒の靴音は、わたしの家の部屋に響きました。

五万を越す参列学徒を代表しての、壮行の辞は、優子さんのお兄様が籍を置く慶応義塾の方が読まれました。答辞が終わると、嚠喨《りゅうりょう》たる喇叭《らっぱ》の響きにつれて、『海ゆかば』の大合唱が、重く、地を揺るがすように湧《わ》き起こりました。身じろぎもせずに、聞きました。今、この時に死ねといわれるなら、それはたやすいことのように思われました。

母は放送の後で、ぽつりといいました。

「……男の子がいなくて、よかった」

それが、親という立場と、子のそれとの違いかと思いました。わたしは最後まで聞きました。母は途中で切りたかったのかも知れません。

ついに長男を得ぬ嫁となった母でした。ましてや、産めよ殖やせよといわれる、この時代です。《男の子》の話題は、何となく、家の中では禁句になっていました。それを、我が口からいい出したのです。よほどの強い思いがあったのでしょう。父は黙ったまま、窓硝子《ガラス》の外の、灰を溶いたような空を、じっと見ていました。

タラワ、マキン両島の玉砕が報じられたのは、ひと月ほど後のことです。

10

「まあちゃん、ネコ、ネコ」

と、いわれたのは、十一月も終わる頃です。授業の間に体操が入ることになってから、一度も、ネコをしたことはなかったのです。でも、前の時間の英語が長引き、自然、休み時間の御用も混み、体操のレコードが高らかに鳴り出してしまいました。何人かの方があわてて上履きで飛び出すのに続き、わたしも、ちゃっかりネコを決め込んだのです。猫は上も下も履き替えないから、そういわれるのです。

そうしたら、教室に戻ったところで、

「今日、上履きのまま下りた人は申し出なさい」

という放送。ただ一度の過《あやま》ちを、ちょうどこういう日に犯すなんて、何という運命の悲惨でしょう。

この頃は、皆《みん》な、劇やら音楽会の準備やらで大忙しでした。

音楽の総練習の日、校長先生が講評で、

「軍歌が多すぎます」

と、おっしゃり、五年生の『荒城の月』独唱を、大層、お褒めになりました。この方はお母様が重体でしたが、独唱者に選ばれた責務を果たそうと、毎日、遅くまで残り、練習なさっていたそうです。

お母様がお亡《な》くなりになったため、会の当日には御欠席でした。せっかくの『荒城の月』を、歌えなかったのです。

後から思えば、総練習の日に賛辞をいただけたことで、まったくの徒労にはならなかったのです。自分のことではありませんが、校長先生に感謝したくなりました。わたし達二年は、練習していた中に英国人作曲のものがあり不許可になりました。でも、残りの歌を精一杯、歌いました。

11

博物の時間、犬のお話になりました。先生は、

「日本の秋田犬とブルドッグが闘犬をすると、初めは秋田犬が大変強くて、元気がいい。しかし、最後には辛抱強くて我慢強いブルドッグが勝つ。日本人も、秋田犬だけではいけない。熱しやすく、冷めやすいでは駄目だ。ブルドッグのように、粘り強く、最後の最後まで戦う気力を持たなければいけない」

と、おっしゃいました。

総力戦なのです。わたし達の隣組からも、学徒で出て行かれる方があり、ブラ提灯《ぢょうちん》を提げてお見送りしました。

優子さんのお兄様は、海軍航空隊を志望したそうです。陸軍より希望者の方が多いのに、無事、広島の大竹海兵団に入団することが出来ました。そこから先は成績によって

振り分けられるそうです。

——優子さんが、そういうことを話してくれたのは、暮れのお休みに入ってからです。冬枯れのせいもあるのでしょうが、洋風のお宅が、寂しくなったような気がします。優子さんの素振りに、変化はありません。それでも、一家の一員がどこかに旅立ったという感じがするのです。

優子さんは、机の引き出しから、白い薄紙に包んだものを取り出しました。しんしんと身に迫る、清潔な冷気が凝縮したような白さです。広げると中にあるのは短冊《たんざく》でした。お兄様が、残して行かれたものです。

恩師の先生が、送別にあたって自作の歌を書いて下さったのです。

万葉仮名でした。ところによっては黒糸ほどにも見える、繊細な文字が、流れるように続いていました。書き出しが《お本木三者神——》、つまり《おほきみは神——》と読めます。そこまでは、あの、人麻呂《ひとまろ》の歌と同じです。

「偶然やけど、不思議な気がしたわ」

勿論、後は違います。読み切れないところを教わると、

おほきみは神といましてかむながら
　おもほしなげくことのかしこさ

神と共にある陛下が国難に対して心を砕かれる、そのことの畏《おそ》れ多さを歌っているのだと思いました。《なげく》は《奈介九》と書かれています。《奈》と《介》の、左右に払われる上の画が、心の揺れとも斜めに流れる雨の線とも見えました。

言葉は、細長い長方形の紙の内に封じられています。短冊は、師から弟子に贈られ、兄から妹の手に預けられました。

お兄様と優子さんが、この短冊を前に、どんな話を交わしたのかは聞けませんでしたし、聞くつもりもありませんでした。それは向かい合った二人だけのやり取りであり、別の形で言葉にすれば、たちまち、一番重いものを失うに違いないと思いました。

第三章

1

電車事故も遅刻扱いとなりました。電車が遅れるのはもう常のことですから、当然です。朝は、前よりずっと早く出るようになりました。

二月一日の夜から締め付けるように冷え込み、翌朝は白いものが降っていました。初雪でした。どんな時になろうと、雪は子供の頃と同じように降る。それが、わたしの心を浮き立たせました。

去年の同じ月、神戸では珍しいほど深く、雪が積もったことを思い出します。踏んでも滑っても面白く、優子さんに、

「嬉《うれ》しがりやね」

と、いわれました。

先生がバケツに雪を取り、寒暖計を入れて温度を計って見せてくれました。外だけでなく学校の中でも雪合戦になり、歓声と共に、教室のあちこちが白くなりました。誰かが小さな雪だるまを作って机に置きました。中庭にも、渡り廊下にも、あちらこちらに雪だるまが溢《あふ》れました。

わたしは、もう一年生ではなく、今年の雪も去年に比べれば薄いのです。でも、ああいう楽しい時がまた来るようで、わくわくしました。

いつもより、マフラーをきつく巻きます。手袋は、余り毛糸で編んだものです。学校では、手袋を編むのが流行《はや》っていました。

坂道を下るのは大変でも、ちらちらと舞い降りる雪片を眺めながら歩くのは楽しいものです。不格好なもんぺも寒い朝には、かえって有り難く感じられました。

優子さんの家に着きました。門に錠は刺さるようになっていましたが、いつも手で押すとすぐに開きました。踏み石を踏んで玄関に進みました。左手の垣根にも、砂糖を振りかけたように、うっすらと雪が降りています。

戸を開けると、目の前に優子さんが座っていました。いつもはわたしの気配や挨拶《あいさつ》の声を聞いてから出て来るのに、今朝は、ずっとそこで待っていたようなのです。雪明かりが、わたしの背後からさし入りました。優子さんは、冷え冷えとした板の間に座り、闇《やみ》を背負うようにしていました。

家の中の様子がどこか変でした。雪は音を吸うように、世界を静まらせます。けれど、ここでは家の中の方が、優子さんの後ろの方が静かなのです。

優子さんの目が、下から見上げているせいか、いつもよりもっと切れ長に見えました。

優子さんの口が、開きました。

「今日は行けへんわ」

そういえば、学校に行く支度をしていません。何より、髪が長く垂れています。まだお下げが作られていません。

優子さんの手は、右に置いてあった封筒を取りました。

「これを先生に渡して」

わたしは、頷《うなず》いて手を伸ばしかけ、あわてて手袋を取りました。付いていた小さな雪のかけらがはじけ、光って散りました。

勿論《もちろん》、ただの欠席の届けでも、手袋をして受け取るのは失礼でしょう。しかし、普通のものとは思わせない雰囲気がありました。優子さんは、わたしの不審の表情に答えていいました。

「――忌引になるわ」

はっとしました。御両親のことをまず考えました。でも、続く言葉はまったく意外なものでした。

「父が、大竹に行っているの」

大竹とは、広島の大竹海兵団のことでしょう。となれば、亡《な》くなったのは、あのお兄様ということになります。優子さんの口は、そこで閉ざされました。

わたしは、口の中で曖昧《あいまい》なおくやみをいい、後ずさって玄関を出ました。外の雪は、わずかの間に、数を増していました。道路までの、小麦粉を撒《ま》いたような白の上に付いているのは、わたしのゴムのレインシューズの足跡だけでした。

お父様は朝ではなく、昨日からお出《いで》になっているのでしょう。

雪のあわただしく舞う道を、機械のように歩きながらも、わたしの頭は乱れました。海兵団にいるのは一月いっぱい。お兄様は、今月から飛行予備学生を拝命し、土浦の海軍航空隊に配属される筈《はず》でした。白手袋で腰に短剣を吊《つ》り、凜々《りり》しい士官姿になる筈でした。それがどうして――。

脱走、銃殺などという忌《い》まわしい言葉まで浮かびましたが、あまりに極端、かつ無理な想像です。やはり、基礎訓練の間に事故があったのでしょう。

何という無念なことでしょう。もとより、航空隊を目指すからには、お国に身を捧《ささ》げる覚悟は出来ていたでしょう。お兄様も、御家族もです。荒鷲《あらわし》となり、米機と一戦を交えて散るのなら本懐の筈です。――ところが、土浦にすらたどり着かない内に、命を落としてしまうのでは、何のための学徒出陣でしょう。

天は、どうしてこのようなことをなさるのか。人の運命とは何なのか。虚空《こくう》を打つような、やり切れない思いが胸に迫って来ました。

いったん止《や》んだ雪は、翌日から氷雨《ひさめ》と変わりました。

四日の仏滅の日、小暗い空の下で、弥生原《やよいはら》家の葬儀が執り行われました。学校では、縫製を中心とした、軍関係の手作業が多く回って来ました。その日も、ボタン付けがありました。放課になってから、お友達何人かと御焼香に行きました。優子さんは、祭壇の横に座って、わたし達に目礼しました。

雨の降る表に出て、別れる辻《つじ》にまで来た時、一人の子が辺りを見回し、我慢し切れなくなったようにいいました。

「弥生原さんのお兄様、殴り殺されたんやって？」

あまりに汚らしい言葉に、わたしは驚き、地を踏む足元が揺らぐようでした。疑問の形で投げ出されましたが、そこには抗議よりも、興味を引く出来事について話したいという熱情が露《あら》わでした。

不吉に寄り集まった黒い蝙蝠《こうもり》傘の上で、雨が激しく音を立てて、はじけました。中の一人が、声をひそめて、付け足しました。

「大学から来た兵隊って、いじめられるんやってね」

別の声が注釈を付け加えます。

「ひと月ぐらいで、すぐ士官になっちゃうでしょう。その前に下士官の人から、随分、ひどい目に合わされるそうよ。毎日、毎日、殴られて——」

さすがに、他の人達がたしなめました。

「めったなこと、いうもんやないわ」

「そういう噂《うわさ》こそ、利敵行為になるわよ」

傘の群れは、そこで分かれました。

わたしは地を見つめながら、家を指して歩きました。土は水を吸って柔らかく、荷車の轍《わだち》の跡が続いていました。その深いところに水が溜《た》まり、小さな運河のようになっていました。

歩きながらも、耳には、たった今、わたしを撃った言葉が響き続けていました。

そんなことがあるのでしょうか。もし、そうだとしたら《おほきみ》は、——雷《いかずち》のごとく、わたしの横をお通りになった、神聖にして無謬《むびゅう》の陛下は、御存じなのでしょうか。

御存じとすれば、お嘆きになる涙が、この雨なのでしょうか。

2

優子さんは、葬儀の翌日から、きちんと登校して来ました。寡黙《かもく》になり、目はじっと前を見据えるようになりました。以前までの学生らしさを削《そ》ぎ落とされたようでした。わずかの間に、幾度も年を重ねたように大人びて見えました。

新聞でもラジオでも勤労動員の強化が謳《うた》われていました。わたし達が、飛行機工場に行く日も迫って来たのです。

それはむしろ、学校で防空演習や教練、そして作業に日を送るより、歓迎すべきことに思えました。半年前の八千代さんではありませんが、何か、はっきりした行動をしなければ、いたたまれない気分でした。

一方で、そんな時局だからこそ、労働とは反対のものの存在は必要だし、有り難いものでした。少女歌劇の雪組公演が、二月の末から始まったのです。田所のお宅は宝塚びいきですから、見逃すことはありません。

「白薔薇《しろばら》の君が出るんよ」

と、八千代さんが、張り切っています。勿論、春日野《かすがの》八千代のことです。そのわくわく気分から、わたしにもお誘いがあったわけです。

女学生が個人で劇場に行くことは許されません。いい機会ですから、優子さんにこそ、観《み》てもらい、気分を変えてもらいたいところです。でも、今回は出し物がいけません。『翼の決戦』でした。これでは、誘うわけに行きません。

わたしは、むしろ一緒にやる『勧進帳』の富樫《とがし》を楽しみにしていました。役柄の清冽《せいれつ》な感じが春日野八千代に合うだろうと思っていました。

それもよかったのですが、舞台にかかると、やはり『翼の決戦』が印象に残るものでした。幕開きから、もう飛行機工場です。題材がわたし達に近かったのです。

春日野八千代は、海軍航空隊の撃墜王、伊勢中尉《いせちゅうい》の役です。途中から舞台は南方の戦場に移ります。敵の大群に対して、我が軍には飛行機が足りない。伊勢中尉は単身、群がる敵機を倒し、最後には体当たりをし、味方を守るのです。

舞台の伊勢中尉は、皆《みん》なの涙を誘っています。虚心坦懐《きょしんたんかい》に観るわけには行きませんでした。優子さんのお兄様は、一度も空を飛ぶことが出来なかったのですから。

最後に登場人物全員が二列に並び、『海ゆかば』を歌います。それは、ラジオから聞こえて来た神宮外苑《がいえん》の合唱と重なりました。四カ月前に、それを歌ったお兄様が、もうこの世にいないのです。

『海ゆかば』と共に、後方に、翼をぴんと張った、双発の大きな飛行機が迫《せ》り上がって来ました。上には、伊勢中尉が立っています。手にした軍刀が高々と掲げられます。

幕が降りると、すぐに八千代さんは、

「よかったわ、よかったわ。やっぱり、よっちゃんは素敵よね」

と、手放しです。いうまでもなく、《よっちゃん》もまた、白薔薇の君の愛称です。

帰り道、武庫川《むこがわ》の細かな波の寄った流れと、そこに映る宝塚大劇場を見ながらも、これが、ここに来る最後になろうとは、思ってもみませんでした。

三月になると全国十九の高級興行場の閉鎖が発表され、宝塚大劇場の公演も、数日で終わることになりました。

お雛《ひな》祭りの三日の朝には、八千代さんのお父様が、ラジオで決戦生活の覚悟について放送なさいました。何かの役職についていらっしゃるのです。学校でも話題になりましたが、娘の八千代さんは風邪をひいて欠席でした。感ずるところがあったので、翌日、八千代さんのお宅に行ってみました。

おいしい紅茶が出ました。わたしなどの家では、もう白いご飯は満足に食べられなくなっていましたが、あるところにはあります。八千代さんの家でなら、スープからデザートまで付いたフランス料理のフルコースさえ食べられるでしょう。お友達を見ていると、そういうものだと、よく分かります。

「昨日はどうやった」

と、聞いてみました。八千代さんは、とぼけて、

「熱が出て、大変やったわ」

「どんな熱？」

「あら、何のこと」

答えながらも、口元が笑っています。《間違いない》と思いました。

「どこかに出掛けて治療したんやない？」

そういわれると、もう話したくなってしまう八千代さんです。あっさり口を割りました。

「それはそうなのよ。だって、今日じゃあんまり、あからさまでしょう」

四日が宝塚大劇場最後の日です。閉鎖の発表があってから、行けるのは三日、四日の二日間しかなかったのです。名残を惜しむ人の波で、宝塚は暴動でも起こったような騒ぎだといわれていました。

昨日は平日でしたが、緊急に、夕方の追加公演まであったそうです。田所の女の方々は、お昼の回を観られたそうです。爺《じい》やさん達が、前の日から宝塚新温泉に泊まり込んで、席取りをしたといいます。

「凄《すご》かったわよ、聞きしに勝る混雑やったわ」

わたしは、それを聞きたかったのです。

八千代さんの行為は肯定出来ません。皆なが学校に行っている時、いくらお別れだからといって、劇場に向かうようなことは、わたしには出来ません。聞けば激高する人が何人もいるでしょう。でも、最終公演に寄せる思いは、わたしにもあります。

『翼の決戦』は、現実そのものではありません。現実を、今を見つめなければいけないのでしょう。しかし、——お国に逆らうつもりはありませんが、一方で空想の世界も、この世とは高さの違う《舞台》も手にしていたいのです。そういう気持ちを、ただの軽《けい》佻浮薄《ちょうふはく》と決めつけられたくもないのです。

《この非常時に、歌って踊るのは非国民だ》という声を聞いたことがあります。わたしには、そうは思えなかった。

そういわれた上に劇場閉鎖を命じられた宝塚の人達は、押し寄せる群衆を見て、きっと泣いたでしょう。

「どんな人が並んでいたの？」

「誰でもよ、老若男女《ろうにゃくなんにょ》、ありとあらゆる人がいたわ。今日は、もっと、もっと大変な騒ぎになってるわよ」

八千代さんは通らしく、こんなこともいいました。

「可哀想《かわいそう》なんは、音楽学校の生徒よね。この春、卒業する子は、やっと舞台に立てるところでしょう。——それが、これやもの」

なるほどと思いました。中には田所のお宅で応援しようとしていた、神戸出身の生徒さんもいたそうです。

後から聞いた話ですが、舞台への夢を捨てない生徒さん達は、挺身隊《ていしんたい》として宝塚の工場に残り、飛行機の部品を作る作業に就いたそうです。

宝塚大劇場は海軍に接収され、航空隊の少年達、いわゆる予科練の訓練場になりました。

3

新入生が、学校の門をくぐって来ました。桜は二年前と同じく、華やかに咲き誇っていました。わたし達が入学して来た時には、上級のお姉様方が、随分大人に感じられたものです。今度は、頭を下げる一年生達が子供に見えました。

自分達もあんなだったと思うと、不思議な気がしました。ああいう子達が、これからは戦時訓練で、四キロの砂袋を背負いつつ二十四キロの競歩をするようになるのです。学校から甲子園球場まで行って帰って来るのです。そう思うと、何だか可哀想なようでした。

春から、上級生の授業は、一切なくなりました。五年生が、続いて四年生が海辺の飛行機工場に通うことになったのです。

校舎が、風が吹き抜けるように寂しくなりました。側《そば》を通る電車の鉄路の響きが、前より大きく聞こえるようでした。

気が付くと、校内の最上級生になっていたわけです。

残されたわたし達が、朝礼の司会などもすることになりました。《下級生の模範となるように》といわれ、気を引き締めたものです。それも長いことではありませんでした。六月には、わたし達三年生もまた、学校を離れることになったのです。

神戸市民運動場で知事主催の、学徒勤労動員壮行会がありました。嫌でも、神宮のことを思いだします。並んだわたし達の上を《勤労即教育》という言葉が流れました。

その頃は、もう上着もヘチマ襟の、見てくれなど考えないものになっていました。胸には、青の菊水の印に赤字で《学》と入った布を縫い付けます。バッチは学校名の下に、学徒の番号が入ります。わたしは《報776》でした。その下に《水原》と名前が記されています。《本票ヲ携帯セザル者ハ入門ヲ許サズ》と書かれた通行証も渡されました。

学校には行かず、直接、工場に向かいます。八時までには入り、出欠や遅刻はタイムレコーダーで記録します。

ちょうど、勤労動員の女学生達を描いた映画を観た後でした。『一番美しく』という題でした。映画の子達は眦《まなじり》を決し、身を粉にして働いていました。わたし達には、そういう悲壮感はありませんでした。ただ、これが当然の務めだとは思っていました。

工場の中には、楠《くすのき》が多く植えられていました。大楠公《だいなんこう》のことを思わせ、時局にふさわしい気がしました。しかし、引率の藤田先生は、その木の前で、正成《まさしげ》のことではなく、こういうお話をなさいました。

「《楠学問》という言葉を知っているかね」

香り高い木ですから、人の役に立つ学識なのかと思いました。あるいは、正成公のような飛び抜けた才知をいうのかと。

そうではありませんでした。藤田先生は、小柄な、失礼ですけれどお猿さんにちょっと似た方でした。こぶしを口に当て、わざとのように咳《せき》をなさってから、続けました。甲高い、お声でした。

「楠は、なかなか伸びない。しかし、時をかけて大樹となる。仮に蝸牛《かたつむり》の歩みのようでも、着実に、一日一日の勉学を重ねることだ。それによってのみ、人は大成する」

ただの、ありふれたお説教としか思えませんでした。入学したての一年生にならともかく、これから工場で働こうという生徒達にいうのは、的外れに感じられました。

噂ですが、わたし達の勤労動員に難色を示す父兄もいたそうです。でも、わたし達の方は学校の机から解き放たれ、むしろ楽しくさえありました。工場の人も親切で、優遇されていたと思います。

映画との大きな違いは、『一番美しく』の生徒達が、寮から列を作り、兵器工場に通っていたことです。わたし達は、時間が来れば、自分の家に帰り、家族に会い、我《わ》が儘《まま》や愚痴をいうことが出来ました。これは大きかったと思います。

それから、他のお嬢様は感じなかったのでしょうが、わたしにとっては有り難いことがありました。――お昼です。お豆こそ混じっていましたが、ご飯をたっぷり食べられたのです。

配給のお米も満足に来ないのが当たり前でしたから、わたしがここで一食助かるのは、家にとっても嬉《うれ》しいことでした。海軍に直接繋《つな》がる工場だったから、食糧事情もよかったのでしょう。

そう、青空の思い出もあります。初夏でした。工場の中庭に仮設の舞台が組まれ、その前に、働く者全員が座りました。少女歌手が慰問にやって来たのです。

小さな女の子は、もう普通には見かけることのない可愛《かわい》らしい純白のドレスを着て出て来ました。そして、脇《わき》に立った男の人が器用に弾くアコーディオンに合わせ、実に上手に歌いました。高い、よく通る声でした。身振り手振りにつれて、ドレスの裾《すそ》が揺れました。

聞き馴《な》れない声をいぶかしく思ったのか、どこかで荷馬車の馬が、合いの手を入れるようにいななきました。工場の中には、荷物運搬のための馬が何頭もいたのです。思わぬ合唱となり、少女歌手はにこりとあどけなく笑いました。

何曲めかに、しばらくぶりで聴く旋律がありました。はずむような前奏が、長々と続きます。わたしは、《ああ……》と思いました。『丘を越えて』です。子供の頃、見た楽譜には、『希望の唄《うた》』という副題がついていました。

待て待てと手綱を引き絞られた馬が、鞭《むち》を受け一気に駆け出すように、声がはじけます。

「——丘を越えて　行こうよ」

明るい日差しにふさわしい曲です。わたしが赤ちゃんの頃に作られた、古い歌です。父が歌い、《これにはね、まあちゃんの名前が出て来るんだよ》といってくれました。

「——真澄の空は　朗らかに晴れて　楽しい心」

わたしは思わず、どこまでも澄んだ空を見上げました。歌は《鳴るは胸の血潮よ　讃《たた》えよ　わが青春《はる》を》と続きました。

終わって、持ち場に帰る時のことでした。立ち上がったわたしは、爽《さわ》やかな風に頬を打たせ、わずかの間、そのままでいました。暑いほどの日に照りつけられたせいか、風にはいつもより強く油の臭《にお》いが混じっていました。慣れていたわたしには、それも不快には思われませんでした。

わたしの眼は、自然、正面を向いていました。そちらは、飛行艇の胴体を作る第一工場の人達の席でした。工員さんと、勤労動員の男子生徒がいました。魚の群れが移るように、視界を人が流れました。その中に、動かぬ一点がありました。まるで鏡に映したように、向こうにも立ち尽くしている人がいたのです。

ちょうど流れる川の両岸にいるようでした。その人の眼は、戦闘帽の下にありました。

こちらを向いているのは、五年半前に、わたしを見た男の子の眼でした。《よかったね》といってくれた口が、その下にありました。

……お久しぶりです。

……すっかり大きくなったんだね。

……あなたこそ。

そんな言葉が、隔てる空間を越えて行き交ったような気がしました。

……ご本を有り難うございました。

……僕も見たよ、あの本の中で。

……え？

……星が流れるのを。

今まで経験したことのない、不思議な時間の中にいるようでした。周囲の音が消え、博物館の水晶の中にでもいるようでした。でも、果てしなく続きそうだった時も、実は一瞬のことだったのです。修一さんは、人波に押され向きを変えました。すぐに横から、お友達らしい人が声をかけました。懐《なつ》かしい後ろ姿は、あちらの波に飲み込まれてしまいました。

4

工場は大阪湾に面し、遠くには、神戸ですから当然のことながら、連なる六甲の山が見えました。

広い敷地は大別すると三つに分けられていました。第一工場では胴体が作られ、わたし達のいる第二工場では翼が作られていました。海辺に近い仕上げの工場で、それらが合体され、完成するのです。

戦闘機などと比べて、飛行艇の大きさは桁違《けたちが》いです。家ほどもあります。空飛ぶ巡洋艦とさえいわれます。竹トンボや紙飛行機ならいざ知らず、こんなものがどうして宙に浮けるのかと思ってしまいます。それを、わたし達が作るのです。

最初に、実習基礎訓練を受けました。大きな器械から金鋸《かねのこぎり》などの道具までの使い方を教わります。

本格的な仕事に入るまでの時間は、かなりありました。待たされた上に与えられた作業も、考えていたよりずっと簡単なものでした。精密な仕事をやらされるのかと思っていたら工作程度だった——という感じです。

優子さんとは、春から組が違ってしまい、工場での持ち場も別でした。

話に聞くと、旋盤で部品を作る宝塚工場は、仕事もきつく、怪我人《けがにん》も出て、朝から晩まで気を抜くことが出来ないそうです。わたし達のところは、それに比べると、はるかに楽でした。他人の部署に眼をやる余裕もありました。

心配になったのは優子さん達のやっていることを見た時です。塀ほどもある翼の、後ろの部分が、ちょうど紙を剝《は》がした障子の桟のようになっていました。優子さん達の作業は、そこに布を貼《は》ることだったのです。

作業内容は軍事上の秘密です。工場のことは、口にしてはいけないことになっていました。でも、帰り道、二人だけになったところで、思わず聞いてしまいました。

「ねえ、いくら物資が足りないからって、あれで大丈夫なんかしら」

「何のこと」

わたしは、辺りを見回しつつ、

「切れを貼っていたでしょう、翼に」

まるで玩具《おもちゃ》の飛行機に半紙を貼るようでした。航空機の権威のお嬢さんは、わずかに眉《まゆ》を上げただけで、聞き返して来ました。

「飛行機に使う金属は、何だか知ってる？」

「――ジュラルミンでしょう」

工場の床には、その切れ端が沢山転がっています。濃緑に塗られたもの、銀色のままの薄板、あるいは削《そ》がれて蛇のようにうねる金属くずなどです。優子さんは、頷《うなず》きます。

「新しい合金でね、あれが出来て蓄音機の音なんかも、ずっとよくなったんよ。色々なところに使える。軽くて強い。だから、軍事的にいうと、飛行機のために出来たような合金なん。それをアメリカで改良したのが超ジュラルミン。でも、日本の科学者の方が凄《すご》かった。上を行くのを作ったの。——超々ジュラルミン」

チョーチョーという語感が、まるでふざけているようです。でも、これが真面目《まじめ》な話らしい。そういう苦心の技術開発を経て、日本海軍の戦闘機は世界一になったのです。

優子さんは、続けていいます。

「——あの翼にも、超々ジュラルミンは使われてるの。でもね、結局のところ金属だから、比べたら布の方が軽いんよ。だから強度上、問題ないところはああするわけ」

ああ、そうなのかと思いました。布を貼るのは軽量化のためだったのです。もう石鹼《せっけん》も満足に手に入らなくなっていましたから、つい疑心暗鬼になってしまったのです。

わたしの作業は、翼の前方に舷灯《げんとう》と呼ばれる明かりを付けることでした。

鉄骨で組まれた天井には、クレーンが走っています。大きな翼は、左右それぞれ三つほどに分割されています。魚の切り身のようです。それがクレーンに吊《つ》られて、ギリギリと動いて来るのです。

わたし達の班は三人一組。舷灯を付けるのは、割られた翼の、一番端の部分です。それでも、戸板どころではない巨大さです。

吊られて来た翼が台座の上に置かれるのを確認し、作業に取り掛かります。翼の表面は濃緑色に塗られています。曲尺《かねじゃく》を当て、柔らかい鉛筆で、決められた位置に線を引きます。それに沿って金鋸で切って行きます。

金属のこすれる音は耳にひっかかって、嫌なものです。銀色の金屑《かなくず》が散ります。下は空洞で、やがて、ぽっかりと穴が空きます。

舷灯の部品は、すでに出来上がっています。空いたところに、その部品を埋め込んで、固定するわけです。ドリルで、指定の位置に穴を空け、リベットを打ってとめます。金槌《かなづち》を振り上げるわけではありません。エアハンマーという器械があり、それを当てれば空気の圧力で自然に打ってくれます。要領が分かれば、力は要りません。ただ、ハンマーの面を、リベットの真上から垂直に当てることだけに気を配ります。物を続けざまに打つような、機関銃めいた音が響きます。

5

東条内閣が総辞職し、サイパン島が陥《お》ち、日本人は、軍人も民間人も全員、戦死したことが報じられました。東条さんが責任を取ったのでしょう。

サイパンといえば、小学校の読本に出ていた埠頭《ふとう》の写真を思い出します。日差しは射るように強く、空も海もひたすら大きかった。さらにテニアン、ヤップと進めば、海は《紺とも青とも紫ともいひやうのない、深くて、しかも明かるい色》になり、波の上を《銀の小鳥の群のやうに》飛魚が舞います。時折、激しいスコールが襲い、たちまち晴れれば、七色の虹《にじ》が現れ、夕焼雲が《火のやうにもえ立つ》。それが、わたし達の教わった南洋です。

パラオの島民が、明治節に運動会を行う話なども出ていました。この秋を、南の島々の人達はどう迎えるのでしょう。

「サイパンを取られたのは痛い」

と、父が小さな声で慨嘆していました。南洋の玄関口といわれたところです。敵に、空襲の足場を作られたというのです。

実際、大分前から、あちらこちらに防空壕《ぼうくうごう》が掘られていました。神戸の街の目抜き通りにも、まるで小型の地下鉄でも出来たように、壕の口が開いていました。いうまでもなく、警戒警報も鳴り、防空訓練は日常のものになっていました。

けれど、理屈で分かっても、まだ敵機の来襲が現実的なものとは思えませんでした。そうです。あの頃はまだ、演習や訓練こそあれ、本物の戦は茶の間に踏み込んで来る筈《はず》のないものでした。いくら窮乏しても、血は、遠くで流れる筈のものでした。

それから、——内閣の総辞職から、まだ一年と経《た》ってはいません。随分、昔のことにも思えますが、去年の夏でした。

——夏。

——あの日差しを、——焼け付くようにまぶしいあの日差しを、わたしは再び見ることが出来るのでしょうか。

今は五月。いつもなら緑したたる月。それなのに、このところ、ずっと曇りの日が続いていました。昨日の午後、晴れたのが珍しいぐらいです。

サイダーやラムネの夏。入道雲の湧《わ》く夏。色濃い海に、布を折ったような波が次々と寄せ、青の地にきらめく砂を振りかけたように、そこら中が輝く。

そして、……潮風。

ああ、あの日の潮風が頰に蘇《よみがえ》って来ます。

幼い頃から親しんだ《夏休み》という言葉も、もう我々とは縁のないものになっていました。八月に入っても勤労動員は続いていました。

コンクリートの照り返しを受けて、下からも暑さが這《は》い上がって来ました。ただ、海から波と共に寄せる風が、前髪や鉢巻きの端を揺らし、涼しさを分けてくれました。

少し東の芦屋浜《あしや》まで行けば、海水浴に興じる人の姿も見えたでしょう。この辺りは軍事施設のある区域ですから静かです。名物の鰯《いわし》の群れを懐《ふところ》に抱えて、瀬戸内の海は豊かに横たわっています。近くでも岩海苔《いわのり》採りが行われるほど、水は綺麗《きれい》です。

わたし達は、広い工場の、海岸側に並んで立っていました。そこにはコンクリートが打たれ、長方形の緩やかな斜面となって、海に続いていました。

さほど離れていないところに、砦《とりで》のように巨大な飛行艇が鎮座しています。わたし達が着いた時、先端から、引き綱のようなものが外されるところでした。

お腹《なか》の下にちょこんと付けられた車輪が、図体《ずうたい》に比べてあまりにも小さく、可愛《かわい》らしく見えました。

わたし達に、《飛行艇の発進を見て来ていい》という許可が出たのです。そこで、引率の先生と一緒に、見学に出たのです。

皆《みん》なが、飛行艇のどこを見ているかは一目瞭然《いちもくりょうぜん》です。それぞれの受け持った箇所に、食い入るように目をやっているのです。

自分達の手の触れた一部分一部分が合体して、こういう神殿のような――奇抜な言葉かも知れませんが、実際、それは厳《おごそ》かなものに見えました――建造物が出来上がったのです。

事を成した喜びが、胸の内に満ちて来ます。同時に、間違いはないと分かっていながら、《うまく飛んでくれるだろうか》と、子供じみた不安も湧き上がるのです。斜め前に立った人が手を上げます。

胴体の側《そば》に、梨《なし》の実にたかる蟻《あり》のように寄っていた人達が離れました。

地に響き、揺らすような、エンジンの音が鳴り始めました。我々の飛行艇は、十文字のプロペラが片翼に二つずつ、計四つ付いています。その外側のものが回り出しました。車輪の取り付け、取り外しの作業があるから、内側のプロペラを回さないのかも知れません。

エンジンの音と共に、たちまち羽の形は消え、高速で回転する光のきらめきになってしまいました。プロペラは、夏の潮風を吸っては、後方へと吐き出します。

じりじりと、動こうという気のようなものが、巨鳥の胴に満ちて来るようです。

「手を振ってる！」

隣の子が、声を上げました。二階家の窓よりも高い操縦席から、わたし達に振られる手と、こぼれる白い歯が見えました。

わたし達も、はじけるように手を振り上げ、最初は小さく、次第に大きく動かしました。

車輪の押さえをはずされたのか、――その辺は高い操縦席に目を奪われていたので分かりませんでしたが、濃緑の機体は静々と動き始めました。一旦《いったん》、移動が始まると、プロペラの力に斜面を滑る力が加わり、汽車の窓から見た城が悠然と流れるように、海面へと滑って行きます。見たことはありませんが、船の進水式というのが、こんなものでしょう。

白い波を立て、飛行艇は、染まりそうなほど青い海に割り入って行きます。胴に大きく描かれた深紅の丸が、澄み切った空気の中で、何とも鮮やかでした。

後ろ姿になると、横から見るのに比べ、意外なほど細身の姿に見えます。下の方は水に隠れて行きます。翼の左右に高々と配置されたフロートという浮きが、水面に着き、そこからも白いしぶきが上がりました。

一旦、着水するとプロペラが止まります。小舟が近寄り、着脱式の車輪を手際《てぎわ》よく外しました。作業が終わると、飛行艇は、これで自由の身になったというように身震いして前進します。

ある程度、岸を離れると機体は右に旋回しました。そこで、残り二つの、内側のプロペラも回り出し、一気に加速して行きます。

「――飛ぶわ、飛ぶわよ」

わたし達は、頭上から照りつける日の暑さも忘れました。水を切る飛行艇は、それほどに涼しげに見えました。

潮風が顔に吹き付けて来ると、自分達も海上を突き進む気になりました。その時、わたし達の心は、天翔《あまが》けんとする機体と共にあったのです。

一旦沈んだ飛行艇の腹部が、魔法のように浮かび出て来ました。航跡となって後を追う白い波頭が、ふっと消えました。

――あっと思いました。

機体が水を離れたのです。

轟々《ごうごう》という音と共に、飛行艇は、見えない糸に引かれたように力強く、宙にぐんと躍り出ました。今や、背景にあるのは、もくもくと高く湧き上がる雲です。

「やったわ」

飛ぶ筈のものが飛ぶという、当たり前のことに、わたし達は突き動かされ、隣同士、手を握り、肩を叩《たた》き合いました。

地上にあった時のずんぐりした感じとは、まったく別の、颯爽《さっそう》たる姿でした。飛行艇は工場の上の空を、悠々と、大きく旋回し、東に進路を取りました。

「――横須賀《よこすか》に行くんかしら」

その姿は、次第に、高く、遠く、小さくなって行きました。

6

工場で、若くて元気な男の人は、本間さんという技術者だけでした。いつも、紺色の戦闘帽を被《かぶ》っていました。その人が、各々《おのおの》の作業の最終点検をします。本間さんが《よし》といえば合格です。

他に若い人がいませんから、《本間さんがどうしたこうした》と噂《うわさ》をする仲間達もいました。当人もそのことを意識しているように思えました。必要以上に、ふらふらと工場の中を歩いているからです。わたしには、それが滑稽《こっけい》でした。

休み時間に、八千代さんと、その話になりました。組の仲間と合唱をした後のことです。持ち場に着くまで間があったのです。

並んだ楠《くすのき》の下の、立ち話でした。わたしは、一言のもとに切って捨ててしまいました。

「くだらないわ」

八千代さんは、にこりと笑って、

「でも、あの人ぐらいやものね。何とか見られるん」

街でも、若い男の人の姿は見られなくなっていました。

「だからって――」

「まあ、いいやないの。いってみるだけ。遊んでるんよ。――皆な、本間さんと結婚したいわけやないわよ」

わたしは口をつぐんでしまいました。そこで《結婚》などという言葉が出て来るとは思いませんでした。八千代さんは続けます。

「――でも、大学生がどんどん戦地に行ってしまうでしょ。適齢期も下がってるみたい。お式だけ挙げて、花婿《はなむこ》を見送ることもあるんやて」

八千代さんは《相手がいなくなっちゃったら、結婚出来ないものね》と、つぶやきました。それから、思いがけないことを軽々と、いい出したのです。

「――そうや、まあちゃんは、修ちゃんと結婚したらいい」

わたしは、二の句が継げませんでした。八千代さんは、《うんうん》と一人で合点《がてん》します。

「覚えてる、うちの修一？」

「ええ。――昔、一緒に『啄木《たくぼく》かるた』をやった人でしょ」

わたしは、ことさら、そっけなく答えました。八千代さんは、あの日、どんなやり取りがあったか、覚えているのでしょうか。

……わたしの記憶は鮮やかです。修一さんは、《まあちゃんに似ている絵は？》と聞かれ、一枚のかるたを示しました。紺鼠《こんねず》のセーラー服を着た絵です。《ことばはいまも》

と書かれていました。わたしも、この号の『少女の友』を買ってもらいました。付録の『啄木かるた』は、遊ぶものではなく、見るものとして大切にしまってあります。

時は流れ、絵札のような、穏やかな日常の服装こそ着られぬものの、わたしは女学生になりました。

「そう、うちの居候《いそうろう》。――修ちゃんだって、じきに働かなくちゃならんでしょ。うちの会社に入って、重役になればいいんよ。まあちゃんちは男の子がいないんよね。だから、二人が結婚すればいい」

「そんな――」

「つまり、カレがね、まあちゃんちのお父さんの跡を継げばいいんよ。これで一挙に解決やわ」

「――藪《やぶ》から棒ね」

八千代さんは、頓狂《とんきよう》な声を上げました。

「あら、赤くなってるっ」

「嘘《うそ》よ！」

八千代さんは、わたしがむきになって抗弁したのを面白がって、

「満更でもないのね」

「馬鹿《ばか》なこと、いわんといて」

「じゃあ、うちの父に話しとくわね。お宅も、お父さんに、よういっといて」

「いい加減にして！」

八千代さんは、笑いながら、走って逃げて行ってしまいました。ざらついた楠の肌に手を触れ、上を見上げると、美しい葉が、遥《はる》か上まで続き、揺れていました。

わたしは、突き放すようにして木を離れ、速足で八千代さんの後を追いました。明るい日が、大地にくっきりと、わたしの影を映していました。踏む足が、妙にふわふわしていました。

一時の冗談だと分かっていても、まったくあり得ない話とも思えませんでした。

考えようによっては、人を見下しています。わたし達の女学校は、良妻賢母を育てるという定評があります。ここを出たお嬢さんの多くが、貴族院議員や大臣、知事、あるいは大会社社長の令夫人になります。八千代さんは、自分をその立場に置き、修一さんやわたしを目下の駒《こま》のように見ています。

でもそれは、――少なくとも、わたしに関しては当たり前のことです。腹を立てたら、こちらが笑われてしまうでしょう。

そんなこだわりよりも、わたしには、《修一さんと結婚する》という言葉を与えられた方が重大でした。

恋愛などというのは、まったく非現実的なことに思えました。しかし結婚は、現実に誰もがすることです。

——なるほど、そういう運命も、あるか知れない。

第一工場の、屋根の高い、大きな建物に近づきながら、わたしは考えました。今の高台の家か、修一さんのいる田所の離れか、そのどちらにしろ、わたしが待っていると、修一さんが《ただいま》と帰って来る。そういう場面が、映画でも観《み》るように浮かんで来ました。

——二人とも一人っ子だから、そうなったら、水原の家はどうなるのだろう。

そんなことまで、思ったのです。

愚かなことですが、それから二、三日、わたしは、心のどこかで、田所の家から使者が来るところを空想しました。あるいは、父がわたしを呼び、《こういうお話があった》と告げることを。

勿論《もちろん》、期待をかけていたわけではありません。ただ、美しい玉を手の内で転がし慈《いつく》しむように、楽しんでいたのです。

——足音が近づき、新聞受けが音を立てました。配達の人が来てくれたのです。神戸の市内は分かりませんが、芦屋では、まだ欠かすことなく新聞が届いています。薄闇《うすやみ》の中を、足音は坂を下り、遠ざかって行きます。

7

十月には、わたし達の心を一時、浮き立たせてくれる出来事がありました。台湾沖にまで迫ったアメリカ太平洋艦隊との決戦です。わが陸海軍が一体となって迎え撃ち、敵に壊滅的打撃を与えたのです。

どれほど、ラジオのニュースが、新聞が待ち遠しかったでしょう。昨日より今日、今日より明日と、信じられないほどに戦果が膨らんで来るのです。

「そうだよなあ。悪いことばかりある筈《はず》がない。負けるもあれば勝つもある。戦いには、いつか、こういう好機が訪れるものだ。後は、これを逃さぬことだ」

サイパン、大宮島《おおみやじま》、テニアンと続いた悲報に、言葉少なになっていた父が、珍しく笑みをもらしました。

今までの敗北の連続は、敵を引き寄せるためのものだった——と、新聞に出ていました。連合艦隊は、最上の時期、最良の場所を選んで待っていたのです。誰もが、この勝利に酔いました。

八千代さんは、工場まで新聞を持ち込んで、読み上げました。

「——アメリカは日本をなめて、とうとうひっかかった！　やった、ついにやった。この日この時を、いかにわれらは、待ったことか！」

皆な歓声を上げ、拍手しました。轟撃沈《ごうげきちん》の一覧表を見ると、わずか二日で、何と二十一隻《せき》もの敵航空母艦が海底に消えたことになります。

「ねえねえ、《ドイツ国民心からなる感謝》ですって」

苦境にある盟邦ドイツの人達が、この知らせに力づけられたのです。そう聞くと、誇らしい気持ちになります。

はずんだ声が、つぎつぎにはじけました。

「これで、戦局も一変するわね」

「最初、《敵空母の数は十数隻に及ぶ》っていってたでしょう。ということは、全滅したってことやない」

「全滅以上よ」

また拍手が起こります。

「これで、しばらく空襲の心配はないんやないの」

いつも、おどけたことをする子が《油断は禁物よ》と、しかめっ面《つら》でいい、鉢巻きに手をかけ、ぐっと引いて見せました。

「勝って兜《かぶと》の緒を締めよ」

皆な、それだけのことで、一斉に手を打ち、笑い出しました。

時局の節目節目には歌が作られ、わたし達もよく合唱しました。この十月は『比島決戦の歌』でした。

工場で歌えるのは、無論、休み時間です。軍歌は時局柄、当然でした。でも、それが一つあると、後は普通のものという感じでした。

映画の『一番美しく』では、女学生達が《四百余洲《しゅう》を挙《こぞ》る　十万余騎の敵》と、『元寇《げんこう》』を繰り返し歌っていました。わたし達が何度も歌ったのは、ドイツ、イタリアの民謡でした。英米のものは禁止でしたから、どうしても、そうなるのです。

夏の輝きには『オー・ソレ・ミオ』が似合いました。工場の大屋根越しに見える太陽に向かって、声を張り上げたものです。直線的で気持ちはよかったのです。しかし、わたしは、大きな強弱があり、思い入れたっぷりに歌える『故郷《こきょう》を離るる歌』の方が好きでした。ドイツ民謡です。

――園の小百合《さゆり》　撫子《なでしこ》　垣根の千草
　今日は汝《なれ》を眺むる最終《おわり》の日なり

密《ひそ》やかに沈んだ調べが、《思えば涙　膝《ひざ》をひたす　さらば故郷《ふるさと》》と高まって行くのです。

秋の、高い高い空には、この歌がよく似合いました。《今日は汝を眺むる最終の日なり》とは、花の消え行く晩秋に口ずさむのに、いかにもふさわしい言葉です。

十月の末には、続いてフィリピン沖海戦の戦果が報じられました。轟撃沈の空母は十九だといいます。

今回は、台湾沖の大勝利ほどには世間も騒ぎませんでした。わたしもまた、正直なところ、喜び以外のものを感じました。——叩《たた》いても叩いても立ち上がる相手を見るような疲れです。

一体、アメリカの空母は何隻あるのでしょう。

神風特別攻撃隊という言葉を初めて聞いたのは、この頃でした。落下傘《らっかさん》も持たず、体当たりに行く。決して帰ることのない出発。

山よりも巨大な敵に、人間が立ち向かうには、最早《もはや》、こうするしかないのでしょうか。

8

勤労動員にならなかった二年生達も、勉強を続けるわけには行きませんでした。各地の学校が工場化され、戦争のための物資を作っていました。

我々の女学校にも、香港《ホンコン》で接収したというシンガー・ミシン百台が運び込まれました。

海軍衣料の縫製工場になったのです。下級生達は、そこで働くことになりました。リズミカルに上下する針の響きが、聞こえて来るようです。

後輩に負けぬよう、わたし達も頑張らねば――と、思いを新たにしました。ところが母は浮かぬ顔で、学校工場のことを聞くのです。

「それだけ設備が整ったのなら、あなた方も帰った方がよくはなくて」

「どうして？」

「それは……ミシンを使う方が、女学生らしい仕事でしょう」

母の気持ちは分かりました。予想通り、サイパンを基地としたB29の、帝都襲来が伝えられていました。敵は工業地帯を狙《ねら》い、中でも製鉄工場、――そして飛行機工場の破壊を主たる目的としているようです。

母は、わたしのことを心配しているのです。しかし、全国の同じ場で、多くの女学生が働いています。自分だけが逃げる、などというのは出来ない相談です。

頭上の敵機をものともせず消火に努め、延焼を許さなかった工員さんが、産業戦士の模範として話題になっています。大事な場所だから爆撃される。それなら、なおさら守り、生産に励まねばならないでしょう。

母との話は、そこで止まってしまいました。

9

十二月には、輪を西に広げるように、名古屋の大空襲がありました。秋の戦果も、敵の反攻を誘っただけなのでしょうか。アメリカ太平洋艦隊の壊滅は夢だったのでしょうか。

神風特別攻撃隊の発進も相次ぎました。神風何々隊、何々隊と名付けられた神鷲《かみわし》達が、毎日のように飛び立って行きました。

出発の実況録音がラジオで放送され、わたし達も工場で、特別に聴くことが出来ました。足元から忍び寄る冷気の中で、皆がうつむき、目頭を押さえました。

特攻に出られた方々が最後の門出に献金していかれたお金をもとに《神風鉢巻》が作られ、檄文《げきぶん》の朗読と共に配られました。悠久の大義のために殉じた隊員のごとく、一人一人が神風となり、闘魂を燃え上がらせよ、というのです。

忠勇、義烈、純忠、至誠、誠忠――と、厚化粧のような言葉が並べられました。しかし、今の場合なら、どれほど多くの語を集めて追いかけても、黄泉路《よみじ》に去って行った方々に追いつきはしないでしょう。言葉を集めるか、あるいは沈黙に無量の思いをこめるかが、残された者の礼だと思います。一身を捧《ささ》げるのは、それだけ重いことの筈です。

手拭《てぬぐい》の中央に、深紅の日の丸。それを挟んで《神風》と墨痕鮮やかに書かれていました。鉢巻をしめると、それだけで、身を特攻隊と共に中空《なかぞら》に預けたような気がしました。神風隊の、炎となって散って行く姿は、ニュース映画館で観《み》ました。父に連れて行ってもらいました。

その帰り、父は、ひどく疲れた顔をしていました。この頃は、誰もがそうでしたから、特別なこととは思いませんでした。

第四章

1

年が明け、連日、警戒警報、空襲警報が鳴り響くようになりました。

警報そのものは、すでに耳慣れたものでした。しかし、それは影だけではありません。形を伴うものになっていました。見上げる空を渡り鳥のように、東京から爆撃の輪を広げて来たB29の群れが飛ぶようになったのです。夜も、すぐに逃げられる支度をしておきます。もんぺのまま寝ることもありました。

「防空頭巾《ずきん》は、ただ被《かぶ》っただけじゃ駄目なんよ。ちゃんと、顔と顎《あご》を覆《おお》うんよ」

母が、同じ注意を何度もしました。

一月の内、重苦しい爆音は、ただ頭上を行き過ぎ、東の大阪や西の明石《あかし》へと向かうだけでした。

だから楽だったわけではありません。牢《ろう》に繋《つな》がれ、いつと分からぬ処刑の日を待つようでした。

昼は海辺の工場にいますから、爆撃の様子が、よく分かりました。巨大な槌《つち》で地を撃つような遠い地響きと共に、黒い煙が天に伸び、その辺りの空の色を変えました。川崎航空明石工場が破壊され、学徒も含め大勢の人が亡《な》くなったそうです。

わたしの家は、東に向いた高台でした。月末の真夜中の空襲では、大阪を焼く火がはっきりと見えました。灯火管制下で、地の全《すべ》ては、闇《やみ》に沈んでいました。深夜、人気のない浜で、漁火《いさりび》を見るようでした。誰にもいえないことですが、美しいとしか思えなく、それが不思議でした。

近づけば、業火《ごうか》の下では、身を焼かれ悶《もだ》え死んでいく同胞がいる筈《はず》です。高台から見るというのは、何と恐ろしく無責任なことでしょう。サイパンだ、テニアンだと口でいっても、わたしはずっと、この家にいたのです。

一方で、高台にいるまま死なせてもらいたいと思いました。さすがに、覚悟が必要な時だとは感じていました。

この世への惜別を思う時、皆《みん》なと合唱した『故郷を離るる歌』が、冬の夜の空から舞い降りるように蘇《よみがえ》って来ます。

——つくし摘みし岡辺よ　社《やしろ》の森よ
小鮒《こぶな》釣りし小川よ　柳の土手よ
別るる我を憐《あわれ》と見よ

思い出よ、人々よ、自然よ。万物に向かって、叫びたい。——去り行くわたしを哀れんで下さい、と。

まったくの少女趣味です。

心弱いわたしは、自分を悲劇の中に置き、悲壮の衣装を纏《まと》うことによって、ようやく死ねるような気がします。それが感傷の効用というものでしょう。

痛苦や、空腹や、悲惨をあまりに長く味わったら、わたしは、たやすく打ちのめされてしまいます。一瞬の陶酔のうちにならば、ふと生の垣根を乗り越えられるかも知れない。いったん、たたらを踏んでしまえばそうはいかない。死を恐れるようになるかも知れない。

平時ならともかく、今、それは恥ずべきことです。

大義のために——と、いわなければいけないのでしょう。それが本当だとは思います。戦は大義を守るためのもの。

しかし、わたしは、そのために、感傷も美辞麗句も介在し得ないところまで進み、死んで行った多くの人達の存在に圧倒されます。女子供の考えかも知れませんが、大義というより、その人達への信義から、身を引くことは許されないのだと思います。

2

神戸を襲った最初の大空襲は、二月四日午後の、川崎、兵庫地区へのものでした。B29の群れが、規則正しい編隊を作って進んで行きました。硝子《ガラス》板に描いた飛行機の列を、そのまま動かして行くようでした。やがて、重い唸《うな》りに爆弾の音が加わりました。

主目標は、川崎重工、三菱《みつびし》重工の造船所でした。地響きと共に、黒い布を引き上げたように、煙が西の空を覆いました。

新聞では分かりませんでしたが、付近の工場住宅も含めて広い範囲で家が焼け、かなりの死傷者が出たようです。

「船の工場からやられたね」

「どこが飛行機で、どこが船やって分かるんかしら」

友達の間で、そんな会話が交わされました。

「何度も、偵察に来てたでしょう。航空写真を撮って、調べるらしいよ」

「上から見ただけで、区別がつくんかなあ」

「だから、学校なんかにも爆弾が落ちるんよ。工場みたいやもの」

「――でも、――学校は、どこも工場になってるやない」

笑いごとではないのに、《そういえば、そうやね》などと笑みを作ったりしました。

西の造船所がやられたのです。東の飛行機工場も当然、警戒しなければなりません。

生駒《いこま》山に分工場が作られ、生産の分散が図られました。

その上で、取り敢《あ》えず余分な部品の疎開《そかい》も行われました。遠くに持って行ってしまっては仕事になりません。芦屋《あしや》の山際《やまぎわ》の小学校まで、運ばれました。必要になったものが随時、工場に戻されます。

小学校は、学童疎開で空になったところが、前から軍の倉庫になっていました。子供達の出た後に、資材が疎開して行ったわけです。

農業には、農繁期と農閑期があります。飛行機工場も、そうでした。部品が出来上がって来ないと、仕事にならないのです。忙しい時には忙しいのですが、逆に手持ち無沙汰《ぶさた》になることもあります。近頃では手の空くことが多くなり、交替で疎開資材の番に当たりました。

順番で何班か割り当てられます。これは名目だけの仕事でした。ただ、小学校にいればいいのです。芦屋ですから家からも近く、半分、お休みのようなものでした。

小学校の校舎は、軍が使おうというだけあって、三階建ての立派なものです。わたし達の女学校は、木造の建物を渡り廊下で繋いでありました。それより、余程、頑丈そうです。設計もモダンでした。高い屋上に、さらに船の艦橋のような塔が付いていました。一番上は煙突の形になっています。芦屋の浜からも、この《山の上の船》が見えました。倉庫となった今は、上空からの偵察に備え、迷彩が施されています。山の緑に紛れるように、屋上から側面にかけて木の枝をめぐらし、葉を茂らせ、小高い丘のように見せかけています。

雪の積もった日に、優子さんの班と一緒になりました。去年のことを思い出しました。あれから、一年。胸に抱きながら、いい出せず、勿論《もちろん》、これからも聞けない疑問がありました。――お兄様は、靖国《やすくに》神社に祀《まつ》られたのかどうか、です。

点呼を取った後は自由で、わたし達は話し合ったりしながら、時を過ごしていました。玄関前に大きく張り出した屋根の下に、皆はいました。木材が置かれ、腰を下ろせるようになっていたのです。

空は薄曇りでしたが、珍しい地上の雪のせいで世界が明るく見えました。張り出し屋根を支えるのは、石作りの、四本の太い丸い柱でした。その向こうが、白い輝かしい舞台のようでした。

優子さんは、わたしに、ちらっと目配せをしました。わたしも頷《うなず》き、二人並んで、外に出ました。

校庭は真っ白です。一昨年ほどではありませんが、とにかく見渡す限りの雪です。北国なら、これぐらい、霜の降りたようなものでしょう。でも、わたし達には、人差し指の長さほども積もれば、それでもう立派な銀世界なのです。

遠慮しながら進んで行きます。白い画面を汚すのが気にかかる——というわけではありません。足跡を広げたら、上空から見て爆撃目標になるかも知れないのです。

さして深いわけでなくとも、踏む一足ごとに靴の下に白いものを押さえる感覚は、気持ちのいいものです。一夜明けて、表面が薄く凍っていました。微《かす》かに鳴る雪の音が、耳にというより、体全体に、何倍にも大きく伝わりました。小学生の頃には、冬の朝、水たまりの氷を割りながら進むのが楽しみでした。しばらくぶりで、あの感じを思い出しました。

本当は、庭の真ん中を突っ切りたかったのですが、そうもいかないので、すぐ右に折れ、校舎の横手に回りました。

辺りが、あまりに静かなので、戦争のことを忘れてしまいそうです。

「——わたし達の工場も、爆撃されたりするんかしら」

思わず、そういう言葉が出てしまいました。優子さんは、足を止め、

「明石の川崎の工場が、最初にやられたでしょう」

「ええ」

「あそこは発動機を作っているの。飛行機の心臓だから、まず発動機を壊す」

「……」

「それでもう、生産の流れはストップする。後から、じっくりと機体や組み立ての工場を破壊すればいいの」

優子さんは、一語一語、ゆっくりといいました。

「――来るわ、必ず」

わたしは身を固くしました。

優子さんは、深くほうっと息をつきました。口の前が白く煙ります。それから、いいました。

「新温泉の遊戯室に行ったことある？」

この辺りの子供なら、誰もが出掛けるところです。宝塚新温泉。東京なら、浅草といったところでしょう。

わたしは、優子さんを見て頷きました。

芦屋に来てすぐ、家族で行きました。土地が変わって寂しがっていないか、父母が気を遣ってくれたのでしょう。

「色んなものがあったよね」

「そうやね」

電気屋敷や魔法の鏡、世界各地の立体写真を見せてくれる実体鏡などがありました。

「一番よう覚えてるのは、何」

「……一銭活動かな」

銅貨を入れ、箱の覗《のぞ》き眼鏡に眼を当てると、短い映画が見られるのです。優子さんは、同感の笑みを唇の端に浮かべました。

「――『人造犬』？」

わたしは、引き出しを引いて忘れていたものを見つけたように、一気に記憶を呼び戻され、足を止めました。

校舎の裏手は坂になっています。小学校は斜面の途中の、広い雛壇《ひなだん》のようなところにあるのです。南には眺望が開け、北には崖《がけ》が迫っています。その崖を越えた向こうには、遠く、雪を被った六甲連山が見えました。

「……そう」

何台か並んだ中で、最も印象深いのがロボット犬の暴れる映画でした。題は忘れていましたが、そういわれれば『人造犬』と書かれていたような気がします。

「怖かったね」

その通りです。外国の映画でした。どす黒い機械仕掛けの犬が、街路を駆け回り、人を襲います。銃で撃っても、鋼鉄の肌は、弾丸を跳ね返してしまう。どうすることも出来ない。打つ手はないと思われた時、作り手の博士が現れ、尻尾《しっぽ》を叩《たた》く。すると犬は、ころりと転倒し動きを止めます。お腹《なか》から、びっくり箱でも開いたように、発条《ぜんまい》や電線が飛び出しました。

「夢に出て来て、うなされたわ」

大人には、ただの滑稽《こっけい》な見世物かも知れません。しかし子供にとっては、街を人を、ひたすら破壊し尽くす黒い犬は、悪意の固まりであり、夢魔そのものでした。

カタカタという活動のフィルムの動く音が、人造犬の嚙《か》み鳴らす歯音のように蘇って来ます。

優子さんが、いいました。

「わたし、あれが好きやったん」

「でも、怖かったんやないの」

「そうなの。だから——かな。怖いもの見たさ。——胸が、どきどきして、一回、観終《みお》わると、また観たくなるん」

顔色をちょっと青くしながら、銅貨をねだっている小さい優子さんが見えるようです。

「あの頃に戻ってみたいね」

せいぜい数日先しか見えず、だからこそ、未来が永遠に続くもののように思えた頃に。

その時、優子さんの顔を一年間覆《おお》っていた強《こわ》ばりが溶けていました。

「そうしたら、――そうしたら、嫌だっていうまあちゃんに、『人造犬』をもっと観せてあげる」

「意地悪やね」

雲の透き間から、わずかに日が差し、白い斜面の、雪の一粒一粒を、きらきらと照らしました。

優子さんは、甘美な微笑《ほほえ》みを浮かべ、

「一銭活動を観て、叫び声をあげて、二人で《怖い》っていうて泣こう」

その頃なら、手放しで泣きじゃくってもおかしくはなかったでしょう。わたしは、彼女の、はっとする程澄んだ瞳《ひとみ》を、見つめました。痺《しび》れるほど静かな時が、雪の上を流れました。言葉が、徐々にわたしの内に染《し》み入りました。おセンチな二人だったら、きっと抱き合っていたでしょう。

「――そうやね、――大泣きしよう」

わたしも微笑みを返しました。

その時、分かりました。優子さんは、死を見ているのです。

日本の若者なら、ほとんどがそうでしょう。しかし、目前に迫った死――ではなく、優子さんの場合は、すでに柩《ひつぎ》の中にいる。今は、ただ仮に生きているだけなのです。

そう思うことで、お兄様の件も受け入れたのでしょう。――同じことだ、と。

だから、優子さんの眼前の一瞬一瞬は、誰のよりも輝いているのです。渇き切った者が受ける、一滴一滴の水のように、甘露となって喉《のど》に落ちるのでしょう。

雲を割った日が、突然、思いがけないほどの強さで、斜面を照らしました。わたしは、その光の落下に、音があるように感じました。そして、はっきりと知ったのです。

——我々は今、滅びの時を迎えているのだ、と。

3

優子さんは、校舎に寄せて、幾つか置かれた、木材の切れ端を見つめました。リヤカーの、荷台の端に立てられ、荷物押さえにされて来たような、中途半端《ちゅうとはんぱ》な板切れです。

「あれ、スキーにならんかな」

山側には、人の下りる道が斜めに付けられています。角度も急ではなく、彫刻刀でえぐったように凹《へこ》んでいます。そこに綺麗《きれい》に雪が溜《た》まっています。滑るには最適でしょう。

「スキーというよりは、橇《そり》やね」

「何でもいいわ」

優子さんは近づき、中の一枚を選びました。座布団《ざぶとん》を細くしたぐらいの大きさです。雪の付いていない裏を返すと、横に二本、角材が打ってありました。

板を持って、斜めの道に踏み込まないようにしながら上に上がりました。雪の上に置き、優子さんが座ります。

「行くよ」

足先をハの字に開いて坂道に置き、ブレーキをかけていました。それをはずし、板の横木に乗せます。

ゆるゆると橇は滑り出し、わずかの距離なのに、素晴らしい勢いになりました。滑り台のようです。優子さんは、体を後ろに寝かすようにしました。首を振った瞬間に防空頭巾《ずきん》がずれました。紐《ひも》をしっかり縛っていなかったのでしょう。下の雪溜まりで、橇は右に小さく曲がって止まりました。優子さんの体は、逆に進行方向の左に投げられた形になり、ゆっくりと倒れました。

優子さんは動きません。わたしはあわてて、滑りそうになりながら駆け降り、膝《ひざ》をついて、優子さんの顔を覗き込みました。切れ長の目が閉じられ、色白の頬に少し赤みがさしています。

「どうしたん、どうしたん?」

肩をゆすると、その肩が揺れ出し、口元が緩みます。

「——あ、こら」

優子さんは、ぱっと身を起こし、

「ごめん、ごめん」

二人で、笑ってしまいました。

今度は、わたしが滑りました。爆撃火災に備えてもんぺの二重ばきということがいわれていました。寒さのせいもあって、そうしていたのが、役に立ちました。わたし達は、子供に返って遊びました。

その日、優子さんは、しばらくぶりでわたしの家によりました。母に、にこやかに挨《あい》拶《さつ》し、ピアノの前に座ると、水際《みずぎわ》立った指運びで『ドナウ河のさざ波』を弾き、帰って行きました。

4

三月に入ると、大阪、神戸の大空襲が相次ぎました。

大阪のそれは、今までのものとは桁《けた》違いでした。どこが焼けている、ということではなく、東の夜空全《すべ》てが、天まで赤く染まりました。世界が燃えている、という感じでした。続く、十七日の神戸爆撃は、地形の関係で、はっきりと見えませんでした。西に山が突き出して目隠しとなり、我が家からでは分からないのです。

工場の帰り、八千代さんがいいました。

「電車が動いているんやから、元町まで行ってみよう」

見物のようで、気がとがめました。しかし、わたし達が小学生の頃から、通い慣れたあの通りがどうなったか知りたいという欲求は押さえがたいものでした。八千代さんも、そうでしょう。家族の安否を知りたいという思いに似ています。

黄昏《たそがれ》近い光の中で、かつてハンケチやブローチを買い、コートを誂《あつら》えた通りに立ちました。

何もありませんでした。

ところどころに焼け残りのコンクリートの家の外側だけが、まるで作り掛けの模型のように立っていました。見渡す限り平坦《へいたん》で、そこには黒い瓦礫《がれき》が折り重なっていました。視界が開けたために、焼け残りの電柱の垂直の線が、遠くまで何本も何本も見えました。黒焦《くろこ》げになった自転車が横倒しになっていました。そのタイヤは燃え尽きてなくなり、車輪が奇妙にいびつになっていました。周囲の建物を失い、剝《む》き出しになった長いガードが、どこまでも続く不思議な建築物のようでした。空襲から数日経《た》っていたというのに、地面からは、病人の布団をはいだ時に似た熱気が、いまだにじわじわと立ちのぼっていました。

これだけの爆撃を受け、被害者の出ない筈《はず》はありません。後からの噂《うわさ》では、何千人という死者が出たといいます。

しかし、遺体はすでに運ばれたらしく、見ることがありませんでした。お芝居ではありません。ニュース映画でもありません。この眼がそれを見、この足がその地を踏んでいるのです。

歩き回るなどということは出来ません。わたし達は、すぐに引き返しました。帰りの電車で、八千代さんは、自分にいい聞かせるように繰り返しました。

「――芦屋は住宅地だから、爆撃されないんやって」

わたし達の周りでは、確かに、そういわれていました。

5

この春、五年、四年のお姉様方が合同卒業式をあげられました。非常時のため、女学校は四年で卒業となったのです。

芦屋川の川面《かわも》を、遠目には粉を撒《ま》いたように桜の花びらが流れる頃、わたし達は、名実共に最高学年になりました。

学校では、縫製だけでなく、講堂を使って飛行機部品の製造が始まりました。新四年生の一部は、そちらに回ることになりました。優子さんもです。

懐《なつ》かしい学び舎《や》に毎日通えるのですから、本来は喜ぶべきところです。それなのに、

《元に戻してほしい》と、先生に詰め寄ったそうです。飛行機工場の方が、より危険だと思ったからでしょう。

個人の希望を入れていたら、人員配置など出来るわけがありません。危ないとなればどこも危ないのです。仕事そのものは、向こうの方が忙しそうなので、最後には納得したようです。

お国の決まりで、学校から普通の勉強というものは消えました。いえ、その筈でした。しかし、わたし達の学校の方針は、《せめて一年生だけには、授業を受けさせよう》というものでした。

しばらく前には、《何先生はお休みだ》などと喜んでいたのですが、こうなってみると、授業時間があるという、学生にとって当たり前のことが有り難く思えます。後輩達の手に、その《当たり前》のかけらが残ったのは嬉《うれ》しいことでした。

先月――四月の下旬から、父は、時に横になるようになりました。冬の間、あれこれ無理をして働いたのがたたったようでした。どうも顔色がよくありません。わたしが家にいた方が何かと便利です。しかし、父は《休め》とはいいません。

――台所から音がしました。起きなければなりません。夜中過ぎからは、ほとんど考えごとをしていたようです。こんな時は、横になっているより、動ける方が嬉しいものです。

お友達の御父兄の中には、さしたる理由もなく、お子さんを休ませる方がいらっしゃるそうです。それに比べて立派だと思います。工場の方は、忙しい時とそうでない時の差が、一層大きくなっていました。事務室の椅子《いす》に無為に座っていることもあります。しかし、《仮に仕事がなくとも、その場にいるのがお前の務めだ》というのです。

飛行艇以外の仕事は増えていました。戦闘機の増産です。一機でも多く、一分でも速く、の勢いです。この時期、わたし達に新しい仕事を教えていると、その手間の方が大変らしいのです。

ぼんやりしているのは案外つらいものです。藤田先生は、

「時間があるなら勉強をしなさい。本を読みなさい」

と、おっしゃいます。わたしは、手の空いた時、事務室の机の上で『こころ』を読み、『暗夜行路』を読んでしまいました。

休憩時間には外に出ます。

冬の間、海岸に出ると、沈んだ色の砂地に、鷺《さぎ》や百合鷗《ゆりかもめ》の姿を見ることがありました。鳥は戦も知らずに、黙々と餌《えさ》を探していました。

今の見物は楠《くすのき》です。その葉は、春に美しく色を変えます。赤みや黄色みを帯びた葉が、

陽光に輝きます。湊川《みなとがわ》神社に近い我々は、この樹《き》を見るとどうしても楠木正成《まさしげ》を連想します。名軍師の名を持つから知恵の樹であり、香りの樹です。

わたしは、工場でも一際《ひときわ》大きな楠の下に立ち、見上げながら、一年前、藤田先生にいただいた言葉を思い出します。

——楠学問をしなさい。急がずに、着実に学びなさい。

深い空の水色を背景に、柿色《かきいろ》や梨《なし》の実色《みいろ》の葉が揺れ動き、まるで季節が今を飛び、秋へと移ったようです。

空襲の相次ぐ今は、その言葉は《死ぬな》という意味に思えます。先生は《生きなさい。一日一日の成長を重ね、大きくなりなさい》と、おっしゃったのでしょう。けれど、楠の葉は、春に散るのです。

6

わたしの誕生月になりました。

今年の五月は足取り重く、雨と共にやって来ました。連日、銅鑼《どら》の響きのように、陰鬱《いんうつ》な欧州情勢が伝えられました。

ムッソリーニ統帥《とうすい》が虐殺《ぎゃくさつ》され、その遺骸《いがい》はミラノの広場でさらし者になったそうです。

小学生の頃、何人分かをまとめた偉人伝に、《ベニト・ムッソリーニ――貧しい鍛冶屋《かじ》の子がイタリアの救世主に》と書かれていました。イタリアの人は、統帥をこよなく愛している筈でした。偉人伝中の人物が、これほどの憎悪《ぞうお》を受け屈辱にまみれたと知るのは恐ろしいことです。

同じ新聞に、ドイツのヒムラー総司令官が、米英に無条件降伏を申し入れた、と出ていました。

その夜、ラジオが、《ドイツ史上最大の英雄、逝《ゆ》く》と、ヒットラー総統の薨去《こうきょ》を伝えたのです。

確認しようと広げる翌日、翌々日の新聞には、このような記事が続きました。

――《ベルリン陥落》

――《伊《イ》国内の独伊軍　無条件降伏》

――《西部戦線ドイツ軍総司令官ルントシュテット元帥捕虜》

――《ヒムラー氏家族逮捕》

――《ゲッペルス宣伝相自殺す》

活字から、鉄の牙《きば》がものを齧《かじ》るような、崩壊の音が聞こえて来ます。

その響きを抑えるように、一番上に大きな《聖戦飽くまで完遂》という文字の重しが置かれていました。《我に万全の備え》となっています。

しかし敵機は、思うがままに頭上を往来します。

海には無数の機雷が投下され、眼前の大阪湾を、日本の船が安心して通ることすら出来ません。

我々は、ただ呆然《ぼうぜん》と爆撃を受けているだけです。以前は、少数のB29なら、偵察だけだったり、迎撃を惧《おそ》れて早々に引き返したりしていました。今は一機でも、かなりの被害があります。

端午の節句の五日には、《編隊がこちらに向かっている》という情報がありました。朝、少しだけ事務仕事をしたところで、空襲警報が出ました。

八千代さんが手を揉《も》みながら、

「どうしたの。何で、退避させてくれへんの」

と、やきもきしました。わたしも、動揺しました。明石《あかし》、神戸と主だった工場は破壊されました。誰が考えても、次は、わたし達のところです。

勤労動員の学徒にきびしい職場もあるようですが、わたし達は《歯医者に行く》などと申告すれば早退も自由です。退避も、警報が出れば、真っ先にさせてもらえます。それが当たり前になっていたので、遅れると不安になるのです。

じりじりと時が過ぎました。しばらくして、整列があり、揃《そろ》って北に駆けました。こういう時には、山際の薬学専門学校のある丘まで走ります。

警報解除があり、工場に戻って来たのはお昼近くでした。帰りは歩きでしたが、それでもお腹《なか》が空いて、ふらふらになってしまいました。

「や、お嬢さん方、マラソン、ご苦労様」

そんなことをいって、笑っている工員さんもいます。二、三キロはある距離を、空襲警報の度に行き来しているのですから、男の人から見れば滑稽《こっけい》かも知れません。

翌日の日曜日は、よく晴れました。

「応接間を、お掃除しておいてね」

と、母にいわれました。近所の集まりがあるからです。カーペットまで上げて、一心に掃除しました。

我が家が隣組の月当番なので、配給の品物も取りに行かなければなりません。お豆腐だったので、母一人では無理です。一緒に行き、隣組中に配って歩きました。水に浮いたお豆腐は重いものです。体が痛くなりました。

わたしは、勤労動員とはいえ、最近では事務室の机の前に一日中座っていることが多いのです。母は家にいて、父の世話の上に、こういうことまでこなしているのです。申し訳ないと思いました。

一段落したところで、母に応接間に呼ばれました。

「真澄、ラジオを交換に出そうと思うの」

え？——と思いました。色々な情報を得るのに、必要なものだからです。でも、それだけ家計が逼迫《ひっぱく》しているのかも知れません。やたらなことはいえません。

「何と？」

「お砂糖」

「どれぐらいの？」

「一袋」

食べ物の値打ちも随分と上がったものです。もう、普通の家では、人間の食べるものは食べられないといいます。学校の先生なども、ほとんど朝は抜いているようです。

母は、こう付け足しました。

「お父様が、コーヒー、お好きでしょう。お砂糖を入れてあげようと思って」

コーヒー豆は取ってありましたし、芦屋は水のいいところです。京都や大阪でも、場所によって、水道や都市ガスの出が悪くなっているそうです。芦屋では、幸い、そういうことはありません。ただ、お砂糖には困っていました。

「ああ……、それはいいわね」

お父様に、お砂糖を入れた湯気の立つコーヒーを。そう考えただけで、幸せな気分になります。

母は、ご近所の奥様のお名前を挙げました。その方に、交換をお願いしたそうです。

「――でね、ラジオの他にも、換えられるものを換えておこうと思うの。というのは……お父様のことなの」

7

わたしの鼻をくすぐったコーヒーの香の空想は、その途端に消えました。続く母の言葉が、良いものとは思えませんでした。

「……実は、お医者様の話だと、悪いのは……お胸かも知れないの」

結核となれば、いうまでもなく死病です。父の父も、その病気で早いうちに亡《な》くなったと聞いていました。わたしは、何もいうことが出来ませんでした。

この世のある限り、両親はいつもわたしの側《そば》にいる、そして、見守っていてくれる――そんな気がしていましたから。

「……お医者様のおっしゃるには、とにかく空気のいいところで安静にし、滋養のあるものを摂《と》るしかないそうやの」

それは、結核治療の常識です。患者は高原や海辺のサナトリウムに入ります。

「……こちらは食糧事情も悪いし、いつ空襲があるか分からんでしょう。寝ていらっしゃる時に爆撃でもされたら、どうすることも出来へんわ。お父様の身寄りは遠縁の方ばかりやから」ためらってから「……今のうちに、若狭《わかさ》に行こうと思うの」

若狭には、母の実家があります。海辺の町ですが、軍事施設とは縁のないひなびたところです。わたし達も、夏に何度か泊まりに行っています。こういっては何ですが、豊かな家でしたし、母は男一人女一人の妹です。若狭の祖父母から、可愛《かわい》がられていますから、粗略な扱いを受けることもないでしょう。お医者様も、掛かり付けの方がいらっしゃるのでしょう。

「……お父様の具合を見ながら、来週には出たいわ。急な話で何やけど、そのつもりでいてちょうだい」

頷《うなず》くしかありません。

《今のうちに》というのは、父が動けるうちに、という意味でしょう。戦争のことしかなかった頭に、急に父の病気が飛び込み、収拾がつかなくなってしまいました。

その午後、八千代さんが訪ねて来ました。玄関口での対話になりました。

「まあちゃん、あのね……」

と、珍しく切り出しにくそうです。落ち着いて聞ける気分ではありませんでした。先をうながすと、《明日から、岡山の田舎に行く》というのです。

「……おばあちゃんがいるんだけれど、もうお年だから、面倒を看《み》る人がいるんやって。わたしに、《ひと月ぐらい来てくれ》というの」

お手伝いの方なら、いくらでも、いるでしょう。昨日、退避が遅れたこと、工場の空襲が近いこと、――それらを考えあわせ、田所のお宅で考えたのでしょう。

時節柄、引け目を感じて、話しやすいわたしのところに来たのです。心を痛めているなら、可哀想《かわいそう》です。

わたしは、水が溢《あふ》れるように、抱えていた重荷を言葉にして出しました。

「――うちも、――うちもね、父の体が悪いの。田舎に、療養に行くことになりそうなん」

話の途中から、八千代さんの顔が、ぱっと明るくなりました。

「なあんや。まあちゃんもか！」

天真爛漫《てんしんらんまん》な口調でした。

八千代さんの気持ちが軽くなったのなら、それでいい筈《はず》なのに、わたしの胸には、様々な思いが一度に込み上げました。

――うちの父は本当に病気なの、死ぬかも知れないの。

そう、叫びたかったのです。でも叫びませんでした。軽々しく口にすべきことではありません。きょとんとされれば、それまでです。若狭に引っ込むについて、田所のお宅に色々とお世話になるかも知れません。

八千代さんは、すっかり元気になり、

「学校や先生には、連絡してあるわ。皆《みん》なにも、よろしくいっておいてね」

そういうと靴音高く、帰って行きました。わたしは見送ってから、三和土《たたき》にしゃがみ込みました。そして、玄関口に腕を置き額を押し当て、声を殺して、ほんの少しだけ泣きました。

手で顔を拭《ぬぐ》ってから、そのままの姿勢で、小さく『故郷《こきょう》を離るる歌』を歌いました。小声で、ほとんど詩句を読むようになってしまいました。眼が少し赤くなっても、それはこの歌のせいです。

――ここに立ちて　さらばと別れを告げん
山の陰の故郷《ふるさと》　静かに眠れ
夕日は落ちて　たそがれたり

実際、夕暮れが迫っていました。三和土にも水のように薄闇《うすやみ》が溜《た》まり始めていました。

――さらば故郷

さらば故郷　さらば故郷
故郷さらば

歌い終えて、しばらくして、ごまかしてはいけないと思いました。立ち上がりながら、これからは、もっと明るい歌を口ずさもうと思いました。これに替わる歌が欲しい、と。

その日、父の具合はよく、ちゃぶ台を囲んで、一緒に食事をしました。明日にはなくなるラジオから音楽が流れました。

一家の、楽しい団欒《だんらん》でした。

8

週明けから、八千代さんはお休みになりました。

火曜日は八日、月に一度の大詔奉戴日《ほうたいび》です。陛下の開戦のお言葉を戴《いただ》いた日です。海岸広場で式がありました。終わってから、チブスの予防注射があり、左の腕がいつまでも痛くて困りました。

疎開《そかい》の準備は、母がてきぱきと進めました。

田所のお宅でも、父の日頃の仕事振りを買って、あれこれ面倒をみてくれました。留守宅には、会社の若い方が住んで下さるそうです。戻って来たら、いつでも空けてもらう約束です。家は人が住んでいないと荒れるといいます。家財道具もほとんど置いて行きます。留守番を頼まないわけにはいかないのです。勿論《もちろん》、空襲で焼けてしまえば、それまでですが。

三月の空襲の後、良やさんは《やはり、神戸は怖い》と田舎に帰ってしまいました。後に来た人は、居着かなかったり、こちらの気にいらなかったりでした。困っていましたが、もう、探す必要もなくなったわけです。

学校への話も済み、身の回りの品だけを小さくまとめて、数日後には出ようという態勢になりました。

そして、十日の木曜。冷たい水で顔を洗いながら、思い出します。

——昨日のことです。

わたし達も、珍しく忙しくなりました。

朝から、工場の様子が慌《あわ》ただしいのです。急に、物品の移動が始まりました。

「今日明日、空襲の惧れあり」と無電が入ったそうです。普段は見ない予科練の方々も、大勢手伝いに来ていました。それだけでも、事態の容易ならないことが分かります。

いつ警報が鳴るかと、足も浮くような気分のまま、部品の箱詰めなどをしました。行き交う靴音と、苛立《いらだ》ちの怒号が、広い工場の屋根にこだましました。

──《自分が疎開した直後に爆撃があったらどうしよう》と思いました。それで、もし、お友達の誰かが亡くなったら。

逃げたと思われたら、仲間に合わせる顔はありません。それぐらいなら、いる間に空襲があった方がましです。

午後早いうちに作業も片付きました。わたしがいたのは、慣れた第二工場でした。手伝うこともなくなったので、以前、自分の持ち場だった場所に寄り、ぼんやり床を見ていました。

ジュラルミンの塗装されていない屑《くず》に気づきました。綺麗《きれい》に輝いています。その中に、わたしの手のひらより、わずかに小さいぐらいの五角形と、細長い棒状の端切れがありました。側にいた工員さんに断って、それを拾い、重ねた部分にドリルで穴を開け、リベットを通し、エアハンマーでとめました。

作業服の横腹を叩《たた》きながら、太った工員さんが聞きました。

「何や、そりゃ。蝿《はえ》たたきか？」

「ええ……、ちょっと……」と、わたしは曖昧《あいまい》に笑い、「これ、いただいていいですか」

工員さんも笑って、

「いいよ」

と、答えました。

勤労動員の女学生は、無数にいるでしょう。飛行機工場で働いている人も数え切れない。でも、こんなものを作ってしまったのは、日本でわたし一人の筈です。

そして昨日の夕方、わたしは――ああいうことをしました。自分でも信じられません。色々なことが、一つになってわたしの背中を押したのです。

――田所の家に、八千代さんはいない。

――疎開をすれば、いつ、こちらに戻って来られるか分からない。

――そして、何よりも、明日、空襲があれば、もう、生きてはいないかも知れない。

こういったことが一つになり、前後の見境がつかなくなってしまったのです。

いったん、家に帰ってから、夕暮れを待ちました。修一さんが、工場から確実に帰るまで待ったのです。

その間、小賢《こざか》しくも、八千代さんへの短いお便りを書きました。何ということもない言葉が書き連ねてあります。

書き終えてから、しまってあったセーラー服を取り出しました。もんぺを脱ぎ、スカートになりました。時が、昔に返ったようです。鏡台の覆《おお》いの布を上げ、自分を映し、それから、鮫革《さめがわ》の靴を不揃《ふぞろ》いながら牛革のものに履き替え、田所の家に向かいました。

曇りだったお天気は、午後から晴れに変わりました。五月の日は長く、ついこの間、闇に沈んだ時間でも、横から差す金の入り日が、わたしの横顔を熱く染めました。頰は燃え、胸の鼓動は息苦しいぐらいでした。靴音が響きます。この姿を婦人会の人にでも見とがめられたら、非常識な服装だと罵倒《ばとう》されるでしょう。夕暮れ時で、しかも出来る限り路地を縫ったせいもあって、子供以外には会いませんでした。

小学生の頃から、通い慣れた田所の家の門をくぐります。見とがめられたら、八千代さん宛《あて》の手紙を出し、「お届け下さい」といって引き下がるつもりでした。でも不思議なことに今日は、よく庭に出ている爺《じい》やさんの姿もありません。わたしは、入ってすぐ左に折れ、離れに足を向けました。

初めて行く、修一さんの家です。

玄関に立ち、小さくこぶしを作って、硝子《ガラス》引き戸を叩きましたが、応答がありません。心臓の音が、頭にずきんずきんと響きました。

――ここで、引き返すわけには行かない。

何という大胆さでしょう。わたしは、わずかに戸を開け、中に向かって、

「……ごめん下さい」

と、訪《おとな》いの声を流し込んだのです。

お母様が現れたら、不自然でもやはり、八千代さんへのお手紙を出すしかなかったでしょう。

9

でも、……修一さんが出ていらしたのです。帰ったばかりなのか、作業服のままです。昔のままの、わたしの心の中まで見るような眼が、こちらを見ました。

顔は一瞬驚き、それからそこに、ゆっくりと、糸のほぐれて行くような、嬉《うれ》しい穏やかな表情が広がりました。その格好は何だ、などとはおっしゃいません。

「――また、会えたね」

今度は、空想ではなく、本物の修一さんがしゃべった言葉です。

「――はい」

横からの黄金の光を受けたまま、しばらく、わたしは、あの人を見つめていました。口は閉じていましたが、多くのことを語り合ったようでした。

わたしは、銀の道具を、そっと取り出しました。

「――これを、お渡しに来ました」

「え？」

「今日、工場で作ったんです。──フライ返しです」

飛行艇を作る工場で、台所のフライ返しを作るなんて、おかしいでしょうか。

それは、この滅私奉公の世にあって、大きな《公》の場で生まれた調理の道具。限りなく小さな《私》のものでした。修一さんは、まるで秘密を共有した国事犯同士のような、親しい笑みを浮かべました。

フライ返しを受け取ると、

「ちょっと待って」

といって、奥に引っ込みました。一人の時間は、驚くほどに寂しく、長く、心細く、感じました。一気に日が落ち、辺りが薄暗くなってしまいました。でもそれは、昔めいた懐《なつ》かしい薄闇でした。

修一さんは、やがて一冊の大きな本を持って現れました。

「お返しなんやけれど、これを受け取ってくれる？」

表紙には、小枝を持った人の木版画が刷られています。薄くなった光の中で、朱色で書かれた『田舎《いなか》の食卓』という題名が読めました。詩集のようです。

「お母様のご本やないんですか」

詩がお好きという話でした。

「うん、母の故郷《さと》の人が書いたんだって」

「そういうご本をいただくわけには――」

「そんなら貸すよ」

わたしは、懐かしく思い返しながら、

「あの本のように？」

勿論、『愛の一家』のことです。

「そうや。貸すから、――そやから、また、会おう」

そうです。借りたら返しに来なければいけないのです。

「はい」

わたしは、こくんと頷《うなず》きました。そうすれば、一度は若狭と神戸に別れても、また再び会えるような気がしました。

田所の家の方は、揃ってどこかに行かれたのかも知れません。でも、長居は出来ません。離れの玄関に立っているところを見られたら、弁解が出来ません。とんでもない娘だと思われるでしょう。

わたしは、もう一度礼をして、詩集を抱き、跳ねるように帰って来ました。今度は、闇がセーラー服を柔らかに包んで、隠してくれました。

足音を忍ばせて家に入ると、急いで元通りに着替えました。何食わぬ顔で、台所に行きます。

「どこに行ってたん、こんな時間に？」

と、母に咎《とが》められました。

「田所さんのお宅」

八千代さんへの手紙を頼みに行ったのだ、といいました。

食事が終わると、初夏の机に、借りた本を広げました。詩人の名は木下夕爾《ゆうじ》。スタンドの電球の光が、めくるページの上に薄黄色の輪になって落ちます。

すでに現実の中では、縁の薄いものとなっていた軽やかな言葉が、やさしく心を撫《な》でてくれます。《青年》の書く詩だと思いました。題は『田舎の食卓』ですが、都会の感覚が感じられました。

「新しい季節の手」という詩まで来て、修一さんが、反射的にこの本を選んだわけが分かりました。《化学教室の白い窓框《まどがまち》に　のびあがり　のびあがり　攀縁《はんえん》植物が優しい手をかける》と始まります。すでに失われた理科教室の授業を思い出します。

それに続けて、こう書かれていたのです。

《その翼をデュラルミンのやうに光らせて
友よ　また秋がやつて来た》

ああ、秋。

白銀のように涼しく、清潔に、輝く季節。それは、伸び上がる蔦《つた》が、どんなに渇望《かつぼう》しようと、届かぬほど遠くにあります。

最後のページに来た時、そこに一枚の紙が挟まれているのに気づきました。ブルーブラックのインクで書かれています。サインを見るまでもなく、修一さんの字でした。それまで見たことがなくても、わたしには分かったのです。

こう書かれていました。

デン・イエーダー・フリューリング・ハット・ヌーア・アイネン・マイ

10

夕食後、横になっている父のところに行って聞きました。

「お友達から聞かれたんやけど、これどういう意味か、分かるかしら」

用心深く、別の紙に書き写した言葉を、ゆっくりと読み上げました。父は、すぐに頷きました。

「『会議は踊る』だよ」

「映画の？」

大分前に流行《はや》ったドイツの作品です。名前ぐらいは知っています。

「そう。ちょっと前の大学生は、皆《みん》な、よく歌っていたものだよ」

ドイツ語で歌うところが見栄《みえ》なのでしょう。田所のお宅の、お兄様達が口ずさんでいたのだと思います。それをまた修一さんが覚えたのでしょう。

「このところはどういう意味？」

「待て待て」と、父は、《デン・イェーダー》と詩句を舌先で転がし、「《――だって、春に五月は一度しか来ないだろう》」

歓喜が湧《わ》き上がりました。そうです、修一さんは、わたしが五月生まれだと、今日の日まで、覚えていてくれたのです。わたし達は何年もの時を越えて、会話をし続けていたのです。

けれど、わたしは、さりげなく、

「そう」

と、答えました。

こんなにもすらりと感情を隠せるのに、自分でも驚きました。《娘》とは何と軽々と、嘘《うそ》つきになれるものなのでしょう。

わたしは机に戻ると、一番下の引き出しから『啄木《たくぼく》かるた』の箱を取り出し、花を散らすように、畳の上に広げました。

そして、一枚の札を手にしました。この六年、じっと見つめて来た札です。最初は何ということもない歌でした。それが、まるで持ち重りする荷物のように、女学校に上がった頃から、妙にまぶしく、特別なものになっていました。

父が苦しそうに咳《せ》き込み始めました。わたしは、かるたを元に戻しました。手伝いに行こうとしましたが、母が寝間に入るなといって、入れてくれませんでした。

父は、その後はよく眠れたようです。

朝は、小麦粉を溶いたものに蒸したお芋の賽子《さいころ》切りを入れてフライパンで焼きました。裏山に植えたお野菜を入れたごった煮と一緒にいただきました。

「力をつけないとな」

布団《ふとん》の上に身を起こした父は、そういって、汁を口に運びます。食べにくいものを食べやすくするのに、近頃では味の素が、とても役立ちます。お出しを取ることなど難しいからです。

新聞を最初に見るのは父ですが、手渡す時に見出しが眼に入ります。沖縄に敵が迫っているようです。しかし、父は別のところを先に読みました。

「《ドイツ敗北の戦訓》だとさ」

「え？」

「ドイツがなぜ負けたか、そこから学ばなければいけないそうだ」

「――なぜ負けたの」

父は、以前に見せたことのない、いらだちの表情でいいました。

「《特攻精神がないから》だとさ。――してみると、米英はなぜ勝ったのかね」

母が、《あなた――》とたしなめました。

11

「――行ってまいります」

と、いつもと同じように家を出ました。しかし、着いた時から、工場の空気は、ぴんと張り詰めていました。

わたし達は事務室で待機するようにいわれました。

「いよいよ、今日だそうよ」

そういう言葉が行き交い、静まり、またしばらく経《た》って、

「どうなるんかしら」

という、いい合いになりました。

それも長いことではありませんでした。戸が開くと藤田先生が顔を出し、隊長の生徒に出欠状況を確認しました。来るべき子は揃《そろ》っていました。

「全員、整列」

外に出掛けた時、空襲警報発令のサイレンが、天地を覆《おお》う猛牛の唸《うな》りのように鳴り響きました。何度聞いても、熱いものを当てられたようになる音なのに、今日は天地を揺るがすようです。

列の後ろの方に並びながら、わたしは、崖《がけ》ほどに高い、工場の建物の側壁を見上げました。学徒動員がなければ近づくことも出来なかった建物です。

——今日限りで、これもなくなる。

そういう直感が、ありました。轟《とどろ》くサイレンを聞きながら、防空頭巾《ずきん》の紐《ひも》を堅く締め直しました。前からの番号が、驚くほど速く回って来ました。員数確認が終わるとすぐに、

「前進！」

と、声がかかりました。昨日は、工場内から小走りでしたが、今日は門までは歩いて行くようです。そのことが、かえって不気味でした。工場の動揺を抑えようとするかのようでした。

一年間、見慣れた風景が後ろに流れて行きます。どこかに慌《あわ》ただしげに走って行く工員さん達もいます。防衛隊員となった方は空襲中でも残るといいます。大丈夫なのでしょうか。いざとなった時に防空壕《ぼうくうごう》は役に立つのでしょうか。

道を折れ、第一工場の横を抜けます。そこに指示待ちをしているのでしょう、中学生の一隊が見えました。並木越しに、一人一人の顔まで見えます。

――修一さん。

と、思いました。男でも学徒なら、わたし達の次に退避出来る筈です。各地で動員学徒が空襲の犠牲になっているといいます。お国のために、いつかは身を捧《ささ》げることもあるでしょう。でも、それが今日であってほしくはない。

心なし、皆なの歩調は速くなっています。気があせるからでしょう。その時、列の後ろから、一人の中学生が前に出るのが見えました。あの人でした。わたしは、防空頭巾の紐を締めたことを悔やみました。もっと、はっきり顔を出しておけばよかった。

修一さんの口が、お友達に向かって小さく動いています。

――従姉妹《いとこ》がいるんだ。

そういっているのだと思いました。実際、そうでしょう。八千代さんはここにいません。でも、そんなことはお友達には分かりません。わたしのために、修一さんは前に出てくれたのです。

通り過ぎる一瞬、わたしはそちらに顔を向けました。修一さんはわたしを見つめ、すっと背筋を伸ばしました。そして、右手を斜めに立て海軍式の敬礼をしました。あっと思いました。しかし、振り返るわけにはいきません。その姿を残像にして、速足に行き過ぎるしかないのです。

ざっ、ざっ、ざっ、という靴音が、絶え間無く岸壁を打つ波のように響きました。気がつくとわたしは北に向かう街路にいました。すでに一隊は、速足から小走りになっています。

足は機械になったように、自分の意志とはかかわりなく動いているようでした。

——どうして、どうして敬礼なんかするの。

わたしは、そう繰り返しました。見つめ合えば、それで十分ではありませんか。芝居のような、その動作はとても不吉なものに思えました。まるで、《僕を覚えていてくれ》と強いるようです。

でも、逆の立場になれば、自分も動かずにはいられなかったかも知れません。そうなれば、この場合、確かに敬礼ぐらいしかすることはないのでしょう。

阪神本線も国道電車も省線も阪急も越えて、薬学専門学校の丘が目の前に迫って来ました。

——けれど、敬礼はあの瞬間を特別のものにしてしまう。

はあはあ、という飢えた犬にも似た喘《あえ》ぎが聞こえました。それは、くの字に曲がった丘を上る、わたしの息でした。修一さんは、《また会おう》といいました。その《また》とは、あの一瞬のすれ違いではない筈《はず》です。あれが《最後》になっていい筈がありません。

「隊列を……整えろ。もう……急がなくて……よろしい」

途中から、わたし達を先に行かせた先生が坂の下に着き、そこから、切れ切れに叫びました。遅れた子達から順に伝言のように、指令が伝わります。

松の多い丘でした。わたし達は建物から離れたところへと上って行きました。目標物のない、人影も見えないところには、爆弾は落とさないといわれていました。

松林の中に、二、三人が一本の木に隠れるようにして、しゃがみました。皆な、牡蠣《かき》殻を貼《は》ったような松の粗い幹に手をかけ、友達同士抱き合いながら、荒い息をついていました。

松の木と湿った地面の匂《にお》いや、木漏れ日の輝きに気づいたのは、息が整ってからでした。美しい光が、天から落ちていました。

――ああ、今日は晴れている。

と、初めて気が付きました。枝の切れ目から見えるのは、澄んだ青空でした。

――真澄の空は朗らかに晴れて、楽しい心。

場違いな、文句が浮かんでは消えました。

「来たっ」

誰かが、押し殺した声でいいました。遠くから海鳴りの近づくような、そして、それよりも低い音が迫って来ます。わたしは、顔を動かし、大阪湾の方を見ました。澄んだ空のまぶしい方角に、すでに思いがけないほど近く、B29の群れが見えました。そのところどころが、きらりきらりと光っています。

大阪、神戸の空襲は、直接、目《ま》の当たりにしたわけではありません。これほどの大編隊を見るのは初めてでした。黒い魚の群れが飛来するようでした。空を無数の熊手《くまで》で掻《か》くような飛行機雲が、後に真っ白く続いていました。

真っすぐに、わたし達のところに向かって来ます。全身が凍りつきました。

轟々《ごうごう》と海を渡って来た敵機は、それが陸地にかかる辺りで、虫が腹から子を産むように黒い点々を振るい落としました。わたし達が、しばらく前までいたところです。

焼夷弾《しょういだん》はザーッとトタン屋根を流れ落ちるような音を立て、爆弾はそれより甲高いといいます。けれど、聞き分けるより先に、次々に地が弾けるように、落とされたものが炸裂《さくれつ》しました。

「ああっ」

何人かが悲鳴を上げました。しかし、すぐに皆な、声も出せなくなりました。

——早すぎる。修一さんは、皆なはどうなったのかしら。

凄《すさ》まじい地響きが続きます。敵機はわたし達の頭上を、擦るように通り抜けて行きます。皆な、顔を覆《おお》い、肩を寄せ合っていました。最後の瞬間を眼から知りたくありませんでした。

——次はわたし達だ。ここにも、爆弾が落ちるのだ。全《すべ》ては崩れ去るのだ。

長い長い時間が過ぎ、松林を渡る涼やかな風が、頰を撫《な》でました。葉擦れの音が、返って来ました。

——生きている。

ぶるぶる震えながら、そう思いました。顔の手を下ろし、松に手をかけながら立ち上がりました。膝《ひざ》もがくがくしました。もんぺに、じっとりと土が付いていましたが、誰にも払う余裕はありませんでした。

空は、勿論《もちろん》、見えます。しかし、工場そのものへ向かう視線は、下の木の枝が遮っていました。お友達と一緒に、伸びをして工場を見下ろしました。

炎に包まれているのかと思いました。しかし、赤い色はどこにも見えませんでした。高台から見る工場を覆っていたのは、信じられないほどに舞い上がる砂塵《さじん》と、水中で野球場何杯ものインクをまいたような、濛々《もうもう》たる黒煙でした。それが、醜怪な生き物のように、ゆっくりと、ゆっくりと、のたうっているのでした。

第二部

第一章

1

お前達にも、本当に心配をかけた。

散々な夏休みになってしまったね。予定通りなら、今頃は皆《みん》なで北海道に行っている筈《はず》だった。おねえちゃんは、漫画で見たクラーク像に対面し、幸子はガイドブックに赤丸をつけた、特製アイスクリームを口に運んでいたろう。

残念だよ。でも、今年は異常気象で、北の都札幌が、関東より暑いそうだ。鉄道のレールも曲がるほどらしい。となれば、出掛けなくてよかったのかも知れない。

そうそう、入院の翌日、ベッドで、お母さんと予約取り消しの話をしていた。それまでは、悪い夏風邪と思っていたから、《すぐに治る、何とか間に合わせよう》と甘く見ていた。けれど、緊急入院だ。もう降参するしかない。飛行機、旅館、まだある、《抹茶》の泊まる猫ホテルもだ。全部、取り消すのだから大変だ。

ちょうどそこに、先生が入って来て、

「何、北海道、行ったの？　キタキツネ、触った？」

と、矢継ぎ早に聞いた。話題は呑気《のんき》そうだが、口調は違う。それこそ、狐《きつね》につままれたようになりながら、

「いえ、まだ行ってないんですけれど……」

説明があった。キタキツネは、医学的には厄介な代物《しろもの》らしい。牧歌的な存在ではない。触ると難しい病気に感染することがあるという。

「動物が原因だとね、この間も、高熱が続いて入院した一家がいたんだよ。そっちはオウムが原因だった」

ペットの鳥から来る病気もあるようだ。

お母さんは、ちょうど前の日の夕刊で、猫が媒介する症例を読んでいた。オーストラリアでは何人か亡《な》くなっているらしい。心配になって《抹茶》のことを持ち出した。

「やっぱり熱が出て、肝臓に来るそうですけれど」

血液検査の結果、肝臓の何かの値が異常に高くなっている——とのことだった。

だが、先生は一言のもとに、

「あ、違う、違う」

と、片付けた。

《抹茶》は、最近、とみに人懐《ひとなつ》っこくなった。こちらが風通しのいいところで横になっていたりすると、すぐ擦り寄って来る。顔に、体や顔を押し付け、嘗《な》める。そうされると、嫌な気はしない。暑苦しいが、つい、べたべたしてしまう。そんなことが続いていたから、《もしや？》と思わないでもなかった。

しかし、これは冤罪《えんざい》だったらしい。

——失礼しちゃう。

という《抹茶》の顔が見えるようだ。先生は、いった。

「とにかく、抗生物質で叩《たた》いてみるからね」

高熱が出て、どうしても下がらなかった。いつもなら、市販の風邪薬を飲んで治してしまうのに、今度はそうはいかなかった。食べるものも食べられなくなって、病院に行き、一回目は熱さましを貰《もら》い、それでも駄目なので、また来た。今度は、緊急入院ということになった。

車椅子《くるまいす》を用意してもらって、気恥ずかしかった。

——歩けるのに。

と、思った。しかし、それから、がくんと体力が落ちてしまった。あの時に入っていて、本当によかった。

ベッドの父母の横にいること、あるいは付き添い用の簡易ベッドを借りて隣で寝ること、さらには点滴の量の調整にまで慣れていた。この病院なら、どこに給湯室があり、患者用の風呂《ふろ》があり、どういう形で食事が出るかも熟知していた。だが、自分が入院することになろうとは、——《いつかは》と予測しても、今日明日とは、思わなかった。

そういうものだ。

しばらくは、栄養剤と抗生物質で、二十四時間、点滴の針を入れられたままだった。繋《つな》がれた動物のようだった。夜が長く、朝日のさして来るのが、待ち遠しかった。

繋がれる、といえば、《血の繋がり》というのは、あるものだと思った。母も——お前達のおばあちゃんだ——血管が細かった。点滴の針が入りにくく苦労したものだ。見ていて痛々しかった。何度やり直しても、うまく行かず、いったん入れても、よく洩《も》れた。

それでね、お父さんの点滴も洩れたのだよ。指が太くなり、手のひらが膨らんだ。それが妙に懐かしかった。

おばあちゃんの小さな手が、よく、こうなった。ぷくんとして、赤ちゃんの手のようだった。それを見て、可哀想《かわいそう》だと思ったけれど、どうしてやることも出来なかった。ただ、おばあちゃんが赤ん坊だった時のことを思った。生まれて、成長し、年老いる人間というものを。

看護婦さんが、お父さんの手から、血管のよく浮き出るところを探し、手の甲や指に針を刺した。同じことが、おばあちゃんの時にもあった。二人だけになると、おばあちゃんが、《……ここは痛いんだよ》と、いったものだ。

――さて、そうこうしているうちに、喉《のど》を通らなかった食事が、少しずつ入るようになった。熱も次第に下がって来た。普段、何でもなく出来ることが可能になるのが嬉《うれ》しい。具合の悪い時には完全な擦り足で、まるで能役者のようにそろそろとしか移動出来なかったのが、わずかでも踵《かかと》が上がるようになった。こんなことが、実に嬉しいのだよ。

看護婦さん達の中には、面白い人がいた。枕元《まくらもと》にお前達と撮った写真が、置いてあったろう。皆なで山に行った時の写真だ。お父さんが、にこにこしている。それを覗《のぞ》き込んで、いうことには、

「あ、笑えるんだっ。――陰気な人かと思ってた」

不精髭《ひげ》を生やしたまま入院して、後は苦しんでいたのだから、陽気にふるまえる筈がない。屈託なく明るく、そういわれて、ベッドの上で初めて、微笑《ほほえ》んでしまった。

お母さんが、先生にいわれたそうだ。

「あのタイミングで入院しなければ、危なかったかも知れない」

よくなって来ると、そう聞いても、実感がない。冷静に聞ける。ただ、入院した三日目辺り、回診して来た先生が、お母さんを、

「――ちょっと」

と、呼んだ。あれは嫌だったよ。帰って来たお母さんが、

「レントゲンの方は、何でもないって」

といい、こちらも、

「……ああ」

と、気のない返事をした。特別なことがあったとしても、尋ねるつもりはない。お母さんも、答えにくいだろう。父や母の時にも、同じようなことはあったからね。気持ちはよく分かる。今度は立場が入れ替わっただけだ。

退屈出来るというのは、よくなった証拠だ。最初は、CDラジカセを持って来てもらった。しかし、電池が早くなくなるし、それなりに重い。点滴を受けている身では、軽ければ軽いほど扱いやすい。枕の左右に動かすのも簡単だし、ラジオの操作もしやすい。

それで、今の安くてシンプルなラジカセに替えてもらった。これは小さくていい。テープを何本か聴いた。そのうちに《ラジオ》というスイッチの隣に、《マイク》と書かれているのに気づいた。

昔のラジカセは殆《ほとん》どが、マイク内蔵だった。今は聴くのが専門だ。音質はよくなったのだろうが、その分、マイクは、いらない機能として捨てられたようだ。付いている方が珍しい。

試しに《録音》にし、寝かせたラジカセの、マイクの穴に口を寄せた。そして、囁《ささや》いてみた。

その時は、《ああ、入っている》というだけだった。だが、ぽとりぽとりと落ちる点滴のしずくを、下から見上げているうちに、じわじわと込み上げて来る思いがあった。録《と》れていた。

——自分には、語っておきたいことがある。

2

お母さんに、テープをまとめて買って来てもらった。

しかし、何から、どういう順序で話して行こうか。簡単には、まとまらない。

点滴は、今は二十四時間ではなく、午前中二本、午後二本になっていた。その間はじっとしているわけだ。考える余裕はいくらでもあった。

熱は下がり、肝臓の値も正常に近くなって来た。ところが、あれこれ思いをめぐらし始めたら、頭が痛み出した。かなり、ひどい。たまらなくなって鎮痛剤をもらった。それで、一時は薄れるのだが、薬が切れると、またぶり返す。

先生が、《内科的なものではないから、リハビリの部屋に行くように》と、いってくれた。整体の先生が、首筋を温め、頭と背中を押したり揉《も》んだりしてくれた。すると偉いもので、しつこかった痛みが、流れ出るように軽くなった。

こんなことをしているうちに、隣のベッドの患者さんがめでたく退院することになった。二人部屋だったから、隣を気にする必要がなくなったわけだ。これは有り難い。頭が痛くなったのも、それまでの時間稼ぎのように思えた。

ラジオやテープを聴くだけなら、イヤホーンを使えばいい。——ヘッドホーンだと、上を向いている時はいいが、横になると、枕に当たるからね。

しかし、録音となると別だ。どう声を潜めても、つぶやく声が洩れる。隣の人は、気になるだろう。客観的に見れば、かなり怪しい奴《やつ》だ。悪いところはどこか、と心配になるかも知れない。しかし、これで、その惧《おそ》れもなくなった。隣が二、三日空いたままなら、嬉しい。その間に録ってしまおう。

まあ、こんなわけで、ラジカセを口元に引き寄せ、しゃべり始めたわけだ。

話の手掛かりになるのは、お父さんの日記だ。小学五年の秋から、中学生になる春の三月まで書いてある。

そう聞くと、《え、お父さんにも小学生の時なんてあったの？》と思うだろう。無理もない。親なんて、昔から大人だったような気がするものだ。

日記は、ひとまとめにして取ってある。机の何番目の引き出し——と、置いてある場所もすぐにいえる。お母さんに頼んで、袋ごと持って来てもらった。今、枕の横に積んである。

お父さんは物持ちがいい方だ。しかし、それだけでは残らなかったかも知れない。今から話すことがあったおかげで、この時代の日記が、生涯、忘れられないものになった。だから、捨てずに置いてある。

ただ、あまりに強い記憶だったせいか、改めて思い出の袋を開けることなく、過ごして来た。じっくりと見るのは、お父さんも、数十年ぶりなのだ。この機会に、言葉として残しておこう。

退院したら、テープを元に、文字に直しておく。今のお前達が読まなくてもいい。大きくなった時、——その時には、もうお父さんはいないかも知れない。実のところは、いるうちに読まれるのは、ちょっと羞《は》ずかしいのだ。ただ、お前達の父に、こういうことがあり、こういうことを考えたと知ってほしい。

さて、小学五年のお父さんが、どうして日記を書き始めたか——から話そう。実は、《さらに昔の日記》を見つけたからだ。書き出しが、こうなっている。

十月十六日（日）

古い絵日記が出てきた。二年生の、夏休みの宿題だ。ということは、今から三年前。

見ているとおもしろい。

覚えているよ。押し入れの中を引っ繰り返していたら、《さくひんいれ》という袋が出て来たんだ。二の一、村上和彦《かずひこ》と、自分の名前が書いてある。先生が、皆《みん》なに作らせたんだ。中にはプリントやゼラニウムを描いた絵、手作り紙芝居、そして、絵日記が入っていた。

大人になり、まして、この年になると、三年では、たいした変化もない。それぐらい、昨日、一昨日《おととい》のようだ。だが、小学生にとっての《三年前》は遠い《昔》だった。

懐かしかった。

これだ。その絵日記も、ここにある。

《ペンギン・ノート》というメーカーのものだ。お前達に自慢しても仕方がないが、金紙が貼《は》ってある。夏休みの宿題の中の金賞だったんだね。

こちらの絵日記は、いってみれば、《事件》の前置きのようなものだ。戦争が終わって、もう十年以上経《た》ち、世の中も落ち着いていた。

小学二年の、七月の二十五日から三十日まで、千葉の、母の田舎に行っている。出かける前の日に、こう書いてある。

いよいよあしたはちばいきです。
おかあさんが、あしたちばにいくので、いそがしそうに、はたらいていました。
そのよるは、うれしくて、なかなかねむれませんでした。

大きな字で書いてある。だから、これで一日分。上半分は絵が書いてある。千葉に行く時に使った大きな鞄《かばん》に、母が荷物を詰めている。

昔のことだから、家族旅行などという贅沢《ぜいたく》は出来なかった。母の里帰りに付いて行くのが、外で泊まれる唯一《ゆいいつ》の機会。日常を離れる冒険だった。《うれしくて、なかなかねむれませんでした》に、〇が付いている。有り難いことだ。しかし、これは決まり文句を使っただけだろう。そこまで興奮しなかったと思う。

ここは明らかに、一日分稼いでいるのだ。《千葉行き》の話題で、前の日も埋めようとしているわけだ。書く材料を探すのも大変だからね。

同じ手を、何回か使っている。

八月十一日

あきかんのちょうちんをつくりました。
あきかんをよこにして、なかに、ろうそくをたてて、それにひをつけるのです。
もつところも、つけました。

次の十二日に、
きのうつくったあきかんのちょうちんを、よるになったら、だしました。
あきかんのちょうちんに火をつけました。
とおくから見ると、小さなおつきさまを見るようです。

昔は、こんな手作りの玩具《おもちゃ》を作って遊んだのだね。今から四十年以上前だ。夜も深かった。
一回、引っ越しはしたが、同じ町内だ。お父さんの育った家の跡は駐車場になってしまった。いつか、《ここだ》と教えたろう。町の東、旧国道に沿ったところだ。

あそこから川へと、畑の中を抜ける道など、すぐに闇《やみ》に沈んだものだ。庭先も暗かった。そういう中の明かりだ。《小さなおつきさまを見るようです》に、○を貰《もら》っている。有り難いことだ。こちらの評価はまあ、妥当だと思う。

しかし、この二日の並び方は変だろう。どうして、作ったその日に遊ばないんだろう。おかしいね。八月十一日の天気が雨ならともかく、《はれ》になっている。当然、この話題で二日持たせようとしているんだね。

ほかにも、前の日にゲームを買って来て、次の日にそれで遊んでいたりする。ははは。

それはともかく、見返していると、忘れていた過去が蘇《よみがえ》って来る。《こんな時が、確かにあったのだ》と思い、不思議な引き出しを引いたような気になる。——小学五年の時に、感じたのが、まさにそういった感情なんだ。

千葉の帰りの、七月三十日には、こう書いてある。

デパートで、おかあさんはとけいをかいました。

お前達のおばあちゃんの腕時計は、小さな、今見れば安っぽいものだ。もう、お父さんの記憶の中にしかない。針の動きは、永遠に止まってしまった。それが、この日、千葉で買われたと分かる。

そんなことは、書いてすぐに忘れていた。父も母も、もういない。日記がなければ、風に乗って飛んで行った砂粒のように消えてしまう。その一粒が、ここに残っている。

3

忘れないことだってある。

ちなみに、二年生の日記では『おかあさん』と書いている。五年の時には、日記はともかく（自分のためのものだからね）、人に向かっては『母』というようになっていた。いつから、そうなったか分かる。三年生の二学期からだ。出張から帰って来た先生が、クラスで聞いた。

「家族に、どういう人が何人いるか、いえ」

順番に答えていった。

「おじいさん、お父さん、お母さん、お兄さんが二人と、わたしです」

とか、

「お父さん、お母さん、ぼく、それから、弟、妹です」

といった具合さ。番が来たから立って、いった。

「お父さん、お母さん、ぼくです」

全員が答えたところで、先生がいった。

「出張した先の生徒が、同じことを聞かれて《父》《母》と答えていた。自分のうちでは、お父さん、お母さん、といってもいい。しかし、人に向かっては、父、母、というのが常識だ。お前たちは常識がない」

口惜《くや》しかったから、よく覚えている。やり方がよくない。仮に《父》《母》といえても、クラス仲間が順番に、《お父さん》《お母さん》といって来たら、自分だけ、変えられる筈《はず》がない。そんなことをしたら、キザじゃあないか。それに、片親の人がいたらどうだ。実験のために、皆なの前で、家族のことをいわせられるのは嫌だろう。

――でも、それから、人前では必ず、父、母というようになった。考え方によっては、教育的だったのかもしれない。何事も口惜しかったり、辛《つら》かったりすると、身につくものだ。

こういうふうに、残る瞬間もある。でも、人間の一生を形作っている日常の出来事というやつは、大概、日ごとに現れ消えていってしまう。

たとえば、日記の八月四日のところに、こんなことが書いてある。


きょう、川でだれかが、しにました。

ぼくとおなじ、二年生だそうです。ぼくがいったとき、おじさんたちが、かおだけだして川の中でさがしていました。

上半分の、絵の部分には、水の中から首だけ出して、行き来している男の人が描いてある。

どうして、こんなことを忘れていたのだろうと。その不思議な眺めが、たちまち蘇って来た。それを見たのは、確かなことだ。

小学二年の夏の日、《おじさんたち》は、水の底を足で探って、子供の体を見つけようとしていたのだ。その時は、岸辺から、ただ見ていただけだった。登校日には、その子の話があった筈だ。

でも、覚えていない。

物の感じ方というのは、年齢によって随分と変わるものだ。大人になった今は、捜索する《おじさん》の立場になる。ひんやりとした川底の砂を踏む感触が、足の裏にある。幼くして生を終えた子が、ひたすら哀れだ。

小学二年の時には、自分とはかかわりのない、一つの、夏の出来事として書いている。五年になってそれを振り返ると、三年の《時》の経過が見えたんだ。

水底の子を二年のまま置き去りにして、自分はもう五年生になっている。その子の《時》は止まって、もう流れない。中学生にも、大人にもならない。子供を飲んだ川は、その後も同じように流れている。呼吸するように、冬には水を減らし夏には水を湛《たた》え、瘦《や》せては太り、太っては瘦せる。

時間も、大勢の人を飲みながら、平気な顔をして流れて行く。自分の顔のまわりを、水に似た《時》が、すうすう流れて行くような気になった。

三年前の日記を閉じ、寝ようとしたその夜、台所で歯を磨いた。

お前達には、信じられないだろうが、家の中に台所がなかった。

借家だった。今、思えば隠居所か何かのつもりで建て、食事は外から運ばせるつもりだったのかも知れない。母屋《おもや》に貼り付けたような、おんぼろの小屋が、後から作られた台所だった。せいぜい一畳ほどの広さだったろう。

小さい頃には、近くの井戸から水を汲《く》んで来て、バケツに入れた。それを調理に使っていたんだ。蓋《ふた》を被《かぶ》せ、柄杓《ひしゃく》で水を汲んでいた。生水は飲んではいけないといわれていた。

電気が引かれておらず、夜は、手のひらに乗るほど小さなアルコールランプにマッチで火を点《つ》け、明かりにしていた。洞窟《どうくつ》の中にいるようだった。冬になれば、風は入り放題で、体の芯《しん》まで冷えた。木枯らしの音は、耳のすぐ側《そば》まで迫った。母は、そんなところで米をとぎ、庭で炊《た》いていた。

もともと体の弱い母だったから、そういう暮らしはこたえたろう。やがて、水道が入り、配線を延ばし、四十ワットの電球が頭の上から下がった。

腰の回りでくるくる回すフラフープとか、乗ってぴょんぴょん跳ぶホッピングとかの玩具《おもちゃ》が、ブームになったが、うちでは買ってもらえなかった。それでも、少しずつ、生活がよくなって来る。そんな気がし始めた頃だ。何より、やっとテレビが入った頃だった。

その台所で、歯を磨いた。歯磨きは専門なのに、何を使っていたか、はっきり覚えていない。まだ、粉だったような気もする。だとしたら、平たい青緑の缶を開け、濡《ぬ》らした歯ブラシの穂先をそこに当てる。歯磨き粉が付いて来る。それを口に運ぶんだ。あるいは、もうチューブ入りの練り歯磨きだったかなあ。

――とにかく、磨きながら考えたんだ。《毎日やって来る、こんな平凡な瞬間なんて、絶対に記憶に残らないなあ》と。

辛いこと、哀《かな》しいことを忘れられるから、人間は生きていける。水に流す――というように、心の刺《とげ》も時に流せるんだ。今の自分を消すから、次の自分が生まれる。そういうものだ。

でも、その時はふっと《消えてしまう小学五年の自分》が愛《いと》しくなったんだ。

今、地球の上の――暗い夜の部分の――日本の中の――この家の台所で、自分が歯を磨いている。黄色い電球の光が、頭の上から降り注いでいる。シャカシャカという歯磨きの音は、ちょっと離れれば、誰にも聞こえない。

自分が、このささやかな今を忘れなければ、この瞬間は《記憶の缶詰め》になり、自分の生きている限り残る。ちょうど、絵日記の中に、三年前の《夏》が残っていたように。

その時に思ったんだ。《明日から日記を付けてみよう》と。

4

そして明日、――十月十六日になったわけだ。B5のノートを使っている。新しく買って来たのか、前からあったものかは分からない。

本を読むのも、字を書くのも、好きだった。図書館から借りて来た、『世界民話集』の中から、自分の好きなものを選んで書き写したりしていた。自作の本を作る感覚だね。だから、空いているノートがあっても不思議はなかった。

記念すべき第一日目の書き出しが、さっき読んだところだ。三年前の日記を見つけて、ただ《おもしろかった》というだけだが、その裏にある気持ちは、今、いった通りだ。

続けて、こんなことが書いてある。

朝・たまごやき、牛乳、ココア、みかん、マシュマロ

昼・ブタやき肉、いかみそづけやき、マシュマロ、せんべい、アイスクリーム、一口ようかん

夜・おむすび、とうふのみそ汁、牛乳、みかん、りんご、さつまかりんと

これは、その日に食べたものだ。いつも、《今の子は贅沢《ぜいたく》だ》といっているのに、随分お菓子が並んでいて、気恥ずかしい。

絵日記と違って、毎日、挿絵を入れる必要はない。代わりに何か、と思って、食べたものを列記することにしたのだ。

見返すと懐《なつ》かしい。一方、記憶と違っているので《おや？》とも思う。例えば、朝だ。ぼんやりと、子供の頃は、納豆屋さんが来て、それを食べたものだと思っていた。自分で買いに行ったことはないが、表通りを《納豆ー、納豆ー》という声が近づく。それを

布団《ふとん》の中で聞いたのだ。

ちゃぶ台の前に座ると、母の買って来た、赤い三角の袋がある。中で、納豆を包んでいるのは、大きな鉋《かんな》で削ったような、木の薄皮だ。あれのことを何というのだろう。経木《きょうぎ》だったかな。昔は、肉屋さんでも、コロッケやメンチカツを、あれに包んで、紐《ひも》できゅっと縛って渡してくれたものだ。

その木目の浮かんだ薄皮が三角に折られている。広げると納豆が顔を出す。端の方に、芥子《からし》。買った時に、納豆屋さんが袋の端を緩めて入れてくれた、鮮やかに黄色いそれが、小さな鏝《こて》で塗り付けたようだった。

納豆は母がお椀《わん》に分けてくれる。芥子は大人のところに行く。

――そういう記憶があったのだが、日記には朝の納豆が出て来ない。小学五年の頃には、もう自転車に乗って売りに来る人がいなかったのだろう。

マシュマロというのは、今のふわふわのものではなく、バナナの形をした甘いお菓子だ。それを、うちではマシュマロといっていた。煎餅《せんべい》は、今も昔も埼玉の名物だ。アイスクリームは、買い食いだね。十円のやつだ。あの頃はおいしいと思っていたが、今の子達は、脂肪分が足りないというだろう。それにしても、十月十六日になったのに食べている。もっと寒くなってもだ。

アイスを食べるのは夏だけだったような気がする。記憶と記録は食い違うものだ。

自分だけのことではない。二日後の日記に、こうある。

十月十八日(火)

石井ベーカリの前を歩いていたら、女の人が、男の子と女の子をつれて歩いてきた。男の子が、

「ねえ、アイスクリームかってよ」

というと、

「ええ、かってあげますよ。らい年になったらね」

「イヤーン、イヤーン」

こんなやり取りが、普通にあったのだね。

牛乳を、一日二回飲んでいるのも意外だった。朝だけかと思っていた。これは、父のせいだと思う。父の兄弟は、結核で亡《な》くなっている。若いうちに三人も見送っている。そのせいか、人一倍、健康、清潔、ということに気を配っていた。だから、子供にも、牛乳を飲ませたのだろう。

お前達は、冷蔵庫を開ければ、いつでもパックの牛乳のある生活に慣れている。昔は、そんなことはなかった。第一、中学生になった頃だよ、うちに冷蔵庫が入ったのは。

《でも、牛乳なら給食で出る筈だ》と思うかも知れない。生憎《あいにく》、お父さんの町には、給食もなかったんだ。

記録を見ていると、朝のおかずがそのまま、お昼のお弁当になることが多い。混ぜ御飯だったり、鯨のバタ焼きだったり、魚の生姜醬油《しょうがじょうゆ》揚げだったりする。

そうそう、マルハの缶詰、さんまの蒲焼《かばやき》というのも、よく食べたね。大洋漁業マルハの缶詰だ。どうして会社名まで、覚えているかというと、この頃、大洋ホエールズという球団がプロ野球の日本一になったんだ。新聞を見たら、三原監督という人が、缶詰を持って、《ご声援ありがとうございます》といっている、大きな広告が出ていた。

食事の記録は、その後も丹念につけてある。しかし、お前達の前で、それを一々再現しても仕方がない。自然な流れの中で触れることになったら、そこで話そう。

それではね、記念すべき最初の日の続きには、こんなことが書いてある。

朝、おとうさんがさむいさむいとチョッキをきたが、女もの。それでごみすてにいくと、おかあさんが、

「みっともない。よしなさい」

当人は平気なもので二回目に出発。それを見たとなりの白が、ワンワワワン、ワ、ワンワン、と吠《ほ》えた。チンチロリンのカックン。ちょうどあっている。

夜、おかあさんが、ふろにいった。おとうさんが、
「おそいな」
といった。とたんにガラリ。

日記といっても、生活の中のメモだね。小学生だから、考えたこと、感じたことにまで踏み込んでいない——というか、それ以上に、内面のことを文字にするのは、嫌だったんだ。それは別のところに、——日記の文字から、少しばかり浮いた《空間》に残したかったんだ。

さて、書いてあるから、出来事としては、確かにそういうことがあったのだ。《となりの白》なんて、昔話のようだ。《チンチロリンのカックン》は流行語。車のクラクションをそのリズムで鳴らしている人もいた。お風呂《ふろ》は、銭湯まで行っていたから、こういうことが起こる。

朝のごみ捨ての件だが、どこに行っていたのだろう。今のように、ごみ収集車など回って来なかった。生ごみは埋め、燃えるものは焚《た》き付けに使っていたのだと思う。細かいことはよく分からない。

いずれにしろ、父は、女物のチョッキで外に出ていたわけだ。神経質だったが、こういうレベルの世間の目は、まったく気にしなかった。

ずっと後のことになるが、定年を迎えてからは日中、買い物や郵便局、役場などの用にも億劫《おっくう》がらずに出掛けた。夏などは、麦藁《むぎわら》帽子に半ズボンという姿で、買い物の袋を提げて歩く。はた目には滑稽《こっけい》だったろう。しかし、お構いなしだった。

その子であるお父さんにも、似たところがある。日記を見るまでもなく、思い出す。小学校の修学旅行の時だ。《中学校の制服が、もう出来ているが、それでいってもいいのか》という質問が出た。担任の女の先生は《わたしは何ともいえないね。でも、皆《みん》なはまだ小学生なんだからね》と答えた。

母は、《先生がそういったのなら》とジャンパーで行かせた。ところが、集まってみると全員が中学の制服を着ていた。慣例でそうなっていたのだね。誰も何もいわれない。先生も、立場上ちょっといってみただけなんだ。

集合写真が出来上がって来て、母に見せると、しばらく黙り込み、それから、いった。

「可哀想《かわいそう》なこと、しちゃったね」

こっちが、きょとんとして、

「何で？」

と、聞き返した。

「お前、一人だけジャンパーだから」

いわれてみて、《何だ、格好のことか》と気が付いた。そこで初めて《女の子だったら泣いたかも知れない》と思った。でも、お父さんは、その状況を面白がっていた。一人だけ違うのが、むしろ愉快だった。からかう友達は勿論《もちろん》いた。しかし、《まだ小学生なんだから、変なのはそっちさ》と理屈がいえた。筋さえ通れば、気にする必要などまったくないだろう。

行った先は鎌倉《かまくら》だから、大仏を見、ホテルに泊まり、生まれて初めて水洗トイレというものを使い、そして、機嫌よく帰って来た。服装のことなど、本来なら、すぐに忘れてしまう筈《はず》だ。記憶に残っているのは、母とのこのやり取りがあり、それが嬉《うれ》しかったからだ。自分がそんなことでしおれるような子だったら、母に辛《つら》い思いをさせたろう。――そうではなかった。だから、母を哀《かな》しませずにすむ。そう思うと、わくわくするぐらい嬉しかったんだよ。

5

父は晩年、自分の体が動かなくなる前まで、母の面倒をよく看《み》ていた。病院でも、

「やさしいおじいちゃんで、いいね」

と、看護婦さん達にいわれた。

こういうと家庭的だったようだが、実は昔は、とんでもない亭主関白だった。聞くと

びっくりする。

お見合いの時、庭を二人で歩いていた。母が咳《せき》をしたら、その途端に《病人は大嫌いだ》と、吐き捨てるようにいったそうだ。

弟二人の死にあい、寝込んでから妻に去られた兄、そして両親の面倒を看、葬式まで出したからだろう。母は《何という人だろう》と思ったそうだ。結局、そういう二人が結婚することになった。

母が、《あの口惜《くや》しさは忘れられない》といったエピソードがある。冬の夜中に、寝ていた父が、《お茶が飲みたい》といい出したのだ。今ならガスだから簡単だし、自分でいれて飲むだろう。しかし父は、母に命じた。現在とは違う。母は、冬の夜中の庭に出て火をおこし、湯をわかし、茶をいれたという。その上、持って行くと、《遅い》と殴られた。癇癪《かんしゃく》持ちではあるが、限りなく善人の父がそんなことをしたのだ。

この世の出来事とは思えないね。昔は、そういうことがあり得たのだ。もし、お前達が、連れ添う男に、一回でも手を上げられたら――。しかも、こんな理不尽なことで――。そう思っただけで、居ても立ってもいられなくなる。体が震えだしそうだ。許せない。

子供としては、親のそんな話は聞きたくなかった。しかし、時が全《すべ》てを洗い流す。繰り返すが、父は、母の面倒をよく看た。

父が亡くなったのは夏だった。直前にこんなことがあったと聞いた。

寝たきりになっていた父が、母に向かい、

「お前は、俺と結婚して幸せだったかい」

と尋ねたそうだ。堅物の上に照れ性だったから、とても、そんなことをいうとは思えなかった。

《遠い道を歩いて来た》——と後ろを振り返った時、そういう言葉が、ふと口からこぼれ出たのだろう。

母は、

「誰と暮らすより幸せでしたよ」

と答え、父は大粒の涙を流したという。

二人だけのやり取りだが、母は逝《ゆ》く前に、それを聞かせ、伝えてくれた。大事なものを預けるようにね。

病人の嫌いな父が、病弱な母と結ばれ、こうして生涯を共に送ったのだから、運命とは——人の繋《つな》がりとは、不思議なものだ。

さて、日記の少し先には、こんなことが書いてある。

十月二十二日（土）

今日は、えんぴつをわすれてしまった。となりの堀田さんにかりた。

学級会の時、土山君が、

「この前の学級会の時、中島さんが堀田さんのことといって、堀田さんがないちゃったんですけど、女の子はなかまはずれなんか、つくらないほうがいいと思います」

というと、また堀田さんがなきだした。

お父さんの日記で、女の子のことが出て来るのは、これくらいだ。他には、友達の妹が、顔を出すぐらいだよ。

これを読むと、反省会をやっていたのだ。行動を振り返り、誰々はよくなかった——と、いい合うらしい。事件の感想は書いていないが、多分、《わざわざいわなくてもいいのにな》と思って書いたのだろう。

男の子と女の子は、一緒に遊ぶことなどなかった。あの頃テレビで、『パパは何でも知っている』というアメリカのホームドラマをやっていた。『キャシーの初恋』とかいう回があって、小学生の女の子が恋に悩む話をやっていた。こんな社会があるのかと、あきれて見ていた記憶がある。

もっとも、恋愛はともかく、結婚のことは小学一年の頃から意識していたよ。隣の席に座った女の子が、おとなしい無口な子だった。お父さんの方が、おしゃべりで剽軽《ひようきん》だったから、違うタイプに魅《ひ》かれたようだ。うちに帰って、母に《何とかさんみたいな人と、結婚したいな》と、いったことを覚えている。ふんわりとした空想だった。《結婚したいな》という気持ちが恋だとすれば、あれだって恋かも知れない。しかし、……

……何か、安っぽいドラマみたいだね。親のこんな台詞《せりふ》なんて、お前達には聞きにくいだろう。やめて、といわれる前にいってしまうが、《日記を書いている間にあった生涯忘れられないこと》というのは、実は、お父さんの、生まれて初めての真剣な、そして不思議な恋のことなんだ。相手の名前は、水原真澄さんという。

幼い頃の話なのだから、お前達も目くじらは立てないだろう。小学生に向かって、《え、真澄さん？　お母さんと違うじゃないの》と怒ったり、責めたりも出来ないだろう。

そのことは少しずつ話して行く。

6

学級会のことは、次の週にも出て来る。毎土曜日かと思ったが違うらしい。よく覚えていない。

十月二十四日（月）

反せい会で、西、太田の二人が、教室の前にたたされた。二人がブツブツ言っていると、先生が、

「おまえたちはまだいい方だ。教室から、ろう下、しょく員室、校長室、朝れい台の四だんかいがあるんだから」

金井君が、

「コンビだな」

というと、西君が、

「金井、村上もコンビじゃないか」

というと、金井君、

「おまえたちは、悪のコンビだが、おれたちは正義だ」

この金井とは、高校まで一緒に通った。家も近くて、文字通りの二人組だった。昔の小学生は、殆《ほとん》どが坊主《ぼうず》頭だった。お父さんもそうだよ。母がバリカンを使って、刈ってくれたものだ。

ところが金井は、赤い屋根の洒落《しゃれ》たうちに住んでいて、頭も坊ちゃん刈りというやつ

だった。今は生命保険の会社に入って、大阪にいる。
そうそう、さっきいった《友達の妹》というのは、金井の妹だ。

十月二十六日(水)
金井君の家にいっていたら、くみこちゃんが帰ってきて、絵本をいすの上にだして、
「かみしばいだよ」
と始めたが、金井君もぼくもテレビを見て、そっちを見ないのでプンプン。

金井が、こっちに戻って来た正月、しばらくぶりに出掛けて行って話した。久美子《くみこ》ちゃんも出て来て、昔の話をした。隣の市に、金井とお父さんが映画を観《み》に行った。小学生の頃なら、怪獣映画だろう。その時、一緒に連れて行ってもらったそうだ。しかし二人で話してばかり。久美子ちゃんは、ほったらかしにされて腹を立てたそうだ。《申し訳ありませんでした》と、この年になってお詫《わ》びをした。
金井とは、小学一年の時、同じ組になってからの付き合いだ。小さい頃は、駄菓子屋で買った小さな飛行機や戦車の玩具《おもちゃ》を板の間に並べ、積み木で基地を作って戦争ごっこをした。飛行機を手に持って、《ブーン、ババババ》などと、いい合いながら、空中戦の真似《まね》をした。あんなことで、よく面白かったものだ。

玩具屋さんで大枚百円をはたいて、ゼンマイ仕掛けで、ギリギリ、ギリギリと動くロボットを買い、《これで、『鉄人28号』ごっこが出来るぞ》といったことも覚えている。漫画にそういうのがあったのだ。本物の鉄人は、鼻がピノキオより鋭く尖《とが》っている。粘土で鼻を作って付けてみたが、どうもおかしい。そこは想像力でカバーした。ロボットを、何台かの戦車や車で包囲して、《あ、鉄人だ。鉄人が来たぞっ！》などとやっていたのだから、子供の、空想力というのはたいしたものだ。

外に出ると、銀玉鉄砲。粘土を固めた銀色の玉が飛び出す。これで撃ち合いをした。当たり所によって、重症だったり死んだり判断するのだから、サバイバルゲームの子供版だ。

危ないからいけないといわれたのが、2B弾。鉛筆より一回り細くて短い、棒状の爆薬だ。先端をマッチ箱の側面で擦ると火が点《つ》く。五つぐらい数えると、《ボン！》と爆発する。

川に投げて、煙を吐きながら流れ、やがて弾《はじ》けるところを見たり、砂に差して砂塵《さじん》の舞うのを喜んだ。それぐらいなら罪はない。しかし、硝子《ガラス》瓶に入れて、栓を軽くし——この加減が難しい——抜けた栓が飛び上がるのを眺めて、《ロケットだ、ロケットだ》と喝采《かっさい》していたのだから、確かに危ない。

今も覚えているが、煎餅《せんべい》屋さんの脇《わき》の路地を二人で歩いていた。黒ずんだ板塀の切れる辺りで、いきなり凄《すご》い音がして、驚いたことがある。金井が、ポケットにマッチ箱と2B弾を入れて置き、その一本が擦れて爆発したのだ。幸い他に火が移ることもなく、たいした怪我《けが》はしなかった。ポケットの布を引き出すと、火薬のきなくさい臭《にお》いが漂った。一カ所が、煙草《たばこ》の火を押し当てたように焼け焦《こ》げ、穴が空いていた。

危ないことなら、まだある。護岸工事のようなことをやっていて、川べりにトロッコのレールが敷かれた。今は、大きなシャベルカーが来て、土砂をすくって行く。昔は、そうは行かないから、トロッコに乗せて運び出していたんだね。工事をやっていない日曜日、人気のない現場に入って、片方がレールに耳を当て、片方が遠くで石を打ち付け、カンカン鳴るのを聞いた。音の伝導を確かめたわけだ。

そうしたら、翌日の朝礼で校長先生が、《工事現場でレールに頭を当てている小学生がいた、と通報があった。そこにトロッコが来たらどうなるか。馬鹿《ばか》な真似はしないように》といった。金井と顔を見合わせ、《俺達だ》と目で話した。トロッコの動く筈《はず》のない休日だったが、遠くから見て、学校に知らせてくれた親切な人がいたわけだろう。いろいろなことをやったが、どちらかというと、うちの方が門限などにはうるさかった。

十一月三日（木）

今日、カラーテレビとえいがを、小学校でやる。金井君が、

「六時半からだな」

と、いったが、ぼくは十分からだと思っていた。学校のいり口の、時間の書いてあるところにいくと、六時半と書いてあった。こちらのまちがい。

見にいこうと思ったが、父と母二人とも「だ・め・だ」

小学生が、そんな時間から外に出ては駄目だというわけだ。

他のところでは、日記だから《おとうさん、おかあさん》になっている。しかし、ここは《父、母》だ。いけないと否定された場面だから、言葉の調子が改まっているわけだね。金井の方は、出掛けたのかも知れない。今となっては分からない。

野外の映画会というのは、もっと後で観に行った記憶がある。中学生の頃だろうか。野菜市場の広場にスクリーンを張って、映していた。夏休みだった。横の市場の屋根が黒々と高く、その上に明るい星が散らばっていた。中村錦之助《きんのすけ》や朝丘雪路の出る、股旅《またたび》ものだった。夜風が渡ると、スクリーンがぷくんぷくんと膨れたり、へこんだりしていたのを思い出す。その頃には随分年上に思えた二十代の兄ちゃん達が、画面を観ながら、盛んに下品な会話をしていた。ああいう雰囲気というのは、もう日本から消えてしまっ

た。

それにしても、映画会はともかく、カラーテレビも同じように観せていたのだね。この頃には、まだまだ珍しいものだった。うちのは当然白黒テレビだった。新聞の番組案内欄を見ても、カラー放送の表示は少なかったと思う。テレビに色が着くなんて、魔法のようだった。映画は誰でも観られるものだったから、ひょっとしたら、カラーテレビの方が、より集客力があったのかも知れないよ。

さあ、そして、その週の終わりに、空から舞い降りるものを見ることになった。

十一月四日（金）

学校の帰りに見たら、高校のふきんの畑にヘリコプターがおりた。金井君が、

「エンジンがあつくなったんだ」

と、いった。

行ってみようとしたら、すぐに飛んで行ってしまった。

そして、翌日になる。

十一月五日（土）

今日は朝から、よくヘリコプターがとぶ。家に帰って、おかあさんにきくと、

「三菱《みつびし》で、こううん機をかった人にサービスして、ヘリコプターに乗せているのだよ」

どうりで。

金井君が来て、行ってみようというので、でかけた。畑に行ってみると、白いヘリコプターで、水色の線が入っている。前と横には赤い三菱のマークがついていた。近くでヘリコプターを見るのは初めてだ。横のマークのところに新三と書いてあった。新三菱とか、三菱新がたとかいうことなのだろう。

みんなあつまって来た。さあ、またとびたつ。男の人がきて、あぶないからはなれなさい、といった。ブルンブルンといいだした。ものすごい風で、ぼうしがとんだ。ヨロヨロとよろけてしまう。

やがて足がフワッとあがって、南の方にとんでいった。

ヘリコプターがいってから、近道をして、高校を通りぬけて帰ろうとした。校庭をきたら、おとうさんがまどから首を出して、ヘリコプターのことをきいた。風でよろめいた話をすると、

「あぶないぞ」

五日の日記は、ここで終わっている。何だか、尻切《しりき》れ蜻蛉《とんぼ》だ。

秋の終わりは、稲の取り入れもすんで、田圃《たんぼ》が空いている。だから、ヘリコプターも降りられたのだ。農家のことは、よく分からないが、収穫の後だ。お金もある時期かも知れない。そこで、耕運機のセールスが行われたのだろう。

ヘリコプターの色からマークなどまで書いているところは、記録に残そうという意志の表れだ。日記がひと月近く続いているから、そういう使命感が出て来たのだね。

最後の場面は、父が、町内の高校に勤めていたから、こうなったわけだ。たまたま窓から顔を出した父と話し合った。偶然ではあるが、ヘリコプター騒ぎの方を見ていたとすれば頷《うなず》ける。めったにあることではないからだ。食事の記録を見ると、帰ってから、ふかしいものおやつを食べ、夜はカレー。それにインスタントラーメンと書いてある。出初めの頃、試しに買って来て、熱湯に何分か浸《つ》けてうまく行かず、結局、手鍋《てなべ》で煮て食べた記憶がある。味見だったたから、一つのラーメンを家族三人で分けた。この日も、そうしたのかも知れない。食後には、みかんを食べている。六十ワットの電球の下で、いつも通り、家族三人の団欒《だんらん》があった。

文字を見て、そうだったのかと思う。

けれど実は、書かれていないが、鮮やかに浮かぶ一つの記憶がある。

大勢が取り囲んでいた。しかし、田圃は広い。人の輪に切れ目は出来る。金井と一緒に、前に出た。

刈られた稲の、残った根元が、白くかさかさになって並んでいた。曇っていた空も午後から晴れて、世界は明るかった。

轟々《ごうごう》という音と共に、巨大なプロペラが空気を切り始める。小学生の体は傾《かし》ぎ、白の野球帽が頭から浮いた。押さえようとした手は間に合わず、数メートル先に飛んだ。

この線からは入らない、といわれたように、自然に出来た人の輪の広がりがある。その内側に帽子が入ったので、あわてて走って取りに行った。腰をかがめて手を伸ばすと、まるで小鳥が逃げるように、また飛んだ。

それは、田圃の土の上を器用に転げて、今度は、取り囲む列の方に逃げ、女の人の足元で止まった。子供の目から見ると、二十歳《はたち》を越せば、皆《みん》な《おばさん》だ。それでも、母よりはずっと若く見えた。

その人は、ヘリコプターに向いていた視線を下に落とし、帽子を拾ってくれた。

「……どうも、すみません……」

小声でいった礼の言葉が、千切れて秋の空に飛んだ。受け取りながら軽く頭を下げた。一瞬、視線を交わした。

見かけない、珍しい格好をしていた。子供には、――まして男の子には、どこがどうとは分からなかった。ただ、洒落《しゃれ》ていると思った。家に入って、毎日、炊事洗濯をしている人ではなく、東京にでも働きに出ている人のようだった。

何より変わっていたのは頭だ。帽子を被《かぶ》っていた。ベレーとか、そういった類《たぐ》いのものだった。田舎では見たことがなかった。

その人は、《わたしも飛ばされたら、いけないわね》というように、小さく笑いかけた。そして、蜜柑色《みかんいろ》の柔らかな帽子をすっと取った。

短めの髪が、掻《か》き混ぜられた秋の空気の中で、ふわりと揺れた。

第二章

1

夢を見ていたよ。

ふっと目覚めて、一瞬、自分がどこにいるか分からなかった。天井や壁の白さが、海に近い街の、三階か四階の部屋にいるようだった。こんな光に、昔、包まれたことがあるような気がした。既視感というやつだ。

……そんな話もしたっけ……。

ああ、既視感のことだよ。そういうことがある、と教えてくれたのはあの人だ。

今、見ていた夢は、四十年近く前の晩秋の、——いや、初冬といった方がいいのかな、あのヘリコプターが降りた日のことだ。昨日は、そこまで話したんだね。あれから、眠りに落ちた。

だから、夢を見たんだ。音が聞こえた。轟々《ごうごう》と回るプロペラの響きが、ずっと続いていた。お父さんは小学生ではなく、今の年齢だった。ひょっとしたら、このパジャマ姿だったかも知れない。夢の中だから、それでも変だとは思わないんだ。

ちょうどキャンプファイヤーでも囲むように、ヘリコプターを遠巻きにしていた人達は皆、焦点のぼやけた人形みたいだった。そんな中で、あの人の顔だけが、くっきりと見えた。カメラをぐっと寄せたように、小作りで形のいい鼻、驚いたような瞳《ひとみ》が、はっきりと。

あの人は三十ぐらいだったろう。今は、お父さんの方がずっと年上になってしまった。自分がどう見えるだろうと、何だか、恥ずかしいような、照れ臭いような気になった。そう思ったことが、分かったんだね。

——随分、遠くに行ったのね。

口を開かないのに、あの人の声が確かに聞こえた。プロペラの音が、いつの間にか、遠い遠い潮騒《しおさい》のように遥《はる》かになっていった。気が付くと、それは、上から降りて来るクーラーの響きだった。

ここのクーラーは、家庭用のものと違って、天井に埋め込んである。プラスチックカバーの細い格子《こうし》が目に入った。見上げるのと見下ろすの、目の粗いのと細かいの、そういう違いはあるが、流水溝のカバーを思い出した。ほら、よく行くデパートの、前の通路にあるやつだ。駐車場から歩いて行く時、お姉ちゃんが下を見て《怖い》といった。勿論《もちろん》、人が何人乗ったところで大丈夫な強度なのだろう。しかし、二メートルぐらい下を水が流れているのが見えて、確かに不安になる。穏やかな日常と別世界を、薄い境界が分けている。そんなことをぼんやり考えながら、身を起こした。朝の光が入るように、カーテンは開けてある。明るい。もうじき、まぶしいぐらいになるだろう。

昨日は、お隣さんが退院した午後から録音を始めた。

話しては止め、話しては止めしながら、進めていった。随分、しゃべった気がしたけれど、済んでみれば長時間テープの片面に収まっている。理屈からいえば、正味だけなら一時間もあれば終わったことになる。

要領さえつかめれば、今日中にも、残したいことの八割方、吹き込めるかも知れない。頑張ってみよう。

さて、ヘリコプターの前で会った《おばさん》が、問題の人だった。

おかしいだろう。だって、最初に《恋》なんていったからね。勿論、子供から見れば、《おばさん》は別世界に住んでいる人だよ。お父さんにしたって、そうだった。最初は、後で言葉を交わすようになるとも思わなかった。

ただ、昔は都会と田舎の差が大きかった。どことなく洒落《しやれ》た感じのその人が、まず印象に残ったのさ。

それから、もう一つ。帽子を渡す時に、その人は、ちょっと微笑《ほほえ》んだ。これは昨日いった通り。——でも、後で、まったく違う表情を見たんだ。

ヘリコプターが、吊《つ》られたようにふわりと持ち上がり、やがて前傾して飛び去って行く。大概の人は、見上げながら、薄く口を開け、感嘆の様子だった。《あんな重いものが、よく浮かぶなあ》という感じだった。

だが、あの人はその時、お腹《なか》でも痛くなったみたいに、顔をしかめたんだ。ヘリコプターが上がるにつれ首が上を向く。目が細くなったのは、明るい秋の空を見上げたからだろう。でも、それと一緒に眉《まゆ》も寄った。口が一文字になり、への字になった。

——おかしいなあ、と思った。

2

毎日は、坦々《たんたん》と過ぎて行く。書き留めていなければ、消えていた、あんなこと、こんなことがある。

先生の出張の話も、出て来る。五年生の時の担任は、ちょっと太った男の先生だった。とにかく、自習なら嬉《うれ》しい。

十一月二十八日（月）

明日は先生がいない。よく出ちょうするなと思ったら、

「もう出ちょうは明日だけです」

ガッカリ。太田君が、

「先生、明日のはんせいをあさってやるんですか」

ときくと、先生、

「もちろん」

太田君、

「それじゃあ、あばれるのよそう」

十一月二十九日（火）

今日は先生がいない。みんな大へんなさわぎ。うらでは太田君が、ゆかにすわってはな歌をうたいながら、バットをみがいている。前からは、関川君が、

「馬鹿野郎《ばか》」って英語でなんていうんだ」ときく。

西君が、

「今日も先生いねえべー、あしたもいねえべー、その次もいねえべー」

という。

「あしたは、先生くるだろ」

というと、

「バカヤロ、こなきゃいいという話だ」

あっ、ひでえなー。

十一月三十日(水)

先生が、きのう行ってきた小学校のよかったことを話して、

「太田と西は、もっとことばづかいをよくしなさい。向こうの子の方がことばづかいはいいよ」

というと、西君、

「へえ、なにけえ」

太田君、

「まあ、考えておきます」

埼玉は東京の隣だから、方言らしい方言もない。しかし、昔は語尾に《ベー》とつけるのがあった。

今はスーパーなどで買い物をするようになった。皆《みん》な、ドアから黙って入り、レジで

黙って精算するのに慣れてしまった。子供がお店で挨拶《あいさつ》をしない。

お父さんが小さい頃には、《おくらっせー》と入って行く人がいた。要するに《おくれ》ということだね。これは、子供心にも古めかしい気がした。お父さんは《くださいなー》といっていた。《おはよう》や《こんにちは》に準ずる、お店での挨拶だった。

そういう決まり文句も、町から、だんだんと消えて来た。世の移り変わりを感じるよ。

言葉遣いの話のあった三十日の午後には、こんなこともあった。

手品をやる人がきた。こう堂でやる。

「アアッ、アアッ」

うるさいね。たねあかしをするとなーんだ。

これは覚えているよ。空中から、お金を次々に取り出し、バケツにチャリーンと入れる。最後にバケツを抱え、客席に向かって《えいっ》と撒《ま》くが、何も出て来ない。一枚の硬貨を、次々に取り出すように見せかけるわけだ。種明かしのところでは、助手の人が舞台の袖《そで》から出て来た。そちらもバケツを持っていて、動作に合わせてお金を投げ込む音をたてるんだ。

それから、ものを投げて空中で気合をかけ、一瞬、静止させるというのがあった。確か、やかんを投げ上げたのだと思う。これは言葉の暗示だけ。頂点に来た時に、指さして《やっ！》というだけだ。素直な人は、止まったように感じる。

この時のことで忘れないのは、手品の枕《まくら》でやった謎掛《なぞか》けだ。分かった生徒が手を挙げる。中に、《鳥の巣があって、いつ行っても姿が見えません。はて、何という鳥がいるのでしょう》というやつだ。答はいうまでもなく《カラス》だが、別解があるのではないかと思った。《シジュウカラ》でもいいだろう。そういわれたら、この人はどうしたのだろうと思った。

講堂は、古めかしい木造の建物だった。そこに全校生徒が座る。板張りの床には、節穴の空いているところがあった。下は、ただの縁の下だが、深い闇《やみ》が広がっているようにも思え、指を入れるのが何だか怖かった。

子供の時には、中がとても広く思えた。早く行くと、整列の時間まで駆けっこをした。もし今も残っていたら、狭いのにびっくりするだろう。

こういう催しは、実に楽しみだった。毎年あったのが映画だ。厚い暗幕を閉めて闇となった中央に、映写機が置かれる。そこから光の帯が伸びる。

見渡す限り並んだ生徒の頭がぼんやりと見える。カタカタとフィルムの動く音がする。映写機の近くに座った時は、光の中を流れる小さな埃《ほこり》の動きが見えたものだ。

休憩時間には、先生がフィルムを巻き戻す。今は映写機にその仕掛けがついている筈《はず》だが、お父さんの記憶に残っているのは違う。風車を二つ並べたように、いっぱいになったリールと空のリールが立てられる。それを先生が、手回しで巻き取っていたような気がする。やってみたいなと思った。そういう一挙手一投足が面白かった。

覚えているのは『黄色いからす』という劇映画や宮沢賢治の伝記だ。『黄色いからす』の、子供の描く絵の色使いから、その心理状態をつかむというところは面白かったけれど、《決めつけられても困るよなあ》と思った。実際、黄色いクレヨンを持つと、《あんまり使わない方がいいのかなあ》と思ったりしたものだ。

宮沢賢治は退屈だった。台風の中を賢治が走り回っている姿を覚えている。《雨ニモマケズ》という文字が何度も出て来た。この頃、『よだかの星』を読んで、忘れられないような衝撃を受けたけれど、映画の方は今一つだった。子供には堅すぎたのだろう。

講堂で観《み》たシーンで一番強烈だったのは『次郎物語』の中の、瀕死《ひんし》のおじいさんが《死ぬ前に、もう一度屋敷の様子を見たい》というところ。戸板の上に、布団《ふとん》ごと、おじいさんが乗せられる。若い者が持って、巡回が始まる。《ああ、庭のあの隅であんなことがあった。蔵で見返しているのだろうな》と思った。《一生のフィルムを巻き戻し、はあんなことがあった》などと。

他には『若ノ花物語』とか科学映画、漫画もあったたね。

テレビが日常的なものになる前の、映像の魅力というのは、実に大きなものだった。

低学年の頃は、絵が映り音が出ていれば満足だった。コーヒー牛乳が、とんでもなくおいしいものだったように、そういうものの与えてくれる喜びも深かった。

今はテレビから動く絵が溢《あふ》れ出て来るから、子供達も、どんどん、おいしさを感じなくなっているのだろうね。

本もそうだ。昔は、漫画はいけないといわれた。でも、本の好きな子なら、そっちも読んでいたよ。漫画であるというだけで、もう面白かった。新聞の広告でも、それが養命酒だろうと、肌を白くする薬だろうと、漫画になっていると、つい読んでしまった。少年雑誌の冒険ものなら、なおさらだ。悪役の怪人などは、本当に怖かった。こんな奴《やつ》に出会ったらどうしようと思ったよ。

ただ、手に入る漫画の絶対量が少なかった。少年雑誌でも半分ぐらいは読むところがあった。単行本の漫画などは、あまり本屋さんに並んでいなかったし、普通に買うものではなかった。手を尽くして借りたりして読んでいた。

譬《たと》えていえば、昔は、漫画と文字の本が二冊置いてある——という感じだった。だから、まず漫画を読み、次に文字の本も読んだ。

今の子は、漫画が百冊、文字の本が十冊置いてあって、その他にテレビや、ゲームもあるという感じかな。

3

十二月二日（金）

貸し本屋にいったが、いい本がない。とんだ、むだ足をした。

その頃、駅通りに貸本屋さんが出来た。小学校の目と鼻の先だ。学校帰りに寄り道をしてはいけないことになっている。一旦《いったん》、家まで帰って、また出直して来るんだ。だから、当てにしていた本がなかったりすると残念なわけだ。

ここで、漫画を借りた。一冊十円だったと思う。そのうちに、お店で読んで行けば半額になると聞いて、そうするようにした。座れる場所があったんだ。いわゆる劇画というやつ、それから忍者漫画が楽しみだった。

忍者漫画では面白い経験がある。これは小学五年より、もっと後だったと思う。日記をめくったが、書かれていない。六年辺りのことだと思う。

テレビで洋画を観《み》た。多分、夏休みの午後だったろう。ヨーロッパの映画だった。

大戦で家族を失った浮浪児達が、いつの間にか群れを作り行動するようになる。指導者もできる。歩いて来ると河がある。服を脱いで渡り始める。すると、中の一人が《渡らない》といい、指導者と揉《も》み合いの喧嘩《けんか》になる。組み敷いた指導者が、途中でぱっと飛び離れる。少年だと思った相手が、少女だったのだ。二人は、やがて心を通じ合うようになり、そのことから群れに反目も起こる。彼らは、人のいない城館を見つけ、そこを子供達の共和国にしようとする。だが、それも大人がやって来ることによって崩壊する。

こういう話だった。半年ぐらいして、楽しみにしていた忍者漫画の最新刊を借りたら、この映画そのままだった。揉み合っているうちに相手が女だと気づくのは、『七人の侍』などにもある。こういうのは一つの型なのだろうね。しかし、設定、筋の流れ、人物造形までそっくりだった。同じく愛読者だった金井に、ちょっと興奮して話したのを、よく覚えている。

反感はまったく感じなかった。当時の漫画の世界では、ごく普通にあることだった。おおらかな時代で、洋画や小説を取り入れるのが、《技法》の一つだったんだよ。心に響く映画を観たりすると、《よし、あれで行こう》と思って仕事にかかるわけだ。テレビで『第三の男』という映画を放送したことがある。冬だったと思う。小学生のお父さんが、完璧《かんぺき》に筋を知っていたので、父が驚いた。これも貸本漫画で読んだんだ。映画の途中で、《ああ、あれだ》と気がついた。似た例は、他にいくらでもある。

そういうわけだから、むしろ《実にうまく、取り入れてあるな》と思った。欧州大戦が日本の戦国時代になり、大河ものの流れの中に、ぴったりはまっていた。

作者はすでに映画館で、この映画を観ていたのかも知れない。戦争を知る世代として、共感していたのかも知れない。でも、お父さんは、《この人も、あのテレビを観た》と思いたかった。展開に行き詰まっていた作者が、遠く離れたところで、同じ瞬間に同じ画面を観た。《これだ!》と膝《ひざ》を打って、ペンを執る。こちらが学校に行っている間に、作者の作業は進み、その結果として出来上がった本を、自分が手にしている。

そう思うと、今まで見えなかった《作者》が、現実に存在するものだと実感出来た。《読者》である自分と二人が仲間のようでもあったし、作品を共有しているようにも思えた。

また、小学生だから、当時はうまく言葉にならなかったけれど、《いつも自分を軸として流れている時というものが、実は、遥《はる》かな別の人の周りにも流れている》——という当たり前のことも実感したのだと思う。

そういう二つの時が、巡り合い、もつれ合うことの不思議さもね。

4

そういうわけで、漫画は貸本屋さんのお世話になった。それ以外の本は学校で借りたわけだ。しかし、五年生ともなると、図書室の目ぼしいものは殆《ほとん》ど読み終わっていた。

子供には分かりにくいものもあった。『児童文学全集』も翻訳ものは、その辺を加減してある。しかし、日本ものを集めた全集は原文通りだからね。漱石は『坊ちゃん』『二百十日』、藤村は『千曲《ちくま》川のスケッチ』『伸び支度』などが入っていた。この『伸び支度』など、男の子には、はっきりとは分からない。書いてあることが、うすぼんやりと見えるだけだ。昔は、そういうことは教えてくれないからね。

妙なのは、火野葦平《あしへい》の巻だった。鯉《こい》つかみの名人の話が入っていた。

その本を借りて来た日が、雨だったのを覚えている。うちに帰って来ると、大福が一つあって《食べていい》といわれて嬉《うれ》しかった。その大福を食べながら読んだ。

――鯉をつかむのは難しいといわれるが、当人にとっては自然なことだ。水の中に潜って行く。鯉が現れる。それに向かって、手を差し出す。拝んだ形の指先を開いて、鯉の方に向ける。しばらく鯉は、手の前で静止している。鰭《ひれ》を動かしているかと思うと、やがて、あちらの方から手の中にすいっと入って来る。そういうことだった。ただ、鯉つかみの前、何日かは、女を断たなくてはいけない。ところが誘惑に負けて失敗するという話だ。

これまた、薄ぼんやりと理解しつつ、《小学生向けの全集に、こういうのはいいのかな》と思ったものだ。次第に、子供の本から大人のものへ移って行く頃だった。

十二月十三日（火）

金井君といっしょに、ふだん通らない細い道を通って来た。小学生に本をかすといううかんばんが出ていた。おかあさんに話したら、

「へんな人だといけないから、あまり行かないほうがいいよ」といわれた。

この日のことでは、書かれていないことがある。芋づる式というか、《こういうわけでこうしたから、看板に出会ったんだっけ》と、思い出すんだよ。

まず、学校の帰り、《ふだん通らない》路地に入って行った。これは寄り道じゃない。探検だ。ランドセルをしょって、板塀に沿って歩いたり、よその家の庭先を抜けたりした。細いどぶがあって、じめじめしたところもあった。季節によってはドクダミの花が、白く咲きそうなところだ。

そういう道なき道を進むと、ある家の裏で、ラジオの残骸《ざんがい》に出くわしたんだ。カバーがなくて、中が剝《む》き出しになって転がっている。ハンダでつけられた小さな部品の列が、玩具《おもちゃ》の工場でも見るようだった。転がされたばかりらしく、まだ綺麗《きれい》だった。

金井は、しばらく眺めていた。そして、歩き出しながら、

「あれ、捨ててあるのかなあ」

「そうだろう」

「あのままにしとくと、雨に濡《ぬ》れちゃうよなあ」

「うん」

金井は、《抵抗》とか何とか、部品の名前をあげた。お父さんは興味がなかったけれど、金井の方は時に『模型とラジオ』とかいう雑誌を買っていた。銅線を回数を数えながら、何かに巻いていたりした。他人から見ればゴミでも、ある人から見れば値打ちものということはある。まして子供だ。金井は、いった。

「……拾いに来ようか」

その行為自体に、どきどきした。家に帰ってから、自転車に乗って、またやって来た。路地に自転車は乗り込めない。入り口に止めて、お父さんが番をしていた。金井が、中に入って行く。

剝き出しで地面に転がしてあるのだから、捨ててあるとしか思えなかった。しかし、待っているうちに、もし違ったらどうしようという気になった。必要な品物で、《この野郎ーっ》などと、いわれながら、金井が首筋をつかまれている姿が目に浮かんだ。

来たらすぐ載せられるように、金井の荷台のゴム紐《ひも》をほどいておいた。待っていると、わずかの時間も長く感じられる。

そこは、大通りと平行に走っている道だった。住宅地だったが、今と違って完全に家ばかりというわけではない。ところどころが畑だったり、空き地だったりした。人の行き来は、あまりない。

きょろきょろと辺りを見渡した視線が、斜め前の家で止まった。玄関の横に、看板というか——文字の書かれた札がかかっていた。

壁を上から下りて来る雨樋《あまどい》があって、それを支える金具に、板が縛りつけてあった。ボール紙だったのかも知れない。子供の目より、ちょっと高いぐらいの位置だった。

正確な言葉は覚えていないが、要するに日記の通りだ。《本を借りたい小学生は、日曜日に来て下さい》という趣旨だった。買い物籠《かご》を提げたおばさんが来たりすると、その札に注目しているふりをした。

そのうちに、金井がラジオを抱えて路地から顔を出した。さっと荷台に載せて、——何か被《かぶ》せたのかどうかは、はっきりしない——とにかく、逃げるように戻って来た。

ラジオの部品が活用されたのかどうかは知らない。いらないものだろうが、しかし、黙っていただいて来た。気がとがめるから、日記には書いていない。

——こうして見ると、記録には隠される部分、曲げられる部分というのが、どうしても出て来るものだ。

とにかく、普段は通らない道だ。この件がなかったら、ずっとその札には気づかずに大きくなっていたろう。それを思うと、壊れたラジオが、運命を受信する機械だったような気もするんだよ。

5

十二月十八日（日）

夜、目がさめたら、庭でドンドン音がした。

気掛かりだったが、朝、おかあさんに聞くと、

「ああ、おとなりの白だよ。体をかいたひょうしに、犬小屋のかべにぶつかるんだよ。白に、なにかかゆいものができたのだよ」

昔の夜はひたすら暗く、静かだった。子供の眠りは深いから、殆ど目覚めることはなかった。まれに起きて、こういう物音を耳にすると怖かったろう。この日の、めぼしい出来事は、これくらいしか書かれていない。しかし、実は、まだあったのだ。札を見た、次の日曜だ。――あの家に行ってみたんだ。

お父さんは、漫画以外でも、とにかく本なら好きだったけれど、金井は、そうでもない。だから、誘わなかった。あいつは家で、ラジオの部品をいじっていたろう。

自転車でふらふらと出掛けて、そのうちの前で止め、様子を見た。竹を組んだ低い垣

根越しの、すぐ近くに硝子戸《ガラスど》があった。夏なら開いていたかも知れないが、寒いから閉まっている。

自転車のサドルに跨《また》がったまま、ズックの足を下ろして、そっちを見た。その頃、舗装されていたのは国道と、町の真ん中を走る大通りだけだった。足が着いたのは、冬の堅い地面だったろう。

硝子戸は何段かに区切られていた。下は曇り硝子、一番上だけが透明だった。外の気配を感じたのか、その素通しのところに、ひょいっと顔が出て来た。

あの《おばさん》だった。あっと思った時には、すっと戸が引かれて、

「いらっしゃい」

反応しないわけにもいかないから、ぺこんと頭を下げた。そうしてから、《いらっしゃい》は、《よく来たわね》か、それとも《お入りなさい》なのかと考えた。おばさんは、子供のそういうためらいには慣れているようだった。すぐに脇《わき》の玄関に回って、ドアを開けた。

「さあ、どうぞ」

今度は、紛れもなく《お入りなさい》だ。母のいうように《へんな人》だったらどうしようと思ったが、ここまで来ると後に引けない。自転車を、竹垣の脇に寄せて、スタンドを立て鍵《かぎ》をかけた。手の中で、鍵を揺らしながら、

「失礼します」

と、入って行った。

玄関の右手にトイレ。突き当たりが板の間になっていて、流しとガス台。小さなテーブルが置いてあるのは、そこで食事をするのだろう。左に和室が一部屋。これだけのシンプルな作りだ。

手で指し示されるまま、和室に入る。場違いなところに来てしまった、という気になる。一方の壁に木製の本棚が二つ並んで置いてある。それはいい。他にも、蜜柑《みかん》箱にデパートの包み紙を貼《は》った本入れが、数箇所に重ねてある。問題なのは先客だ。女の子が二人いたのだ。おばさんも合わせれば女が三人。落ち着かない。

「何年生?」

「……五年です」

「持って行きたい本があったら、持って行っていいわよ。一回一冊にしてね。他の人が借りたいこともあるから」

気になっていたことを聞く。

「……お金は?」

「それはいいのよ。皆《みん》なに、いろいろ読んでほしいの」

女の子達は、まだ一年生か二年生といったところだった。お父さんが来たのが気にな

るのか、ちらりちらりとこちらを見ていたが、何か小声で話し合うと、一冊ずつ絵本を手にして、

「じゃあ、これ」

お下げの子が、口を突き出すようにして、

「恵子ちゃんは、また同じ本なんだよ」

「あら、いいのよ。それだけ気に入ったってことなんだから」

二人は慣れた様子で、小さな電気炬燵《ごたつ》の上に置かれたノートを開く。鉛筆を手に取り、絵本の題と、自分達の名前を記入していく。

電気炬燵などというのも、この頃出始めたんだ。それまでは、冬の暖房は火鉢だけだった。空からカーンとかん高い音でも聞こえて来そうなくらい寒い時でも、そうだった。指先を温めるだけでは足りなくて、火鉢の上に乗ってみたりした。他にあたる人がいない時は、椅子《いす》に腰掛けて、火鉢に足を載せ、腰まですっぽり毛布をかけてしまう。こうするとぽかぽかして、天国だった。

炬燵櫓《やぐら》は、小さいのがあったけれど、物置から出さないといけない。炭を使うのも勿体《もったい》ないし、手間だったんだろう。火を入れるのは数えるほどだった。だから、冬、うちに帰って炬燵が出来ていると、とても嬉しかったものだ。

寒さも暑さも、その他のいろいろなことも、昔は、まず我慢するのが当たり前だった。

だからこそ、ごく普通の、四季折々の生活の中に、きらりきらりと光る喜びがあったね。あれは、お父さんが若かったからではなくて、時代が若かったからだろう。過ぎてみれば、あっという間——決まり文句でいえば《昨日のよう》だが、やはり昨日ではない。別の時代だ。

電気炬燵も、今より小さいものがあったと思う。おばさんが使っていたのは、そういうやつだった。

女の子達が絵本を持って出て行くと、二人だけになった。おばさんは、部屋の隅から、もう一冊のノートを取り上げると、しばらく、お父さんの顔を見つめていた。何だか、気恥ずかしくなって目を逸《そ》らしかけた時、こういわれた。

「——また、会えたわね」

6

辺りは、ひっそりと静かだった。けれど、その言葉で、プロペラの音が、頭上を覆《おお》うような気がした。なぜか一台ではなく、何機もの重い音に思えた。

「——覚えてました?」

と、返したと思う。

多分、《覚えてた？》じゃない。お父さんは、言葉遣いは丁寧だったんだ。小学校に上がる前は、一人称も《ぼく》だった。学校生活を送るようになると、周りに合わせないといけない。自然、友達には《俺》というようになったけれどね。

おばさんは、《ええ》と頷《うなず》き、

「ヘリコプター、見に来てたでしょ？」

「はい」

「——座ったら」

警戒心があるから、ずっと立っていたんだ。おばさんは、炬燵に膝《ひざ》を入れた。こちらは、その場に腰を下ろす。

おばさんは、頭に手をやり、

「もう帽子は被らないの？」

「冬ですから」

野球帽は日除《ひよ》けだ。夏は毎日被る。野球帽、ランニング、半ズボン、虫取り網と、言葉を並べれば、頭の上にじりじり照りつける太陽が感じられる。

秋になっても、くせがついているから被っていた。しかし、さすがに、曇り空の続く十二月には、縁のないものになっていた。

「つばを折ってたでしょ、あれ、流行《はや》ってるの？」

確かに、帽子の前のでっぱりを、山形に折ってあった。ペンギンの嘴《くちばし》みたいに。

「――一部で」

「一部?」

「うちのクラスを中心に――」

おばさんは面白そうに、

「あなたが流行らせたの?」

小さな社会の中では、時折、妙なことが突風のように流行し、またすたれる。

「違いますよ。いつの間にか、そうなったんです」

「ふうん」

太田が急先鋒《きゅうせんぽう》だった。色々なことを思い出す。こうして、しゃべっていると言葉に引きずられるように昔のことが出て来る。お父さんの帽子のつばを折ったのは太田だった。

昔の学校の椅子は木製だった。その背にランドセルをかけ、左か右に帽子をかける。それを太田が、ひょいっと取り上げ、ぐっと折ってしまった。無理やり、仲間にされてしまった。

太田は、自分のは鋭角ぐらいに極端に折って、格好をつけていた。それで横顔が向くような姿勢をとっては、渋い表情をして見せるのである。

「おばさんも、帽子被ってましたよね」

「え？　ああ、そうね」

「『まぼろし探偵』みたいなの」

その頃の漫画の主人公だ。少年探偵。

「なるほど、――赤い帽子に黒マスクか」

知っていた。

「《まぼろしのごとく現れ、まぼろしのごとく消える》」

と、漫画の台詞《せりふ》をいってみた。

「それで『まぼろし探偵』なんだね」

おばさんは、ノートを開いた。名簿になっている。

「――借りるのなら、これに名前と住所を書いてね。電話はある？」

「ありません」

町内だけに通じる有線電話が入ったのが中学生の時だった。普通の電話は、その後になる。今は小学校のクラスでも緊急連絡網を作る。電話は、どの家にもあるものだと思われている。それどころか、一人一人が携帯を持つようになって来た。あれなんか、我々からすれば、まさに空想の世界の機械だね。世紀が変わったという感じだ。

さて、名前を書けといわれると、どうしようかと思うものだ。さっきの女の子達がいた辺りを見る。蜜柑箱の中に、絵本が並んでいた。

その様子を見て、おばさんがいう。

「ごめんなさい、高学年の本が少ないの」

「どうして？」

「もともとね、《小学校の図書室に、小さい子の本がない》って聞いて、始めたことなの」

「へえぇ」

「お隣の子が遊びに来てね、うちの本を借りてくれたの。その時、いろいろ話を聞いたの」

なるほどと思ったけれど、疑問もわく。

「おばさんちに――子供は？」

「いないの」

「だったら、どうして、こんなに本があるんです」

おばさんは、微笑《ほほえ》んで、

「作ってるの」

「あ、そういう会社に勤めてるんだ」

「出版社。でも、うちの本だけじゃないわよ。元々持ってたのもあるし、貸すようになってから、随分買ったわ」

「――品揃《しなぞろ》えですねえ」

「大人みたいな口、きくのね」

「いえいえ」

「お茶でもいれようか」

いっそのこと、《恐れ入ります》といおうかと思ったが、さすがにやめた。

「すみません」

7

うちの学校の図書室のことを話した。おばさんの、いう通りだった。怪盗ルパンのシリーズや、『少年少女文学全集』ならある。しかし、絵本はほとんどなかった。

「そういうもんだと思ってました。絵本は、幼稚園で読むもんだ、って」

「幼稚園で読んだ？」

「いや、ぼくは行ってないから」

「じゃあ、うちでは？」

「『イソップ』、買ってもらいました」

などと読書状況について、話した。びっくりしたのは、おばさんが運動会の日を利用して——つまり、日曜日だね——学校の図書室を見学していたことだ。校長先生に趣旨を話して、見せてもらったそうだ。

「確かに少なかったわ。特に戦前からの絵本はあっても、新しいところはまったく駄目。あなただけじゃない、先生もね、《そういうのは、学校に上がる前の子のものだ》と思い込んでるみたい」

「はあ」

「だって、今時、昔の『岩見重太郎』があっても、『ちいさいおうち』も『きかんしゃやえもん』もないのよ」

岩見重太郎の狒々《ひひ》退治は確かにあった。後の方は、よく、分からなかったけれど、相槌《あいづち》を打った。

「なあるほど」

「——でね、そう聞いて、かえって嬉《うれ》しくなっちゃったのよ。わたしに出来ることがあるような気がしたから」

頷く。《お気持ちはよく分かります》みたいなことをいったかも知れない。

「こういうところで貸してもらえるといいんじゃないですか。特に一年生。——学校じゃあ、借りられないから」

「え？」

「うちの学校、本、借りられるの、二年生からなんです」

おばさんは、《聞き捨てならん》という顔をした。大きな目が丸くなった。

「どうして？」

「それは……、一年生には難しいからじゃないですか、持って行って、持って帰って来るのが。……それに、汚したり、破ったりするかも知れないし」

今は全学年、貸すのだろう。昔は、そういう制限もあったんだ。本の数が少なかったからな。

「あら、子供って案外、きちんとしてるわよ」

口調がきつくなる。

「……そういわれても、ぼく、《学校》じゃないですから」

「それはそうね」

と、おばさんはお茶を飲む。

「あと、《小さい子は本なんか読んでないで、外で遊べ》というのはどうです。ありそうでしょう」

「それは半分、賛成」

「半分？」

「外で遊ぶ時は、好きなだけ遊ぶといい、でも、本が読みたくなった時は、好きなだけ読めるといい」

「そりゃそうですけど」

「子供の時、外でいっぱい遊んだのって、大きくなってから宝物になると思う。お日様が体の中に溜《た》まるみたいにね。虫を見たり、花を見たりしてほしい。本もそうよ。——ねえ、子供って、とっても素敵な絵を描くでしょう」

「そうですか?」

「首からじかに足が出てたり、うちよりチューリップの方が大きかったりする。大人が見るとおかしかったりする。——でも、どう描いたって、立体のものが平面になってる。それだけで、すでに変形されてるわけよね。いっくら写実的な富士山の絵だって、大きさが違う。画用紙に入るわけない。だから、絵って、結局、そのものをそこに移すものじゃない」

当たり前だ。でも、それまで、こんなことを聞かなかった。

「——結局、何描いてるのかっていうと、自分よね。それが、子供の場合、じかに出て来る。だから、いい絵になるんじゃない? 本を読むのも同じ。小さい子はね、余計なもの、背中にしょってない。だからまだ、本の中に入り込む魔法の切符を、捨てずに持ってるのよ。羨《うらや》ましいよね」

おばさんは、考え考え、そういい、ぽつんと付け足した。

「——貧しき者が天国に入りやすいみたいに、かな」

こんなキザな、身近な人が使いっこない、いい回しは印象に残る。何かの本で読んだ台詞だろう。

相手が小学生だから、遠慮せずに出た——会話というより、独り言みたいだった。大人に向かっていったら、《何だ、こいつは》と、思われるに違いない。

「——だから、そういう心が柔らかい頃に、読んでもらいたい本がいっぱいあるの。あなたが、ここにある絵本を読んでも、きっと面白いと思える。それだけ心は柔軟だと思う。でも、やっぱり、小さい子とまるっきり同じように、中に入って行くことは出来ないわ。だから、まだ切符を持ってる子には、どんどん読ませてあげたいのよ」

おっしゃる通りだと思った。しかし、それは、子供の本の並ぶ部屋で、女の人からいわれたくない言葉だった。今にして思えば、そう、——むごい言葉なんだよね。

「……そう聞いちゃうと、口惜《くや》しいな。だって、間に合わなかった、遅れた。……もう、そっちの戸は閉まっちゃった。中のものは、絶対に手に入らないってことでしょう」

おばさんは、数回、瞬《まばた》きをした。その顔を見ながら、続けた。

「ぼく、まだ小学生ですよ。やっぱり子供なわけです。大人は子供に向かっては、《君達には無限の可能性がある》っていうわけでしょう。《君には、もう手に入らないものがある》っていう人は珍しいですよ」

おばさんは、手の中の茶碗《ちゃわん》を小さな炬燵《こたつ》板の上に置いた。

「だったら、《ごめんなさい》っていうべきなのかな。——ただね、あなたの場合なら、『ちいさいおうち』や『ひとまねこざる』を読まなくっても、多分、小さい頃に、夢中になって見つめた何かは、あったと思うの。空だって地面だっていいんだけれどね。だったら、それでいいのよ。そっちの方が、ずっといい本を読んでたって場合もある——豊かさって、そういうことだと思う。貧しさって、失うことの中にあるもんじゃない。——百年前の人は、今のものを見られないし、今の人は百年後のものを見られない。だからって、後の人の方が得だってことはないと思うの」

臍曲《へそま》がりないい方になるのは分かっていたけれど、ちょっといってみた。

「——じゃあ、わざわざ本を貸さなくてもいいんじゃないですか」

おばさんは怒らずに、きちんと考えた。生意気だけど、《偉いなあ》と思った。そういう人なんだ。しばらくしてから、

「……それはね、わたしが『ちいさいおうち』とかを、もう知ってるからだと思う。……それを子供達がどれぐらい一所懸命読むか、知ってるから。だから、今、その喜びを大切にしてあげたい、守ってあげたいと思っちゃうのね。いい選択肢だと思うものを、子供の前に出してあげたくなるのよ。おせっかいを恐れちゃいけないと思う。……ただ、選ぶのは子供達なんだ。選べるようにしてあげたい」

おばさんは、炬燵板の上を子猫の背でも撫でるように、そおっと撫《な》でながら、いった。

「届かない、手に入らないというのは、生きてれば誰にもついてまわることだと思う。……でも、わたしね、《あの時、何を得た、得られなかった》というのは、いうべきことではないような気がするの。十年も前から、そう思うようになった。……ううん、思えるようになったのかなあ。……でもね、それは、だからもう……何もかも、どうでもいいというのとは、逆なのよね。……だからこそ、なのよね、きっと」

8

あの人は、こういった。

こんなことは、日記には書かなかったし、書こうとしても、うまく紙の上に写せなかったろう。

思い出を何度も頭の中で転がしているうちに、何とか再生出来た。実際とは、いくらか食い違うかも知れない。しかし、大筋はこの通りだ。

記憶の箱の隅に、このことは、ずっと残っていた。だから、取り出せたんだ。

……おかしいかも知れないけれど、……おばさんの言葉を聞いた時、確かに、心のどこかで、《これは覚えておこう》と思った。つかみどころのない思いだった。けれど、今なら、割合はっきりした形になる。

おばさんは遥《はる》かに年上、時間の道のずっと先を行く人だと思ったんだ。残酷にいうなら、自分より先に消える人だと感じたんだ。だから、リレーのランナーがバトンを受け取るみたいに、この言葉を、――というより、この人を覚えておこう、と思ったんだ。この人に消えてほしくない、覚えていれば消えない――そんな気持ちだと思う。

子供が持つにしては複雑な感情かも知れない。でも、後になってみれば、お父さんがそう思うのも当然なんだ。

――さて、何か本を借りるかどうかだった。正直にいうと、《どうしようかな》と思った。だって、借りたら返しに来なくちゃいけない。さっき来てたのが、低学年の女の子二人だった。もし、そういう子しか来ないようなところなら、顔出しするのは《カッコワルイ》。こういうことは、男の子には大きな問題だよ。帰ってしまえば、おしまいだ。そこでまた、運命というのは、味なことをしてみせた。

本棚を見ているうちに、その前にあるゴミ箱が目に入った。あっと思った。お父さんの心を引き付けるものが捨てられていた。ちょうど、金井にとっての、ラジオの残骸《ざんがい》みたいに。

ほとんど反射的に、いっていた。

「――これ、いらないんですか」

「え？」

おばさんは、指し示す指先を見た。

「あ、食べたい？」

「いえ、そうじゃなくて、箱なんです」

アーモンドチョコレートの空き箱だった。

しかも、五十円のやつだ。光って見えた。

「工作にでも使うの？」

首を振った。大人は気づかないらしい。

「百円分集めると、ミゼットトランプが貰《もら》えるんです」

「ああ、そうか。懸賞なんだ」

「でも、当たり外れがないんです。《ご応募の方にもれなくさしあげ》るんですよ」

「だったら、集めがいがあるわね」

「いいですか」

「勿論《もちろん》」

といって、おばさんは、空き箱を取った。そのまま渡すのはどうかと思ったのだろう、透明の外装から中身を抜いて差し出した。

「すみません」

「いいえ。──で、その何とかトランプって、特別なの？」

「小さいんです。まだ貰ってないけど、広告によると、──これくらいかな」親指と人差し指で、輪を作って見せた。「──プラスチックケース入り」

おばさんは、頷《うなず》いて、

「可愛《かわい》いのね。──うまく百円分、集まりそう？」

「何とかなったんです。一通出しました。だけど、──出来たら、もう一組ほしいんです」

「保存用？」

「違うんです。『トランプの遊び方』の本、読んでたら、最後の方に、二組で遊ぶゲームが出て来るんです。同じトランプ、二つなんて買えないでしょう。出来っこないと思ってたんです」

「ああ、それって何だか分かるわ。不可能だと思ってたことが出来そうだって、嬉しいわよね」

「はい」

「今まで捨ててた。勿体《もったい》なかったわね」

「……」

「まあ、顔に《残念》て、信号が出たわよ」

ちょっと、みっともなかった。おばさんは、今度、買ったら取って置いてくれるといった。

「それは嬉しいんですけど……」

「どうしたの」

「締め切りが、大みそかの消印有効なんです」

「あらあら。それじゃあ、来週来られる？」

「はいっ」

おばさんは、指を折った。

「二十五日ね、今度の日曜」

ちょうど、クリスマスだった。

9

住所氏名を書いて、何か一冊借りて、帰って来た。岩波少年文庫のどれかだったと思う。『森は生きている』だったかも知れない。どうも、はっきりしない。その時は、チョコレートの方が気になった。
二十五日はクリスマス——といっても、一般的に騒ぐのはイブの方だ。しかし、日記を見ても、わが家ではこれといったことをしていない。

十二月二十四日（土）

魚をかいに行ったとちゅう、菓子屋で小さなケーキが十五円で売っていた。ぶっかのね上がり。

夜、石やきいもが来た。ふたをあけて中を見せてくれた。ほんとうに、あつくなった石でやくんだな。やけたいもは、わけて、べつにおくところがある。

魚を買うのは自分の用ではない。あの頃は、夕方になると、《お使い》に行くことがあった。冷蔵庫がないから、食材も長くとっておけない。こまめに買うことになる。そういえば、買い物籠《かご》というのを、見なくなって久しい。主婦は、それを提げて町に出た。記憶にはないが、小学生のお父さんも、多分、お使いの時には持って出たのだろう。魚や肉の包みを手でつかんで帰ったとも思えないからね。

《豚肉何グラム》などと書いた紙を握って、買い物客の列に並んだことを覚えている。店先の看板では陽気そうな豚が笑い、下に《わたしを食べて元気になろう》と書かれていた。犠牲的精神の持ち主だ。

順番を待つうちに、お店の中は明るくなり、通りが次第に闇《やみ》に沈んで行く。町の中心部だと街路灯が点《つ》く。肉屋さんの中からは揚げ物の焼きの匂《にお》いが、隣のお店からは今川焼きの焼ける匂いが流れて来た。

この日、菓子屋によったのなら、ケーキを買いそうなものだが、食事の記録に書かれているのは《さつまかりんと》だ。その代わり、《十五円の小さなケーキ》の絵が描かれている。《実物大》と注が付いている。だとすると、直径は四、五センチの丸いカップケーキだ。上にクリームらしきものが薄くのり、真ん中に赤いアクセントが付いている。サクランボウなどという上等なものではない。赤いゼリーの切れ端でも置いてあるのだろう。

クリスマスの特別のお菓子は、これではなく《石焼き芋》だったことになる。まあ、昔はそんなものだ。――しかし、あの頃の石焼き芋は、大変な御馳走《ごちそう》だった。家ではふかすのだが、焼くとどうしてこんなにおいしくなるのだろうと思ったものだ。香ばしいのを、《熱い熱い》といいながら食べるのは快楽だった。

その翌日が日曜日、終業式もすんで、もう毎日がお休み。日記によれば、泣き出しそうな空模様だった。

朝の子供向けテレビを観終《みお》わるとすぐ、出掛けた。おばさんは、台所の椅子《いす》に座らせてくれた。曇り硝子《ガラス》の窓に、外の木の格子《こうし》の影が映っていた。

話をしている間に、お姉さんと弟という二人連れが来た。子供だったら、同じものを集めているかも知れない。他の子に気を遣ってるんだな、と分かった。

「はい」

さりげなく、テーブルの上に茶封筒が置かれた。勤め先の会社の封筒だ。それも物珍しかった。

中から、畳まれた空箱の先が顔を出している。普段、買うのは一番安い二十円のだ。それでも二日分の小遣いが飛んでしまう。ところが、おばさんの出してくれた空き箱は、格段に大きい。

「それで、いいでしょ？」

百円のと、五十円のが一つずつ入っていた。もう一個貰えるガムの《当たり》を、三回続けて引いたことがある。その時みたいな感じだった。

「ありがとうございます」

「よかったわ、冬で」

「え？」

「チョコレート。――置いといても、溶けないから」

中身の方の残りは、どこかにしまってあるのだろう。《せっかくだから、どうぞ》と一つ二つ差し出されなかったのが、かえって、さっぱりしていてよかった。

手に入ってしまうと申し訳なくなり、うちを出る時、《暮れの大掃除でも手伝いなさい》といわれたのを思い出した。

「……暮れの大掃除でも手伝いましょうか」

テープでも再生するように、いったら、おばさんは笑い出し、

「掃除はいいけど、何かしてくれるんだったら、——お花でも買って来てもらいましょうか」

お正月に飾るのだろうか、さすがに洒落《しやれ》ている。でも、花屋さんなんか、この辺りにあったかな——と、考えながら、

「どこに行けばいいんです」

おばさんは、テーブルの上の新聞を指さして答えた。

「——郵便局」

第三章

1

一人で、お風呂《ふろ》に入った。普段なら当たり前だ。病院では、そうでもない。場所は給湯室の隣。男の日、女の日というのが決まっている。入ってみますか、といわれたので、《はい》と返事をした。順番があって、看護婦さんが呼びに来てくれる。

前に両親の付き添いで来た時、入ろうとする人を見たことがある。看護婦さん何人かで支えていた。大仕事のようだった。テレビで、老人が寝たまま浸《つ》かれるバスを見たことがある。そんな風かな、と想像していた。いずれにしても、自分が足を踏み入れるとは思ってもいなかった。

お父さんは、もう大分しっかりしているから、歩いて行ける。先に立ってくれた看護婦さんとも、ドアを開けたところで、お別れ。後は一人にしてくれた。

脱衣所に、ゴム手袋や水よけの長いエプロン、丈夫そうなブラシなどがぶら下がっていた。無論、看護婦さん用だ。そこは病院らしいが、後は普通の浴室と、さして変わらなかった。シャワーで体を流してから、要所要所にある支えをつかんで、湯船に足を入れた。

窓が明るかった。細く開けてみると、眼下に家々の屋根が続いていた。生まれた町に、今も住んでいると、変化がよく分かる。この辺りは、昔は一面の田圃《たんぼ》だった。『昆虫の図鑑』を見て、《ミズスマシやアメンボは当たり前だが、何か変わった虫はいないか》と、網を手に捜し回った。尻尾《しっぽ》の先が長く伸びている虫に出会い、《お、タイコウチ！》と感激した。生涯にただ一度見たタイコウチ。もう、この辺にいる筈《はず》もない。見渡す限りの水田も、なくなった。

寂しい気もするが、考えてみれば、昔なら、この病院もなかったわけだ。そうなると血液検査も遅れ肝臓障害にも気づかぬままに過ぎ、もはや、この世にいなかったかも知れない。

湯に浸かると、さすがに気持ちよかった。半月ぶりぐらいだ。毎朝、蒸しタオルで体は拭《ふ》けた。しかし、やはり風呂に入ると違う。何より、《入れるようになった》というのが嬉《うれ》しい。

そろそろと歩いて帰り、向かいのナースステーションに報告し、部屋に戻った。そして、テープを裏返し、なじみの姿勢になり、話を始めたというわけだ。

そう、——郵便局。昔は木造だった。床も板張りで、西部劇にでも出て来そうな感じだった。おばさんは、そこで《花を買って来い》という。

種を明かせば、こういうことさ。

十二月二十五日（日）

午後から雨になってしまった。クリスマスなのだから、雪になればいいのに、うまくいかないものだ。

本のおばさんに、トランプ二つぶんのあき箱をもらう。感謝。かわりに、切手を買ってあげることにする。まず、一月はすいせんだ。全部で八百万枚するそうだ。うそ八百というが、たいへんな数だ。

おばさんは、テーブルの上にある封筒を見せた。これから出すものだ。綺麗《きれい》な記念切手が貼《は》ってある。

「えー、勿体《もったい》ない」

「値段は同じよ」

当時、切手を集めるのが流行《はや》っていた。少年雑誌にも、《見返り美人》などの写真と共に、通信販売の案内が載っていた。いや、もっと身近なところで、例の貸本屋さんでも扱っていた。どういう形式で売っていたのかは覚えていない。小さな透明の袋に入った切手が、厚紙の台紙に貼られ、吊《つ》るされていたような気もする。本屋さんで売っていたところもあるから、そこと混同しているのかも知れない。値段の二倍三倍になっているのはざらで、人気のあるものは、とんでもない高値になっていた。コレクションを学校に持って来て、自慢する奴《やつ》もいた。

そんな頃だ。人に出すのは普通の切手、記念切手はしまっておくもの——という頭があった。

「——こういう切手だと、貰《もら》った時、まず嬉しいでしょう」

テーブルの上の小箱を開け、南国の蝶々《ちょうちょう》のように色鮮やかな一枚を示す。中には、浮世絵のシリーズまであった。本当に使ってしまうらしい。

「……それはそうですけど」

「だから、郵便局に用がある時、買っておくの。——でも、狙《ねら》って行くわけじゃないから、《今日は、ありません》っていわれたりする。特に最近はひどいの。出てすぐ売りきれちゃうのよ」

おばさんは、不満そうだ。

「ブームですから」

業者が買い占めるので枚数制限をしたりする。すると、業者の方はアルバイトを雇って買う。そんなことがニュースになっていた。

「だから、これ――」

と、また新聞を示す。昨日の朝刊だ。《来年、花の特別切手が売り出される》と書いてある。

「ひと月に一回、一年かけて十二枚出る。月ごとに違う花を貼って出す――なんて、いいでしょう」

「はあ」

「お金を渡すから、買っておいてくれる?」

そんなに大変な話ではない。駄菓子屋や貸本屋ではない。郵便局だ。学校の帰りによって怒られるようなところではない。

ついでに自分でも、このシリーズだけ揃《そろ》えてみようかな、という気になった。

2

一月三十日(月)
花切手の第一回をかって来た。なくなっていたら、どうしようと、ちょっと、どきどきした。とちゅうから、走って行った。

安西君が、先に来ていた。安西君のところで、なくなるような気がした。

切手。——すいせん。紫のはいけいに、白い花。


こう書いてある。安西というのは、切手好きの奴だ。同じクラスだったが、そんなに親しくしていたわけではない。眼鏡をかけていたな。

発売日はどうして知ったのだろう。おばさんに聞いたのか、安西に聞いたのか、それとも郵便局で聞いたのか、覚えていない。

買いに行く、といっていた奴は他にもいた。だから、走ったりしたんだ。そう、ランドセルを鳴らして、二、三段ある郵便局前の階段を駆け登って、開きの戸を押した。すると、窓口のところにいた安西が振り返った。……あいつの顔なんか、とうに忘れていたのに、急にその時の角度で蘇《よみがえ》って来る。小学五年生の眼鏡をかけた坊主《ぼうず》頭の顔だ。今は、どこでどうしているのだろう。

後ろに並び、待っている間に、財布からお金を出して用意しておいた。順番が来た。花の切手、といってから、

「——五枚と二枚、下さい」

と、付け足した。

初めてだから、要領が分からない。枚数制限されるかと、心配したんだ。《多いかも知れませんが、二人分なんですよ》——と、アピールしたわけさ。あっさり言葉が返って来た。

「七枚ですね」

「はい」

無事に買うことが出来た。日記の《はいけい》というのは、背景、つまり地の色のことだ。この《水仙》は、おばさんの見せてくれた新聞に、写真版が出ていた。だが、色までは分からなかった。手に取ると、映画で今まで観《み》ていた白黒の画面が、すうっとカラーになるのを見るようだった。

さあ、こうなると、おばさんに早く見せてやりたい。次の日曜日に行ってみたが、留守だった。念のため、夕方もう一回、足を運んだが、まだ帰っていない。子供は勝手だから、大人の都合は考えない。

——何だ、頼んでおいていないなんて。

と、ちょっぴり不満だった。

自転車を止めて、家の横手に行く。返す本があったのだ。冬は日が落ちるのが早いから、もう暗くなっていた。だが、闇《やみ》にも白く浮かぶものがある。——洗濯機だ。軒下に寄せて、外流しの隣に据え付けてある。足元にはブロックが置いてあった。

側《そば》に寄って、雨避《よ》けに被《かぶ》せてあったビニールをめくり、蓋《ふた》を開ける。機能はまだ原始的なものだ。しかし作りは、今の一槽式洗濯機とほぼ同じだ。ただ、向かって右に、ラップの芯《しん》の筒を二つ重ねたように、丸い棒が付いている。洗ったものを、ここに突っ込み、ハンドルを手で回して、水を絞る。要するに脱水作業は、人間が手でやる。うちのもそうだった。ランニングや下着が、これを通すと伸《の》しイカのようになって出て来る。そこが面白くて手伝ったものだ。

首を突き出して、洗濯槽の中を覗《のぞ》き込む。大人の今より、随分、大きく感じられた。水の代わりに闇が溜《た》まっている。黒い固まりのように見えるものがある。手を入れて引き出す。ずしりと重い。頑丈な、目の粗い布袋だ。

おばさんは、日曜日に、この洗濯機を使う。しかし、留守の時なら当然空いている。

二月五日（日）

今日は、とてもいいお天気だった。おかあさんが、「せんたく物が、よくかわいて助かる」と、言っていた。とりこみに行った時、となりの白が、おかあさんの足もとに来た。知らないでヒョッと下を見たおかあさん、ビックリぎょうてん。白いものが、いっぱいほしてあるから、白も来たのかな。

本のおばさんは、いなかった。せっかくの日曜で、せっかくのお天気なのに残念。

今日、洗濯すれば、よくかわいたのに。

日記には、こんなことが書いてある。洗濯機のところまで行ったからだろう。

おばさんは、こういっていた。

「いない時は、ここに入れといてね」

返却システムというわけだ。ポストでは小さすぎる。入りきれない。

今では、洗濯機を外に出しているうちは、殆《ほとん》どない。いかにも、あの当時らしいアイデアだった。

もう、他の子の持って来た本が何冊も入っている。自分の本を滑り込ませて、袋を元に戻し、蓋をした。

3

二月十二日(日)

おばさんに、花の切手とトランプをわたす。

と、翌週のところに書いてある。

トランプとは、勿論《もちろん》、チョコレートと引き換えのミゼットトランプだ。ちゃんと届いた。

二組使って遊ぶ件だが、なかなか思ったようにはいかなかった。慣れない複雑な遊びは、面白いものではない。おまけにカードが小さすぎた。子供の指でも、だ。一応、金井とやってみたのだが、途中でじれて止《や》めてしまった。現実と想像は、やはり違うものだ。

ところで、結局、トランプは三つ来た。二つあれば、いい。残った一つは空き箱提供者に返還すべきだと考えて、持って来た。

おばさんのうちでは、庭に物干し竿《ざお》が出ていた。洗濯物が並んで下がっていたから、いることはすぐに分かった。

庭先に出ていたおばさんは、外国語の歌を口ずさんでいた。軽やかなリズムの歌だ。

自転車の気配に、こちらを見た。

あ……、と小さく口が開いた。

「どうかしたんですか」

答えが返って来るまで、しばらく間があった。

「……え？　……ううん、光の加減かしら、何だかちょっと、顔が変わって見えたの」

妙なことをいうな、と思った。おばさんは、すぐに笑顔になった。

台所仕事でもしていたのか、あるいは洗濯の水避けか分からないが、明るい色のエプロンをしていた。母のように、割烹着《かっぽうぎ》ではない。それがまぶしいようだった。書かれていないが、この日の天気もきっと、晴れていたのだろう。

「――おあがりなさい」

切手は七枚。郵便局で渡されたままだ。Lの字型に繋《つな》がっている。おばさんの前で切った。

「ぼくの分が、二枚なんです」

「ええ」

「横の二枚続きを貰っていいですか」

切り方によっては、ばらばらになったり、縦になったりする。

「いいけど、――どうして」

「切手に詳しいのがいるんです」安西のことだ。「そいつに聞いたら、シートで買う人もいるんですって。つまり、切らない前のまるまる一枚。――それでコレクションすると、価値がある」

おばさんは、呆《あき》れたように、

「シートって、切手何十枚でしょう。お金がいくらあっても足りないわ」

「ええ、そんなこと出来ません。――だから、《せめて二枚で取っておこうかな》と思って。だとしたら、横並びの方が、しまっておきやすいでしょう」

わざわざ、おばさんの前まで持って来て分けたのは、宝物の分配に似た楽しさが、あったからだろう。

その後で、送られて来たミゼットトランプを差し出した。おばさんは、意外だという顔をした。

「あら、いいのよ」

「でも、もう二つ、ありますから」

おばさんは、プラスチックケースの蓋を開けた。大きさは、小ぶりの消しゴムほどだ。中にジョーカーまで揃った、小さなトランプが入っている。蓋をし直してから、手の中に握り、

「それじゃあ、有り難くいただいておくわ。でも――何だか、悪いわね」

「いいえ」

おばさんは、ちょっと考えてから、聞いて来た。

「――詩は読む？」

「いいえ。――借りた本の中に入ってたら、見ますけど、――わざわざ、それだけは」

やはり、筋のある物語の方が面白い。

おばさんは、押し入れを開く。中にも本が入っていた。そこから一冊取り出して、前

に置いた。お返しかも知れない。

「読んでみない？」

貸そうというのだ。そんな出され方をすると、いかにも《秘蔵の本》のようで有り難みがある。

大判のノートぐらいの本だ。わずかに卵色がかった柔らかみのある表紙。そこに、青緑で燭台《しょくだい》が描かれ、鳥が飛び、蝶《ちょう》が舞っていた。普通の製本ではなく、背は緑の糸で綴《と》じられている。黒の活字で『児童詩集』、木下夕爾《ゆうじ》という作者名が刷られていた。

これはもう、《読んでみます》と答えるしかない。

家に帰って、ページをめくってみた。広いページに、ゆったりと組まれた言葉は、子供の胸に入りやすいものだった。

日記には、いくつかの詩が書き写してある。一週間経《た》てば、返さなくてはいけない。書き留めて置こう、という気になったのだ。気に入った世界の民話をノートに写したりしていた。それに比べれば、はるかに楽だ。まず、最初にあったのが、これだ。

ひばりのす

ひばりのす

みつけた
まだたれも知らない

あそこだ
水車小屋のわき
しんりょうしょの赤い屋根のみえる
あのむぎばたけだ

小さいたまごが
五つならんでる
まだたれにもいわない

これは後で、他の本でも読んだ。おそらく、木下夕爾の、最もよく知られた詩だろう。

麦畑は、お父さんの日常の中にあった。稲が刈られた後、冬から春、初夏にかけて、畑には代わって、麦が育つ。稲よりも荒々しい感じだった。大きく伸びた穂の間に入って行ったことがある。ちょうど頭が隠れるぐらいだった。

真ん中辺りで、温まった黒い土に腰を下ろす。両側に続く麦が、無限に続く緑の屏風《びょうぶ》のようだ。五月ぐらいだったろう。

土の匂《にお》いと、青臭い麦の匂いが体を包む。汗が流れる。伸びた麦の葉と穂は、下から見上げると指を開いたように広がって見える。細い針金を束ねたような穂の先の尖《とが》った先端が、一点一点、きらきらと輝いていた。

誰にも邪魔されない、秘密の場所に来たようだった。

麦畑は姿を隠せる。追いかけっこもした。そんな現場にお百姓さんが来たら大変だ。怒鳴られる。子供同士ならいいが、大人に追われるのはたまらない。

雲雀《ひばり》は、住宅地の間の麦畑には来ない。しかし、国道を越えて、一面の緑が広がる方に行くと、天上から、精魂込めて鳴く声が聞こえたものだ。空の雲雀は小さな点に見える。鳴いて鳴いて、やがて落ちるように、すうーっと緑の海に姿を消す。

《雲雀は直接、巣のあるところには下りない。地面に下りてから、歩いて巣に行くんだ》。誰にいわれるともなく、こんな知識が身についていた。空想の中では、とことこと歩く小鳥の姿を見ていた。だから、《ひばりのす　みつけた》という、声をひそめた囁《ささや》きは、直接、耳に届いた。

一方で、《水車小屋》は、童話の世界でしかお目にかかれないものだった。そちらの方には、遠いものを感じた。その、つかず離れずのバランスがよかった。

ページをめくると、涼しい秋の晩には、すいっちょが《絵本のなかの　エッフェル塔のてっぺん》にとまり、《ゆっくりと　ひげをうごかしている》。稲が刈られると、子供達は、かくれんぼをする。《わらのかげにかくれた　ことしのいなわらだ　秋の日よりのにおいがする》。

すいっちょは青緑。ちょうど表紙の絵の色のようだ。秋風と共にやって来て、柱や壁にとまって鳴く。稲藁《いなわら》の匂いも分かる。

日本中が都会になってしまったような現代では、分かりにくいかも知れない。お父さんの時代には、身近にあったものだ。でも、こうして言葉にされると、それらが水車小屋同様、遠いものにも思えた。

自分も大人になって、子供の頃を懐《なつ》かしんでいるようでもあった。

4

返す時に、

「麦畑のことが、よく出て来ますね」

といった。実際、そうだった。

すると、おばさんは、じっとこちらを見た。初めてこの家に来た時、硝子《ガラス》戸の向こうから見た眼と似ていた。

「ちょうど五年生だったわね」

そういって、また押し入れを開き、『五年の学習』という雑誌を取り出した。子供の本の出版社に勤めているという。だから、こういうものも持っているのだろう。何年か前のものだ。

「ここにも出てるわよ」

木下夕爾の『星とむぎのほ』という詩が載っていた。これも写してある。一部を引くと、こうだ。

明かるい　夕ぐれです
空と同じ色の　青いけむりが
一すじ　のぼっています
むぎのくろんぼを　やくけむりです
重たいほくびを　かしげあいながら
はたけのむぎたちは　ささやきました
「むぎになれなかった　かわいそうななかま」

「麦の黒穂《くろほ》って、知ってる」

「そうね。そういう巡り合わせになっちゃって、抜かれて焼かれちゃう。——でね、この木下さん、俳句もやってるの。同じことを俳句にしてる」

今度は句集が出て来た。『遠雷』という題だった。草餅色《くさもちいろ》の箱から、小豆色の本を抜き出した。覚えているらしく、すっと開くと、ページの最初の句の頭を指で押さえた。

黒穂抜けばあたりの麦の哀《かな》しめり

ああ、面白いなあ——と、思った。まさに詩の通りだ。それが凝縮されている。おばさんの指は、続いて隣の行に動いた。詩の後半が、そこにまとめられていた。

黒穂焼く煙よりあはき星うまれ

5

二月は《うめ》——栗色《くりいろ》の地に、白梅。
三月は《つばき》——芥子色《からしいろ》の地に、薄紅《うすくれない》の筋の入った白椿《しろつばき》。

四月は《やまざくら》——灰色の地に満開の桜。

日記を大人流に書き直せばこうなる。これといったこともなく四月を迎え、六年生になった。担任は、《ばあちゃん》というあだなの女の先生になった。《おとなりの白》が、この辺りから日記に出て来なくなる。

三月三十一日（金）

ねこがうなっている。見たら、となりの子ねこと、のらねこがけんかしている。その時、白がワンワンとないたので、のらねこは、にげだした。思いがけない助けぶね。

これが最後の登場だ。その後、白がどうなったのか、まったく覚えていない。一生の間には、様々な人や動物、また事物に触れる。そしてまた、手も振らずに多くのものと別れて行くのだ。

四月二十九日（土）

どんぐりの木で、金井とおいかけっこをする。子供っぽいね。

今の役場のところに生えていた木だ。あの辺りは、まだ空き地だった。

そこだけではない。昔は、町のあちこちに空き地があった。後で工場になったところなど、子供の目には見渡す限りの平原に見えた。２Ｂ弾や銀玉鉄砲を使っての、戦場になったものだ。

役場のところも、元は女学校だったという。建物が取り壊されてしばらくは、子供の遊び場になっていた。そこに大きな木があった。手のひらを上に向けて指を開いたように、根元から何本もの幹に分かれていた。だから、木の上で《おいかけっこ》が出来た。つまり、上ってから、隣の幹へ、隣の幹へと移って行くのだ。大人が見たら、《やめなさい》と、いうだろう。かなり危ない。

今は、木登りをしている子を、ほとんど見かけない。《落ちたら大変だ》《虫がいたら気持ちが悪い》などというのだろう。昔の子供は高いところが好きだった。小学校にも、かなり大きなジャングルジムがあった。その一番上の段を、手放しでひょいひょい駆け回ったりしたものだ。

金井とは、六年になって別のクラスになったが、家が近い。以前と同じように遊んでいた。《悪のコンビ》の、太田、西とは、そのまま同じ組だった。

五月十五日（月）

習字の時間、太田君が、

「どんどん、おれのすずりに水いれろ」

ぼくも、おもしろずくで、どんどんいれた。ところがすずりから水があふれだした。

しかし、まだ、

「おー、たる一ぱい持って来い」

あきれたごうじょっぱりだ。


相変わらずだ。

今は、書道も墨汁でやるのだろうが、昔は《墨を磨《す》るのも鍛練》とかいわれて、楽はさせてもらえなかった。机の上に出したすずりに、当番がやかんの水を注いで回る。そういう時に起こったことだ。

五月は《ぼたん》——黒の地に、大輪の薄桃色の花。

六月は《はなしょうぶ》——灰色の地に、二つ並んだ、白と紫の花。

太田らしい場面は、この月にもある。

六月十九日（月）
音楽の時、ハーモニカをわすれた福島君が、えんてん下に、朝れい台にたたされる。
太田君、

「おい、福島、ぼうし、かしてやろうか」

顎《あご》を突き出すようにしていう顔が、見えるようだ。

この《はなしょうぶ》から、切手の発売日が早くなった。それまで月末だったのが、月半ばになったのだ。

おばさんのうちには、毎月、《花》を届けた。本も借りた。高学年向きの本は、少なかったが、絵本にも面白いものがあることを教えてもらった。貸出し用の棚以外から、時々、出してくれる本が楽しみだった。

変わったところでは、文庫本の『日本の菓子』などというのもあった。日本各地の名物菓子が絵や写真入りで紹介されている。旅行をしているようで面白かった。

埼玉のところには、麦落雁《らくがん》や五家宝が載っている。食べたことのあるお菓子なので、嬉《うれ》しかった。

「おばさんの生まれたところのお菓子は？」

「小さい頃引っ越したの。育った街は神戸ね。だから、どちらかというと洋菓子かな」

やっぱり、洒落《しゃれ》たおばさんなんだ。

七月の《やまゆり》——空色の地に白百合《しらゆり》、雄蘂《おしべ》の先にオレンジ色の花粉、を渡すと、小学生最後の夏休み。八月の《あさがお》——水色の地に赤紫の花、は一日発売だったので、休み中に届けることが出来た。

6

ところで、八月はハチ月だった。駄洒落だけれど、アシナガバチがからんで、事件の起きた夏だった。

八月二日（水）

はだかでごろごろしていたら、背中がむずがゆくなった。なんのきなしに手をまわすとさわるものがある。つかんで、何だろうと見たら、ハチだった。つかみかたがよくて、さされなかった。目の前で、足やおしりを動かしているのを見て、びっくりぎょうてん。あわてて、はなしたら、にわかに飛んで行った。

昔はクーラーなんかない。頼るものは、うちわぐらいだ。男は裸になってしまう。ランニングもなしの、上半身剝《む》き出しでいた。だらだらと汗が流れる。そこで、こういうことが起こったのだ。本当に驚いた。

母に話すと、

「洗濯物の間に入っていることがあるんだよ。下着の中とか。畳んでいて、刺されたことがある」

といわれた。それから、しばらく、着る前に確かめるようになった。

そして、おばさんの家に《あさがお》を届けに行った日のことだ。

八月六日（日）

おばさんのうちにも、ハチがいた。せんたくものをほしながら、首をすくめている。

「もうなれちゃったけど、やっぱりこわいわ。こっちが手を出さなければむかってこないと信じるしかない」

という。ブンブン飛んで、行ったり来たりしている。屋根にすを作られたのだ。

こうやって見ていると、物事が起こる時には、その要因が、前以《まえもつ》てきちんきちんと配置されるものだと分かる。

次の要素はこれだ。

八月十三日（日）
きょうは、おとうさんが家のペンキ塗りをした。それはいいけれど、それにつかったはしごに、ペンキがついてしまった。かりものだから、しまつが悪い。水であらってもおちない。けっきょく、今日は先方にわけを話し、薬であらってかえすことになった。

暑い盛りにやらなくてもいいと思うけれど、何か急ぐ理由があったのだろう。父は夏休みでも、ほとんど学校に行っていた。それでも普段よりは余裕があって、日曜大工めいたことをやる気になったのだろう。
そして事件は、続く十四日に起こった。このことは記されていない。いや、実をいえば、しばらく日記を書くことも出来なくなってしまったのだ。

7

記憶の方は鮮やかだ。
ことは、どんぐりの木から始まる。木陰になる太い枝に座って、金井と二人で風を受けていた。午後の一時か二時頃だろう。蟬《せみ》の声が、あちこちから波のように寄せて来た。

頭の上では幾重にも重なった葉が揺れていた。

すると、自転車で《悪のコンビ》が、やって来た。

「おう」

どちらからともなく、声を掛け合う。

太田達も、するする登って来て、木の上で、涼みながらのおしゃべりになった。

「この間さあ――」

と、アシナガバチを手づかみにした話をした。話題としては、おかしくていい。そこから、蜂《はち》の巣のことをいってしまった――おばさんのうちの屋根の。

太田が瞬《まばた》きし、いった。

「そこんちの人、いつもいるのか」

「いや、勤めてるから昼間はいないよ」

「よーし」

と、握りこぶしを振った。

「何がいいんだよ」

「――蜂退治に行こう」

「そんなの無理だよ、屋根の上だぜ」

「お前んち、はしごねえか」

たまたまある。事情を説明した。太田は頷《うなず》き、

「天の助けだ」

金井が反論する。

「屋根に上ってどうするんだよ。お前、行って、巣、つかんで来るのか？」

太田はニヤリとする。

「何いってんだよ。科学兵器を使うんだ」

ポケットを探って、取り出したのは２Ｂ弾だ。これを見て、金井も身を乗り出す。

「――どうするんだ」

「物干し竿《ざお》があるだろ。その先にこいつを縛り付ける。はしごに上って、竿を伸ばして、巣に突っ込むんだ。『バーン！』」

皆《みん》な、目を輝かせた。これは押し切られそうだ。

「善は急げだ」

「……ちょっと待てよ」

西が、かん高い声を上げる。

「何だよ、おめえー。そこんちのおばさんだってよー、蜂の巣取ってもらえば、文句ねえべー」

人の留守宅に乗り込んで勝手なことをしてはいけない、というのは常識だ。理性だ。

しかし、子供というのは、理性より感情を優先させる。

この場合の感情は二つ、冒険は面白い、そして、おばさんを蜂から守る。後者は、他の三人には理由付けめいている。しかし、こちらは、真剣にそう思っていた。

小人閑居して不善をなす――などという言葉はまだ知らないが、とにかく、ひまな奴《やつ》らが集まるとろくなことはしない。何のことはない、あっさり《悪の四人組》になってしまった。

自転車部隊は、まず我が家に向かった。金井と一緒に庭先に入る。母親に気づかれないように、こっそり、はしごを持ち出す。太田が受け取り、

「――紐《ひも》も忘れるなよ」

「分かった」

はしごは太田と西が、前後で持ち、片手運転で運び出した。おかしな格好だ。

真夏の昼間は、どこも、からんと空いている。白く乾いた道を、おばさんの家までやって来た。御苦労なことだ。

「よし、はしごっ」

太田は司令官のように、命令口調でいう。もっとも、いいながら、自分で運んでいるのだから、あまり偉くない。庭に回って、はしごを立てる。手順は、計画通りだ。

2B弾の用意をしながら、一人ずつ交替ではしごに上ってみた。頭が庇《ひさし》を越え、甍《いらか》が

見通せるところまで来ると、炎熱に焼かれた屋根の熱気が、顔を打つ。《ひと雨来たら、気持ちがいいだろうな》と思う。

屋根は単純な八の字型に下がってはおらず、下の部屋との関係か、段差が出来ている。そこの垂直の部分の壁に、確かに大きな蜂の巣があった。数匹が宙を飛び、もっと多くが巣につかまっていた。

「最初は俺だ」

と、太田がいう。アイデアを出したのは奴だし、まあ仕方のないところだ。

「2B、何本あるんだ」

と、金井が念を押す。

「ん？」といいながら、太田は愛煙家が残り少ない煙草《たばこ》でも数えるように、火薬を勘定する。

「――五本」

「じゃあ、次は村上だぞ」

と、いってくれる。さすがは親友だ。

「そん次は、俺な」

と、すかさず西。《まあ、仕方ないか》と、金井が頷く。

太田がはしごに上り、竿の先を握る。

「行くぞっ」

しゅっと、マッチ箱の側面を2B弾の頭に滑らせたらしい。ぼっと音がして、発火の臭《にお》いがする。たちまち、竿が伸ばされる。

「おい、早くしろよ」

「まだまだっ」

太田は、狙《ねら》いをつけてから、ぐっと竿の先を蜂の巣の辺りに押し込んだらしい。どどどっと駆け降りて来た。つられて残りの三人も後に続く。今にも、蜂の群れが追って来そうだった。

数軒先の家の前まで逃げたところで、ボンという音がした。振り返って目をこらすと、おばさんの屋根の上に、撒《ま》いたように蜂が旋回している。

太田が手を腰にとって胸を張った。

「――大成功」

目に入りそうになる汗を、手で拭《ぬぐ》いながら応じた。

「……本当かよ」

8

半ズボンの四人組は、短い濃い影を踏みながら、またはしごのところに戻った。御苦労なことだ。

「——偵察」

と、いいながら、金井が様子を見てみた。

「気をつけろよ。蜂も気が立ってるだろうからな」

「そりゃ、そうだ」

巣は取れかかっているそうだ。棒を突っ込まれたからか、2B弾のせいかはよく分からない。

「よし、第二陣」

と、太田が指示する。すっかり、彼のペースになってしまった。

はしごに立ち、屋根の上に半身を出す。今にも蜂が向かって来そうで、いい気はしない。しかし、そこがスリルだ。

横に物干し竿が差し出される。右手が使いやすいように、左に竿が来ていた。先をつかんで、発火させる。下で持っていたのは、次の番の西だったが、こちらが合図する前に、凄《すご》い勢いで押し上げて来た。

火は点《つ》いている、蜂は気になる、という状態だった。そこで、つかんでいた竿が急に浮き上がった。体も浮いて、バランスが崩れる。倒れまいと、はしごの横棒をつかんだ。その形で身が反った。

太田と金井が、あわててはしごを押さえようと手を出した。それがかえって、足元を不安定にした。

視界がさあっと流れた。次の瞬間には、熱い地面の上を転げていた。全身を襲ったのは、今までに感じたことのない激烈な痛みだった。咄嗟《とっさ》には、それがどこから来ているのか分からなかった。ただ、苦痛の歯に上と下から噛《か》まれているようだった。

どこかから怒声のようなものが聞こえて来たが、気にしていられなかった。その前に2B弾も鳴った筈《はず》だが、耳に入らなかった。

「……どうも、すみません」

金井が、誰かにあやまっている。

体を突っ張ると、頭が塀際《へいぎわ》の草の中に入った。どれぐらい経《た》ったか、その姿勢でいるうちに、少しだけ痛みが引いて来た。

「大丈夫か」

太田が覗《のぞ》き込む。《大丈夫だ》といいたいが、そんな強がりも出来ない。横目で見ると、半裸に近いような格好で、うちわを持ったおばあさんが、道からこちらを見ていた。

「何とかしますから。どうも、すみません」

おばあさんと、向かい合った金井が、頭を下げている。

何とかしなくては、いけないようだ。身を起こそうとしたが、息が詰まる。西が力を貸そうとした。その手が、肩にかかると凄《すさ》まじい苦痛の波が、覆《おお》いかぶさって来た。

「さわんないでっ！」

たまらずに怒鳴っていた。

「でもよー」

「いいから」

どう動いたのか、分からない。とにかく、何とか起き上がって、日陰の玄関口まで行った。そこに座り込む。

不機嫌そうな顔で、うちわを動かしたり、頭にかざして日を避けたりしていたおばあさんは、暑さに負けたのか、隣の家に引っ込んで行った。

「はしごが倒れて、あのうちの塀に当たったんだ。そうしたら飛び出して来て、怒鳴りやがるのさ」

と、金井が説明してくれた。そして、

「――どうする？」

「座って様子みる。ちょっと動けそうにないから」

金井は、頭をかきながら、

「あのな……」

「うん」

「……お母さん、呼んで来ようか」

つらい選択だが、どう考えても、それが賢明なようだ。

「うん」

金井が行きかける。《待って》と声をかけた。

「何だ」

「はしご、前のところに返しといてくれるか。それがすんでから——」

少しでも怒られる原因を減らしておきたい。太田達にもいった。

「——はしご返すのだけ、手伝ってくれ。後は帰っていいから」

「そうかあ——」

と、西がいう。こちらとしても、見ている人間は少ないほどいい。太田は、手を振り、

「お言葉に甘えて。——じゃあ、達者でな」

といって、立ち去って行った。

あまり、達者でもない。じっとしているといいのだが、わずかにでも体が動くと激痛

が走る。

長い時間が経って、母が来た。金井が案内役だ。合わせる顔がないとは、このことだ。かといって、逃げようもない。

「――どうしたの！」

答えかけた時、隣のおばあさんがまた出て来た。母に、荒い口調でいった。

「あんた、この子のお母さんかい？」

「――はい」

「何、考えてんだろうね。昼間っから、バンバン、バンバン、爆発させて。迷惑だったらありゃしないよ」

母はわけが分からないから、金井を見る。

「バンバン、バンバンじゃないよ。――バンバンだよ」

「何だって」

「二回だもん」

おばあさんは、うちわを突き出し、

「減らず口叩《たた》くんじゃないよ。あんた、どういう教育をしてんだい」

「――すみません」

母は深く、頭を下げた。こんな情けないことはなかった。泣かなかったけれど、泣き

たかった。後を追うように首を折って、

「すみません」

と、いった。その動作だけで、また痛みが押し寄せた。

「大体ねえ――」

と、なおも、いいかけるおばあさんに、母は、

「申し訳ありません。お詫《わ》びいたします。ただ、この子は怪我《けが》をしているんです。お医者様に連れて行かせて下さい」

ふん、というような顔をして、おばあさんは、やっと勘弁してくれた。

母はいつも買い物をしている八百屋さんに行った。そこが、近かったのだ。店のおじさんが、オート三輪を、ドッドッドッと運転してやって来た。抱え上げられる時、また《さわらないでっ！》を繰り返したが、大人は容赦ない。

「そんなこと、いったって、しょうがねえだろうっ！」

と、叱咤《しった》され、荷台に乗せられた。いつもは大根や西瓜《すいか》の乗っているところだ。町の接骨医に運び込まれ、左の上腕部が折れているといわれた。医院には、父も駆けつけ、ますますカッコワルくなった。

「痛いからな、泣いてもいいぞ」

といわれて、その場所をつかまれ、いわゆる骨接《つ》ぎをしてもらった。遠い昔のことだ

が、盛大に叫んだことを、よく覚えている。

L字型の金具を当てて、その形のまま石膏《せっこう》で固めてもらった。お医者様は家まで来てくれ、天井から腕を吊《つ》るす仕掛けも作ってくれた。トイレに行く時は、手元のどこかをはずすようになっていた。

お医者様が帰ると、今度は父と母が、蚊帳《かや》を吊る工夫をした。今のように出来のいい網戸もなければ、電気蚊取りもなかった。蚊帳がなければ寝られるものではない。

蚊帳に穴が開けられ、そこに天井からの紐《ひも》が通された。目の上に、いつもと同じ蚊帳を見ると、気分が落ち着いて来た。

父も母も怒らなかった。ほっとした。介添えされての夕食が終わると、母が寝床に来て、小さい子にするように、にこやかにお話をしてくれた。

――実はこの時、両親はお医者様から、《治っても、左手はもう真上には上がりませんな》といわれていたのだ。後から聞くと、母のショックは大変なものだったらしい。

だから、二人とも優しかったのだ。

9

翌日の夕方、表で声がした。

お父さんが育った家は、玄関がなかった。表通りからは、引き戸を開けて入る。そこが土間になっていた。夏は開けっ放しで、竹すだれを下げていた。

「ごめん下さい」

という声を聞いて、びっくりした。おばさんだった。母が出て行った。狭い家だから、やり取りは筒抜けだ。

「――水原と申します。昨日のことなんですが。あの――わたくしの家で、村上君が大変なことになったそうで。――ご様子をうかがいに参ったのですが――」

「どうも、ご丁寧に。いつも子どもがお世話になっているそうで。その上に、今度はお騒がせいたしまして、何とも申し訳ございません。こちらから、ご挨拶《あいさつ》するところなんですが、取り込んでおりまして。はい、何ですか――とんだことをしでかしました」

お恥ずかしい。

「屋根から落ちたと、うかがいましたが」

「そうなんですよ」

「昨夜、帰りましたら、お隣の方が教えて下さいました」

あのおばあさんだ。

「はい」

「すぐにも参りたかったのですが、遅くなっておりましたので、かえって、ご迷惑かと――」

夜の更《ふ》けるのが早かった。七時には町は暗くなった。十時過ぎたら、もう深夜という感じだった。取り敢《あ》えず電話を入れる、という選択肢もない。何しろ、あちらにもこちらの家にも電話機がないのだ。

「お勤めだそうで――」

「はい。今日は何とか、都合をつけまして」

「わざわざ早引きなすったんですか」

「まあ何とか。――それで、――大分、痛がっていたと聞いたんですが、――お怪我の方は？」

「はい、打ち所が悪くて、左の腕が折れてました」

「まあ……」

「接いでもらいまして、――子供だから、くっつくだろうというんです。とにかく、安静に、ということで、寝ております」

結局、母は《ちょっとお待ち下さい》といって戻り、辺りを片付け始めた。上がってもらうらしい。逃げも隠れも出来ない、とはこのことだ。枕元《まくらもと》に夏物の座布団《ざぶとん》を置きながら、母は、

「お菓子、いただいたよ」

と、小声でいった。それから、《どうぞ、こちらへ》と通した。

おばさんは、白い服を着ていたと思う。心配そうに、上から見下ろした。

「こんにちは」

「はあ」

「大変だったわね」

「――どうも、すみません」

結局、何度となく繰り返した言葉をまた、口にすることになった。母は、飲み物を出しに台所の方に向かった。

「何で、こんなことになったの」

「――」

「案外、暴れん坊さんなのね」

「――蜂《はち》の巣」

「え？」

「おばさんが、洗濯の時、刺されないように」

「……」

表情が変わった。

あの人は、白いハンカチを出して、額に当てた。思ってもいなかったようだ。

「いない間に、始末しとこうと思って」

「……それで、腕の骨折ったの」

「うん」

「……馬鹿《ばか》ね」

あの人は、せわしなくハンカチを動かした。手はさりげなく、目元に行ったような気がした。こんなことぐらいで泣くことなんかないのに、おかしいなと思った。

母が、水道の水で溶いた一袋五円のオレンジジュースを持って来た。冷蔵庫もない、あの頃は、夏に出せるものといったら、これだった。

「そういえば十五日。あの日も、暑かったですねえ」

と、母がいった。

「ああ、そうでしたわねえ」

と、おばさんがハンカチを膝《ひざ》に置いた。

母は、インスタントジュースをすすめながら、

「わたし、こちらで聞いたんですよ、終戦の放送。終わったのは嬉《うれ》しかったけれど、やっぱり涙が出ました」

「……わたくしは、北陸の海岸で聞きました。海も空も、とっても綺麗《きれい》な日でした」

「お若かったでしょう」

「まだ女学生でした。もう十六年も経《た》つんですねえ」

「疎開《そかい》なさってた？」

「はい」

「この町にも、女学校があったんですよ。爆撃されましてねえ。東京で残った爆弾を落として行ったんです。女の子や先生が、随分、亡《な》くなりました」

爆弾が落ちる時には、シャーッと、トタン屋根に何かを滑らせるような音がした――と聞いていた。その女学校の跡地が、どんぐりの木のある所だ。

「……わたし達の学校も、そうでした」

「まあ。――思い出させてしまって」

「いいえ」と、あの人はジュースを一口飲んで、「――どっちみち、忘れられることじゃ、ありませんものね」

「本当に。――あの頃は、――明日どうなるかが分からないから、何をする気にもなれませんでした。この子には、もうあんな思いはさせたくありません」

そういってから、母はこちらを、まじまじと見つめた。

「――それなのに、自分から危ないことをして来るんだから」

10

半月も経つと、大分よくなった。首から腕を吊って歩けるようになった。見舞いに来た金井に、元気なところを見せようと、座敷から走って行って板の間に、ぽーんと飛び降りたりした。——勿論、母に怒られた。親の心子知らず、である。

九月は《ききょう》で、月の頭に発売だった。第一週ぐらいまでは、家で休んでいるようにとのことだった。学校に出ない身では、郵便局にも行けない。

せっかく、ここまで続いたのに残念だなあ、と思っていたら、おばさんの方が届けてくれた。——横の二枚続き。抹茶色の地に、紫の桔梗《ききょう》。東京の郵便局で買ったらしい。

それと一緒に本も持って来てくれた。退屈しているところだから助かる。『児童文学全集』には、当時、代表的なのが二つあり、小学校には先に出た方が入っていた。そちらにないもの、と、ちゃんと考えてくれたようだ。何だか、気恥ずかしい題だった。

アグネス・ザッパー作、『愛の一家』。

第四章

1

夕食を終えた。

食事も、普通に喉《のど》を通るようになった。うちから、おかずを持って来てもらえるのが、とても助かる。やはり、病院のものだけでは食欲が出ない。食べられると、力がつく。復活の喜びがある。

こういう反応も、年齢によって異なるようだ。小学六年で左腕を折った時には、指まで動かなくなった。二日経《た》っても、三日経っても、そのままだった。目の前に見えている左手の指に向かい、《握れ》と指示を出しても、応じてくれない。筋肉の命令系統が、骨を折ったところで途切れてしまったのだろう。

普通に動いていたものが、そんな風になってしまった。だが、絶望したという記憶はない。動くようになった時、すぐに母親を呼んで、《ほら》と見せた。母の喜びは深かったろう。親の立場になれば、よく分かる。しかし、自分が歓喜した覚えはない。割合に図々《ずうずう》しく、治るものと決め込んでいたような気がする。

今は、率直に回復に向かっていることが嬉《うれ》しい。

さて、寝るまでの時間を使って、出来る限り進めてしまおう。急患さえ入らなければ、明日の午前中までは一人でいられそうだ。だが、明日の午後も、明後日もベッドが空いているとは思えない。何とか今夜中に、録音を終えてしまいたい。

腕はうまく繋《つな》がった。

昔は、こういう大きな病院はなく、お医者さんも家庭的だった。何度か、自転車で往診に来てくれて、風呂《ふろ》の面倒までみてくれた。夏なので汗をかく。町のお風呂屋には行けない。たらいにお湯をはって、行水ということになる。その時、脇《わき》について腕の具合をみていてくれた。

九月には、腕を吊《つ》って、母と一緒に医院まで通った。見られると恥ずかしいといって、わざわざ通学路をはずして、遠回りして行った。

うちでは本を読み、テレビを見ていた。あの頃、好きだったのは、NHKの人形劇『宇宙船シリカ』とか、《ケペル先生、こんばんは！》と始まる豆知識の番組、漫画では民放の『進め！　ラビット』だなあ。アメリカのテレビ映画は、今と違って毎日やっていた。エリオット・ネスとフランク・ニティの出て来る、ＦＢＩとギャングの対決、『アンタッチャブル』。《ローレン、ローレン》という歌で始まるカウボーイもの『ローハイド』。髭《ひげ》のメイナードが《ご機嫌！》と叫ぶ『ドビーの青春』なんかを喜んで見ていた。日本のものでは、『シャボン玉ホリデー』が、そろそろ始まっていたかも知れない。――お前達に、こんなことをいってもちんぷんかんぷんだね。

登校したのは、九月の十日過ぎだった。クラスの連中が、「どうした」などと、声をかけて来るかと思ったが、まったくそういうことがなく、拍子抜けした。

夏休みの宿題は、どれだけ提出したのだろう。ただ、はしごから落ちる前に、金井から借りた『模型とラジオ』を見て、どこだかの灯台のパノラマを作っていた。大きさはノートぐらい。岬の地形図を見て、等高線通りに厚紙を切る。それを重ねて、上から練りハミガキと何かを混ぜたものを塗る。木は、銅線で形を作り、台所用の緑のスポンジを小さく千切り、セメダインで貼《は》り付ける。海の部分は、絵の具。灯台は、白い画用紙を設計図通りに切って作る。なかなか、よく出来ていた。それを工作として出した。宿題展で、金賞になった。

おばさんの家に行ったのは、九月の十七日。この日から、休みぐせのついていた日記を、また書き始めている。

九月十七日（日）

おかあさんが、ものをもらっているのだから、本のおばさんの家に、かいき祝を持ってあいさつに行けという。かいき祝というと、怪しい祝のようだ。おばさんから、きし感や、しし座の流星ぐんの話を聞いた。

その時には、もう包帯もはずれていたと思う。

『愛の一家』をいただいた御礼をいい、感想をいった。子供達が獅子座《しし ざ》の流星群を見に行く場面がある。そこは、どこかで読んだような気がした。

「図書室の天文の本じゃない？」

「……そうかも知れません」

「道を歩いていたりしてね、《前に、ここに来たことがある》なんて思ったりする。──そういうのを、既視感ていうの」

「きしかん？」

「既に視《み》たような感じね。難しい言葉で、デジャ・ビュかな」

「そういうことって、あるんだ」

「ええ」

「──獅子座の流星群ていうのも、本当にあるんですよね」

「あるわよ。——見たわ」

「へええ」

「といってもね、まだろくに口もきけない頃なの」

「それで、覚えてるんですか」

「ええ。空を引っ掻《か》いたように、金色の線が、すうーっ、すうーっ、って流れるのをね。——でも、普通の年にははっきり飛ばないんじゃないかな」

「《何年めかに、うんと多くなる》って書いてありましたけど」

「そうなの。三十三年置きですって」

「……三十三年。今度はいつなんですか」

「四年後。あなたは、もう高校一年生ね」

大人になれば、四年などたいした期間ではない。しかし小学生にとって、自分が高校生になるのは、果てしなく先のことに思えた。

「じゃあ、その時、一緒に見ましょうか」

「ありがとう。——でも、夜中過ぎでしょう。一緒に見るのは、ちょっと無理ね。——わたしは、自分のうちで絶対に見る。ずっと待ってたんですもの。——あなたも、忘れなかったら、眠らずに空を見上げてちょうだい」

こくんと、頷《うなず》いた。おばさんは瞬《まばた》きをして、続けた。

「他にもね、待ってるものがあるの」

「何です」

「――東京オリンピック」

新聞にも、テレビ、ラジオにも、オリンピックに関することが出始めていた。十月には、オリンピックの記念切手も出る。

「なーんだ」

もっと変わったものかと思った。

「オリンピックだったら、当たり前？」

「うん」

おばさんは、遠くを見る目になって、いった。

「――わたしがね、ちょうど、あなたぐらいの時、東京でオリンピックをやる筈《はず》だったの」

大人なら知っていたろう。子供のお父さんには、初耳だった。

「そうなんですか」

「楽しみにしていたのよ。その前のベルリン大会のことなんかが、ニュースになっていたからね。《いよいよ、日本でやるんだ》って、思っていたの」

「そうしたら？」

「戦争でね、中止になっちゃったの」

おばさんは、悪戯《いたずら》っぽい表情になり、

「――わたしに、子供の時があったら不思議？」

「うーん、不思議っていうか、何か変な感じ。――おばさんが小学生の時、やっぱり東京オリンピック楽しみにしてたなんて」

「ちょっと待って」

おばさんは、押し入れを開け、茶箱の中から、古めかしい紙箱を取り出した。

「――子供の頃は、こういうので遊んでいたのよ」

2

蓋《ふた》に貼られた絵では、目の大きな女の子が、いかにも《可愛《かわい》いでしょ？》というポーズをとっている。

「――『啄木《たくぼく》かるた』」

「あ、読めるのね。その通り。昔は、横書きは右から始めたのよ」

「知ってますよ。煙草《たばこ》屋さんのタイル、今でも《こ・ば・た》ってなってるもの」

「《啄木》も難しいでしょ」

「東海の小島の磯《いそ》の――」

「あら」

「――白砂を、指で掘ってたら、真っ赤に錆《さ》びたジャックナイフが出て来たよ」

おばさんは笑い出した。テレビかラジオでやっていたギャグだ。

「他には？」

「たわむれに母を背負いてそのあまり、重きに泣きてどっと倒れる」

おばさんは、笑顔を続けながら、

「――ちゃんと知ってるのは？」

「ちゃんと知ってますよ、今のだって」

「それは失礼」

まじめにやってみようと思う。幸い、もう一つ知っていた。

「はたらけどはたらけどわが生活《くらし》」

「――猶《なお》わが生活《くらし》」

と、訂正が入る。ちょっと口惜《くや》しい。

「楽にならざり、じっと手を見る」

「偉いわねえ」

といいながら、おばさんは、畳の上に絵札を広げた。昔のものだが、彩《いろど》りは鮮やかだ。

それぞれに様々な服装の女の子達が描かれていた。蜉蝣《かげろう》のようだった。別世界の子供達に思えた。

「何十年前です？」

大変失礼な質問だが、おばさんはすらりと答えた。

「二十年ぐらい前ね」

四年後が果てしない先なら、二十年前は無限の過去に思えた。

「そんな昔から、こんなのあったんですね」

「そうよ」

おばさんは、手を宙に浮かせ、花園のように広げた絵札の上を撫《な》でるようにした。そして、手近な一枚を取り上げる。

女の人の、俯《うつむ》いて手袋に指をかけている横顔が描かれている。《こゝろかすめし》というひらがなが刷られている。

「一枚一枚が、啄木の歌になっているの。例えば、これは――」と、思い返しつつ、

「《手套《てぶくろ》を脱《ぬ》ぐ手《て》ふと休《や》む　何《なに》やらむ　こゝろかすめし思《おも》ひ出《で》のあり》。――どう？」

聞かれてしまった。

「歌は面白いけど、絵は気持ち悪いや。目が大き過ぎて、それが、こんなに一杯――」

「……男の子って、同じようなことというのね」

「え？」

「昔もね、わたし達が、これで遊んでると、そんなことという子がいたのよ」

「ふうん」

目の前にあった一枚を取ってみた。これも横顔だ。ショートカットの女の子。《ことばはいまも》と書かれている。何げなしに口にしていた。

「——かの時に言いそびれたる、大切の——」

おばさんは、すっと札を下に置いた。そして、普段から大きな目を、もっと大きく見開いた。さすがに、かるたの女の子達には負けるけれど。

どうしたのかと思った。《何ですか？》と表情で聞いた。おばさんは、ゆっくりといった。

「……続きは？」

いわれて、札を見返した。自然に、五七五七七が出て来る。

「——かの時に言いそびれたる——大切の言葉は今も——胸にのこれど」

おばさんは、歌がまだ残っているのに、かぶせるようにして聞いた。

「——どうして、知ってるの？」

「え？」

「……それ、あんまり有名な歌じゃないのよ」

いわれてみればそうだ。啄木で覚えていた歌は、最初にいった三つぐらいだ。小学六年なら、それでも知っている方だろう。

「……既視感かなあ」

「そういう既視感はないわよ」

「分からないけど、――どこかで読んでたんでしょうね」

おばさんは、何かいいかけた。そのままの姿勢で、しばらく、こちらを見ていた。それから、怖いほど真剣だった顔をすっと崩し、首を小さく振りながら、柔らかくいった。

「そうよね。――そうに決まってるわよね」

3

十月一日の《りんどう》は、買って行って渡した。――橙色《だいだいいろ》の地に、瑠璃色《るりいろ》の花。

秋も深まって行く。

十月二十日（金）

今日から、学校のはじまりが8時15分になる。7時ごろねていたら、

「和彦、早くおきないと、おくれるよ」

といわれた。

「今日から、はじまりがおそくなったんだよ」

といったら、おどろいていた。

忘れたのではない。わざと前日にいわないでいる。

この頃、大きな版の『ドリトル先生物語全集』が出始めた。おばさんの家で『ドリトル先生と秘密の湖』を借りている。

十一月の花は《きく》――紺青《こんじょう》の地に大輪の菊花。鮮やかな黄色。

十一月六日（月）

べんとうの時、服部君が、おゆをつぎに来た。しかし、たくさんこぼしてしまった。

服部君、

「いや、なれないものでね」

学校ではまだ給食がなく、牛乳も出ない。代わりに、お湯を飲んだ。弁当箱の蓋を逆さにして、机の上に出して置く。当番が、大きなヤカンに入れたお湯を注いで回る。

十一月七日（火）

地球ぎを作る。土台を作る時、ガンガンドンドンガシャガシャ。そのうるさいのなんの。

とうとう、先生が、

「もう少し、しずかにやりなさい」

十一月七日（火）

組み立てセットになっている教材だ。日記の他の部分に、集金された代金が七十円と書いてある。ボール紙のお椀《わん》のようなものを上下合わせて球を作り、そこに船底形の世界地図を貼《は》って行く。始める前に、先生が、

「雑に貼って行き、最後に透き間がなくなり、地図が一枚余ってしまう人がいます。きちんと貼りましょう」

と、いった。

間を空けないようにと気をつけ過ぎて、繋《つな》ぎ目が少しずつ重なった。残り三、四枚となったところで気付いたが、すでに遅し。過ぎたるは及ばざるがごとしだ。最後に、逆に透き間が出来て、口惜しかった。

十一月八日（水）

理科で水素の実けんをした。マッチの火を近づけたら、ボンと音がしたので、みんな、ばくはつかと思って、びっくりした。しかし、少量ならば大じょうぶ。

その後、クラブの時間。先生が、

「今日はクラブは休みです」

といったら、みんな、またたくまに帰ってしまった。

十一月九日（木）

算数の時、分度器のふくろを、さいてしまった。きのうは、分度器にニスをぬって目もりや字をとかしてしまった。分度器、さんざん。

とてもうるさかったので、先生がみんなに、

「うるさくしなけりゃできないのか」

というと、太田君、

「ハイ」

十一月十日（金）

いつかもらったコーヒーは「ネスカフェ」という。けさ、その広告をやっていた。

おかあさんに、

「ほら、ネスカフェ、ネスカフェ」

と言ったら、答えないで台所に行ってしまった。帰って来た時、言ったら、

「ああ、そうかい。さっきから、和彦がなにか言ってると思ったけど」

もっと小さい頃、コーヒー豆の挽《ひ》いたのをもらったこともあった。どうしていいか分からず、結局、匂《にお》いだけ嗅《か》いで捨ててしまった。今度は、インスタントをもらった。お湯を注げばいいのだから、これは分かった。しかし、父は、コーヒーは子供には毒だからと飲ませてくれなかった。いい香りが、実に魅力的だった。

十一月十一日(土)

みんな、テレビのコマーシャルの通りに、どこまでいえるかやっていた。

「とんかつトントン、コロッケコロコロ、わんたんタンタン、しゅうまいシュウシュウ、おでーんデンデン」までは、みんな言えた。あとはごちゃごちゃになっていた。

正解を書きとめた。以下の通りである。

「きんぴらピラピラ、めだーまタマタマ、

スパゲチスパスパ、

チャーハンチャーチャー」

化学調味料の宣伝だ。こういうのを覚えているのが自慢なのだ。他愛ない。小学生の日常が、坦々《たんたん》と流れて行く。

十一月十二日（日）

金よう日にカナリヤZSラジオがこわれたので、なおしたが、土よう日にまた、こわれてしまった。朝早く、こわれたラジオを自転車にのせてラジオ屋に行った。ラジオ屋の人は、まだねていた。

もけいを見せに金井君のうちに行く。くみ子ちゃんが、二人の後についてまわって、キャアキャア。

テーブルの上に、味つけのりのかんがおいてあった。

「これどういうの」

と聞いたら、食べさせてくれた。

「おいしいねえ、おいしいねえ」

といったら、一かんくれた。おかあさんが、

「みっともない」

と、いった。

まだまだ、ラジオも日常的に聞いていたことが分かる。朝早く来られて、お店の人も迷惑だったろう。起こしたのか、出直したのか、この文章だけでは分からない。《模型》というのはプラモデルかも知れない。確か、ラジオ屋さんで、マッチ箱ぐらいの大きさの飛行機のプラモデルを売っていた。

《くみ子ちゃん》というのは、前も出て来た金井の妹だ。この時、小学校二、三年だったと思う。

金井のうちには、お中元やお歳暮がよく届いていた。だから、味付け海苔《のり》なども豊富にあった。食べ飽きていたのだろう。うちでは、普通の焼き海苔しか食べたことがなかった。だから、革命的な美味に感じられたのだ。コンビニもなく、スナック菓子などというものもなかった頃の話だ。

しかし、子供が、味付け海苔の缶を貰《もら》って後生大事に抱えて来たら、確かに《みっともない》と思うだろう。

日曜日だが、この日はおばさんのうちに、顔を出していない。プラモデルやら、味付け海苔やら、他にも色々と心を奪われる。子供も、それなりに忙しい。

4

十一月十三日（月）

べんとうの時、パンが10円から15円にねあがりした話が出る。

「おれ、あしたからべんとうにするべ」

などという人もいた。

十一月十四日（火）

今日は陸上大会、中学校でやる。六年生は、おうえんに行った。国道の所で、

「あの自動車が通ったら、わたるんだぞ」

「それ、通った」

「ウワーッ、それ、それ、かけ足」

ぼくたちの小学校は、勝ったりまけたり、まずまずの成せき。

べんとうの時間、太田君が、庭のまん中で、一人でたべているので、みんなゲラゲラ。

この情景は、今もはっきり覚えている。各地区の小学校から選手や応援が来ていた。昼食の時は、それぞれの席で食べた。太田だけが一人、中学校のグラウンドの真ん中にぽつんと座った。そして、衆人環視の中で弁当を開いた。やってくれる男だった。学年に一人ぐらい、こういう奴《やつ》がいるものだ。

十一月十五日（水）

三時間目に、陸上大会の選手たち、ごくろうでしたといういみで、茶話会が開かれた。帰ってきたとたん、みんな、

「おい、菓子、くってきたか」

十一月十六日（木）

今日の体そうは、月曜日にやったから、月と木とこうかんだ、と先生がいったので、白ズボンを持っていかなかった。ところが、先生、

「今日は、体そうやりますよ」

白ズボンをはいてこない人は、体そうはできない。ところが、この日はマラソン。1000ｍも走る。これをやらないですむとはね。

そのあと、ぼくのすきなサッカーは、先生が、

「やってもいいですよ」

昔はジャージーなどという洒落《しやれ》たものはなかった。体育の時は白ズボンをはいた。

この日の夕方も、お使いに行っている。

魚屋にいって、

「さんまを、さんまいにおろしてください」

といったら、

「ここのほねはとるの、ここから半分にきるの」

どうやらしんまいらしい。

かえり道、もう、星がきれいに出ていた。

獅子座《ししざ》の流星群は、十一月の中旬に現れる。この時、夜空を見上げて、そのことを思ったろうか。

十一月二十七日（月）

今日は6つ、わすれものをした。下じきと、赤えんぴつと、けしゴムと、白ズボンと、地図と、色えんぴつ。新記録だ。

昼休み、わすれものを取りに行く。おとうさんのこわいろで、

「アアーッ、つかれた」

とやると、

「ほんとうに、おとうさんが帰って来たのかと思ったよ」

十一月二十八日（火）

手ぶくろがない。なくしたと思ったら、きのうわすれた白ズボンの中に入っていた。わすれものの中のわすれもの。

十一月二十九日（水）

未来の都市のうちあわせに、みんなが来る。しゅくしゃくの話をしたり、プラスチックのケースの話をしても、考えがちがうので、ぬけることにする。

県の小学校の発表会があって、先生が企画を立てた。六年生の各クラスに指示があった。うちのクラスは《未来都市の模型》を作るようにいわれ、有志が指名された——矛盾している。

お父さんにも声がかかった。夏休みの宿題で、パノラマを出したから適任と思われたのだろう。それで、打ち合わせをやったのだ。四、五人、来たと思う。《まず、実際の何分の一にするか決めなければ》と思った。

頭にあったのは、現実をそのまま縮めたような精密な模型だ。要するに、今のドールハウスのような感じだね。

プラスチックのケースというのは、それが建物の天井に使えると思って提案したのだろう。地面の部分には、夏休みのパノラマに使ったように、練りハミガキも考えた。漫画や挿絵にある、未来の自動車を作り、道路に置きたかった。銅線にスポンジの技法を使った並木も要所に配置すれば、よりリアルになる。

ところが、他の有志達は、そんなことは考えなかった。《これでは、冬休みをつぶしての共同作業など出来ない》と思った。そこで、抜けさせてもらうことにしたのだ。

十二の月の、最後の花が《さざんか》——藍鼠色《あいねずいろ》の地に、つやつやした葉、ほのかな赤みを感じさせる白い花。三日の日曜に持って行った。

これでもう、届ける花はない。

十二月五日（火）

はじめて、氷がはり、しもがおりた。冬が来たという気もちになる。

5

年が改まって、ちょっとショックなことがあった。本を返しに行って、おばさんと話をして来た。

一月十四日(日)

本のおばさんの家に行った。おばさんがカギに、ミゼットトランプをつけてくれていたので、何だかうれしい。

おばさんは、いなかった。

留守だったら待ちぼうけになるけれど、買い物かも知れないと思って、自転車を止めて、少し待っていた。薄暗くなった頃、おばさんが、買い物籠《かご》を提げて帰ってきた。

「待っていたの？　悪かったわね」

おばさんは、鍵《かぎ》を取り出した。その根元に小さなトランプがついていた。今でいうなら、キーホルダーだ。

おばさんは戸を開け、明かりを点《つ》けた。

「入っててていいわよ」

勝手知ったる座敷だ。季節が一回りしたから、最初の時のように、電気炬燵が置かれている。おばさんは、洗濯機の中から本の袋を回収して来た。まるで、月遅れのサンタクロースみたいな格好だった。

本を返し、新しい本を選んで、まだぐずぐずしていると、

「どうしたの」

と、お茶をいれてくれた。

「あのね――」

「ふうん」

《未来都市》のことを話した。

「――で、新学期が始まったんだ。そうしたら、皆《みん》なの作った《未来都市》が、県で表彰されちゃったんだ」

「あらあら」

炬燵をすすめられた。膝《ひざ》を入れながら、

「朝礼でいわれてね、前に出て、皆な表彰状貰ったんだ。――作品が会議室に飾られて、見るようにいわれた」

「焼き餅《もち》、焼いてるの？」

「そうじゃないんだ。——だって、冬休みの間、皆な、頑張ったんだから。頑張った人が褒められるのはいいことだよね」

「じゃあ、——《ざまあみろ》っていわれたの？」

「そうでもないんだなあ。——確かに、皆な、ちょっとぐらいはそう思ってるかも知れない。でも——思われたって別にいいんだ。頑張った人は、それくらい思ったっていいんだからね」

「だったら、何？」

「会議室に行ってね、皆なの《未来都市》を見たんだ」

「うん」

「そうしたら、僕の考えてたものとまったく違う。——段ボールのビルなんか、段ボールそのままなんだ。色も塗ってない。竹ヒゴの棒が意味なく立ってたり、ビルの間の道路なんか、本当にはあり得ないようなやつ。画用紙切り抜いたペラペラなんだ」

「要するに」と、おばさんは指を立てて、「——子供が作ったみたいなのね」

何度も、頷《うなず》いてしまった。

「そこで、思ったんだ。僕の考えたようなのと、これが二つ並んでたら、大人はこっちの方に賞くれるんだなって」

「まあ、そうかも知れないわね」

「——おばさんのいったこと、思い出した。《子供って、大変な力持ってる》っていうの。あれなんだよね。——でも、もう僕には、そんな未来都市は作れない。つまり、子供の力を失ってるんだ。だからといって、代わりになる力なんかない」

「そんなこと、ないと思うよ」

炬燵布団《ぶとん》の端をつかむ。

「ありがたいけど、なぐさめてるだけでしょ」

「違う、違う。だって、灯台の模型で、金賞貰《もら》ったんでしょう」

「あんなの駄目だよ。だって、雑誌に書いてある通りに作ったんだ。結局、自分のものじゃないんだ」

おばさんは、微笑《ほほえ》んだ。

「——懐《なつ》かしいわ」

「え？」

「村上君。それってね、決して特別な悩みなんかじゃないわよ。誰だってそういうことを考えるの。自分て何だろう、自分に何が出来るんだろう——って」

「誰だって？」

それもつまらない。

「そう。ただ、あなたには普通の人より、ちょっと早く来てるんじゃないかな。キミ、成長が早いんだよ」

最後のところは、ちょっとおどけていう。気持ちがほぐれた。おばさんは真顔になり、じっと、こちらを見つめた。

「——あなたも、もうすぐ中学生になるのね」

「うん」

「ヘリコプターのところで野球帽を拾ったのが、ついこの間なのに。——もう、学帽を被《かぶ》るのね。——わたし、どんどん、おばあちゃんになっちゃう」

何といっていいか、分からない。ただ、あの日のことを思い出した。あの時の、おばさんの顔を。

「ねえ」

「なあに」

「ヘリコプターが飛んだ時、おばさん、顔をしかめたでしょう？」

「……そうだった？」

「渋い顔してたよ」

しいんと静かだった。時々、木枯らしともいえない風が、小さく窓を鳴らす。おばさんは、暗くなって来た外の色を見て、

「もう帰らないといけないわね。——簡単にいっちゃうわ。わたしね、飛行機の飛ぶ音

に、嫌な思い出があるの」

「それって、空襲？」

「そう。——戦争の時、飛行艇を作る工場で働いてたの。——飛行艇って分かるかな。海の上に降りたり、そこから飛んだり出来る飛行機。——飛行機は好きだったし、今も好きよ。青い青い空を自由に飛んでみたいとも思う。だから、ヘリコプターも見に行ったの。——だけど、あの爆音を聞いたら、やっぱり空襲のことを思い出したの」

「……知ってる人が死んじゃったの？」

ことりと窓がなった。おばさんは、そっと頷いた。

6

その場所が、どことは聞かなかった。神戸の大震災があった時、あの人がその街で育ったといっていたのを思い出した。

天災と戦争は違うが、大切な人を失い、人生を台なしにされた人々の苦しみは、どちらも同じだ。どう償いようもない。

「女学生だったの。今から思えば、知らないことが一杯あったわ。戦争のことも知らなかった」

「だって、――やってたんでしょ？」

「だから分からないのよ。重慶――っていっても知らないだろうけど、とにかく、中国辺りの爆撃のニュースを見たりすると《勇ましいなあ》と思ってた。煙の下の人が、どんな思いでいるだろうなんて、考えもしなかった。戦車が走ったり、軍艦が砲撃したりしてるのを見ると、わくわくした。《アジアを欧米から解放するための戦です》といわれて、中国の人もフィリピンの人も、どこの国の人も、皆な、わたし達に感謝しているとばかり思い込んでいた。朝鮮の人の気持ちも考えなかった。――勝ってたら、今でもそうよ。――貧しさだって知らなかった」

「お金持ちだったの？」

「まあそうね。わたし達の学校の生徒、一人残らず、うちに電話があったのよ。クラスの緊急連絡は電話で流れて来たの」

「へええ」

　夢のようだ。そう聞くと、金持ち揃《ぞろ》いという実感があった。しかも、これが昔の話なのだから、本当は《実感》を越えて凄《すご》いことなのだ。

「そのせいか、工場での待遇もよかったわ。ひどい職場に行かされて、体を壊した学生も大勢いたみたい。――わたし達は、色んなことが特別だった。貧しい人がいるというのは分かっていた。でも、自分とは関係ない、そう思って見ないようにしていたのね」

「——それがどうして、貧乏になっちゃったの」

おばさんは、吹き出した。

「子供の頃に比べたら格段に落ちたけど、そんなにひどくもないわよ。昔の貧しい人は、こんなものじゃない」

「そう？」

「民主化されたからね、これから暮らしはよくなるでしょう。あなた達の子供の頃には、素敵な世の中になっているといいわね」

「……」

それが今だ。あの頃には、想像も出来ない未来だ。

「親は子供達のために、素敵な時代を手渡そうとするものでしょう。わたし達の親の世代は、強い日本を渡そうとしたのね。《力》を。ところがうまくいかなかった。それを見ていた子供が、今、親になった。だから今度は、豊かさと文化を手渡そうとしている」

「……？」

「家庭用の百科事典が凄く売れてるって、話題になってるでしょ。ソノシートつきの音楽全集とか、文学全集とかいっぱい。——豊かになれば堕落する。実りの秋の後には冬がくる。キリギリスになったら大変。だから、それを支えられる文化という穀物を集めてるのよね、日本人というアリさんは。きっと本能なんだ。《力》と比べたら『北風と太陽』だね。……うまく行くかなあ。今度はうまく行ってほしいよね。——わたしがね、こうやって、《本を貸しましょう》なんてやってるのも、個人のことみたいに見えて、実はそういう大きな時代の流れの、一環なのかも知れないわね」

おばさんは、そこまでいうと、今度は、まったく違ったことを聞いて来た。

「——ねえ、灯台のパノラマ作るのに練りハミガキ使ったって、いったでしょ？」

「はい」

「あれって、何だか、懐かしかった」

わけが分からない。

「どうしてです？」

「うちの父はね、ハミガキ作る会社に勤めてたの」

7

その頃は、リバイバルブームといわれていた。小林旭《あきら》とか村田英雄《ひでお》などという歌手が、戦前の歌を歌ってヒットさせていた。

二月二十八日（水）

『愛染《あいぜん》かつら』もリバイバルと新聞に出ていた。染めたかつらみたいな変な題だ。3
247人の中からえらばれた中学生の女の子が主題歌を歌うそうだ。

春休みになってから、たまたまラジオをつけると、この歌を盛んにやっていた。町のお店や、何かの催し物でも流していた。女の子だけが歌うのではなく、男性歌手とのデュエットだった。《花もあらしも踏みこえて……》というやつだ。母に聞くと、戦争前にも、随分流行《はや》った歌らしい。

三月三十日（金）

ついこの間、「夜のじょうばん線大こんらん」という記事が出ていたが、今日は「朝のじょうばん線大こんらん」と出ていた。また、しょうとつ事こだ。同じ鉄道で同じような事こが続くものだ。

三月三十一日（土）

卒業式はとっくに終わっているし、入学式はまだだ。今はどっちでもないのかもしれないけれど、やはり三月までは小学生、四月から中学生のような気がする。

明日、本のおばさんに制服を見せてあげよう。

これが、何冊にもわたって続いた日記の、最後の記述になった。翌日からは、白いページが続いている。

信じられないことが、エイプリルフールの、よく晴れた日に起こった。それから後は、とても日記など書けなくなった。

午前中の、割合に早い時間におばさんの家に行った。

あの人は、機嫌よさそうに洗濯ものを干していた。いつもの、軽やかな外国の歌を歌っている。まだ英語は教わっていなかったけれど、何となく違うような気がした。『愛染かつら』を嫌というほど聞いていたから、これも戦前に流行った歌かなと思った。

「こんにちは」

洗い物の籠《かご》からシーツを取り上げようとしていたあの人は、春の青空から降る光に目を細めながら、こちらを見、あっと小さく口を開いた。

「村上君――中学生になったのね」

微笑みながら、遠くに呼びかけるような、それでいて静かな調子でいった。それから、シーツを広げ、裏の方に吊《つ》るしてあるものの目隠しをし、シャツブラウスをパンと音を立てて振った。

「今のもリバイバルですか」

「えっ？」

「今の歌」

「ああ、――そうよ」

真っ白なブラウスをハンガーにかけ、皺《しわ》を伸ばし始めた。

「何語です」

「――ドイツ語」

「ドイツ語、出来るんだ」

「これだけよ」といって、おばさんは、結びのところだけ口ずさんだ。「――デン・イエーダー・フリューリング・ハット・ヌーァ・アイネン・マイ」

「かっこいい」

「ありがとう」

「どういう意味？」

ずっと前から、考えてあるのだろう。ハンカチを広げながら、すらすらといった。

　わたしは泣いたり　笑ったり
　どうしていいか　分からない

御伽噺《おとぎばなし》じゃ　なかったわ
ほんとにほんとの　ことだった

ただ一度　ただ一度
二度とない　この奇跡
明日は消える　つかの間の
たった一度の　夢の時

空が青さを　なくしたら
とこしえの　この愛を
信じつつ　さあ
お別れの手を　振りましょう

分かっています　人生が
与えてくれるのは　ただ一度
だって春に　だって春に
五月は一度しか来ないでしょう

「さあ！」

と、あの人は、空の洗濯籠を抱えた。

「――ちょうど、お十時にしようと思っていたの。ホットケーキ焼くから食べて行ってね」

「いいんですか」

「入学祝いよ」

あの人は、先に立って中に入りながら、途中でくるりと振り返った。

「――学帽、似合うわよ」

何か、おかしな気がした。辺りの空気が水になり、歪《ゆが》んで流れ出すような不思議な気分だ。それでいて、体の具合が悪いわけではない。

ふと、玄関脇《わき》の、《小学生の方に本を貸します》という看板が目に飛び込んで来た。先週までは、気にもとめなかった札だ。

「――僕、もう資格なくなったのかなあ」

「なあに？」

「玄関の札。中学生になったから」

あの人は振り返り、今まで見せたことのない寂しい目で、こちらを見た。

「そうね。いつまでも子供と一緒にいたらおかしい。でも、明日から来なくなるにしても、取り敢《あ》えず、――今日はいいでしょう？」

8

ホットケーキの香ばしい匂《にお》いが漂い出した。あの人の手元を見ているうちに、空気の歪みはどんどん大きくなる。

一枚目がのせられたお皿がテーブルに置かれた。

「これにつける甘いのあるでしょ？」

「メイプルシロップ？」

「ええ」

「あれがなくなっちゃって、――色が似てるからって、砂糖醤油《じょうゆ》つけたら、食べられなかった」

「そりゃそうよ」

「近くのお店じゃ買えなかったんですよ」

「わたしはね、――東京に通ってますからね」

溶かれた二枚目がボールから垂らされ、フライパンの上に丸く広がる。

ここがここではないように思えて来た。ここの《蓋《ふた》》が取れそうな、そんな感じで頭がぐらぐらした。

「さすがあ」

外で、春の鳥が一所懸命鳴いていた。明るい日が、窓越しにホットケーキを照らしていた。

「あら、そういえば、シロップ、どこにやったかしら。ねえ、村上君」

「はい」

あの人は、右手のものをすっと手渡した。

「ちょっと見てて」

そして、腰をかがめ、食器棚の開きの戸を開け、中を覗《のぞ》き込んだ。チェックのエプロンの背中が見えた。シロップを探しているのだ。前のマヨネーズやケチャップを、いったん取り出す。――ごとごと、という音。

そのうちに、ケーキの焼ける匂いは香ばしいものから、焦《こ》げ臭いものに変わって行った。

「あらっ!」

あの人は、開けられたびっくり箱の人形のように、ぽんと立ち上がった。火を止めながら、たしなめる。

「——どうしたの。焼けたらひっくり返して——」

そこで、絶句した。

僕が——中学生が、周りの全《すべ》てが消えたような顔をして、じっと、手渡された《フライ返し》を見つめていたからだ。

僕は——中学生は、やがて、ゆるゆると顔を上げ、あの人に向かっていった。

「——まあちゃん」

9

あの人は、数歩後ずさって、壁に背を当てた。両手で、口を覆《おお》っていた。その間から声が洩《も》れた。

「……嘘《うそ》」

そういう顔の横で、お茶屋さんがサービスでくれるカレンダーが揺れていた。一歩、近づいた。

「嘘じゃない。僕に、——《フライ返し》をくれたよね」

あの人は息を呑《の》み、僕の握り締めているものを見た。

エイプリルフールに、手にはそんなものを握って、わけの分からないことをいう。はたから見れば滑稽《こっけい》極まりない。だが、これ以上ないほど真剣だった。

「——あなたは誰？」

「……修一」

あの人は、こちらを見たまま、押し殺したような声でいった。

「……似てる。……段々、似て来るの」

「だから、本当の修一なんだ」

「あり得ない、そんなこと」

「でも、そのあり得ないことを、思い出しちゃったんだ。僕は、生まれる前に、まあちゃんと会ってるんだよ。そして、——そして——好きでたまらなかったんだ」

いわゆる前世のことだ。

戦争の頃、自分は中学生だった。そして、水原さんは女学生だった。この人から、手製の《フライ返し》を貰《もら》った——勿論《もちろん》、ホットケーキを焼いていたのは、どこにでもある当たり前のフライ返しだ。でも、あの人の手からそれを渡された瞬間、鍵穴《かぎあな》に鍵が入って回されたように、十七年の時が巻き戻されたんだ。

「……啄木《たくぼく》の歌も？」

「覚えていたんだ。僕が、まあちゃんに似てるといった、あの札の歌。忘れまいと思っていた」

彼女のいる隅は、玄関から見えない。僕は近づき、彼女を抱き締めた。

「駄目っ！」

「……会いたかった」

「……わたしだって、……わたしだって」

「だったら」

「いけない。あなたは村上君なのよ」

彼女は、眉《まゆ》を上げた。

「——ねえ、あなた、修一さんのお父さん、お母さんのこと、覚えてる」

はっとした。首筋をつかまれ、水から引き上げられかかったようだ。

「覚えて……ない。……まあちゃんのことしか、覚えてない」

「それなら、あなた、わたしのことなんか思い出しちゃいけなかったのよ。思い出す筈《はず》のないことを思い出しちゃったのよ」

「……」

「一年も前から、ずっと変な気がしていた。生まれ変わりなんて、そんな馬鹿《ばか》なこと、ありっこない。でも、心のどこかでそう思ってた。あなたが修一さんみたいな——」

「……」

「でも、そうだとしたって、どうすることも出来ない。時は、もう過ぎてしまったのよ。

あなたは今、何かの手違いで昔のことを思い出した。わたしはいいの、修一さんに、よく似た男の子がいた。……とっても……気持ちのいい子で、やさしい子で、……それだけでいいの。だって、だって春に……」

「……春に五月は一度しか来ない？」

「ええ、ええ」

あの人は、目に涙を浮かべながら、小さな子供のように、こくんこくんと頷《うなず》き続けた。

僕は泣く人を、より強く抱き締めた。

「いいかい。——でも、——でも春は、毎年やって来るんだよ」

「……」

「そうだろう？」

「……」

「まあちゃん！」

「お願い、わたしをそう呼ばないで。あなたは村上君。——振り上げた槌《つち》の、どんどんという一撃が繰り返されて、とうとう堤に穴が開くみたいに——とんでもない偶然が重なり続けて、あなたは過去を——思い出した。でも、それはルール違反なのよ。間違ってそうなっちゃったの。だからって、わたしがズルをしちゃいけない。村上君とわたし——結ばれる筈のない二人でしょう。あなたには、あなたの時が流れている。新しい時代の、新しい日常が——」

村上和彦としての何げない毎日の繰り返し、父母との、友達との会話、重ねるべき経験。それはあなたのものだ。そういうものを大切にしろ。

先に人生を歩んだ彼女は、そういうのだ。

「まあちゃん、君は真っすぐな人だと思ってた。……こんな時にも、やっぱり、真っすぐなことをいうんだね」

彼女は、泣き笑いしながら、いった。

「褒められたのかしら。嬉《うれ》しくて、哀《かな》しいわ」

そして彼女は、僕をそっと引き離した。

「——とにかく、今日はお帰りなさい。わたしもあなたも、興奮してる。まともに話なんか出来っこない。こうしてる間にも、子供達が本を返しに来るわ」

手で涙を拭《ふ》きながら、付け加えた。

「——残念だけど、ホットケーキは、お預けよ」

10

ふらふらしながら、家に帰った。母が《どうしたのっ》と叫んだ。顔色が変わっていたのだろう。

それからしばらく、高熱を発して寝ていた。一人の人間が、二つの人生を抱えるのは、想像以上の負担なのだ。心が二つに割れて、自分を保てなくなるのだろう。お父さんの場合は、彼女のことを思い出しただけだ。それ以外の前世の記憶は一切ない。だから、耐えられたのだろう。三、四日して、事態に体が慣れたのか、普通の動きが出来るようになった。

土曜の夕方に様子を見に行ったが、灯は消えていた。日曜日に行ったが、今度もいない。よく見ると、ただの留守と様子が違う。洗濯機がなくなっていた。

胸騒ぎを覚えながら、硝子《ガラス》戸に顔を寄せる。中はがらんとしていた。

当然、予想すべきことだった。僕の人生を縛るまいと彼女が考えたなら、――それは、子供達に本を貸そうとする彼女が、自分に課して不思議のない枷《かせ》だった――こうすることは十二分にあり得た。しばらく呆然《ぼうぜん》とし、それから、思いついて、隣の家の玄関を叩《たた》いた。

「はーい」

出て来たのは、夏の日に会った、あのおばあさんだ。うさん臭そうに、こちらを見た。

「すみません。お隣の家主さんは、どちらなんでしょう」

「そりゃあ、本町の紅屋《べにや》さんだけどさ」

「パン屋さんですね」

「あんた、どっかで見たことあるねえ」

「はい。――どうも有り難うございました」

長引かないうちに、頭を下げて戸を閉めた。紅屋は、すぐ近くだ。自転車を飛ばした。ブレーキをかけ、スタンドを立てる間ももどかしく、お店に入った。このお店ではアイスを買うことがある。

「いらっしゃい」

丸椅子《まるいす》に座っていた太ったおばさんが、声と共に立ち上がった。

「あの、先週まで、お宅の貸家に住んでらした水原さんなんですけど――」

「買い物じゃないの」

「あ。すみません」

「あんた、名前は」

名乗らないのは失礼だった。息を整えて、

「村上です」

「――それで？」

「水原さんの連絡先を、知りたいんですが」

「あいにくだったねえ。突然出てっちゃったんだよ。お金だけは置いてったけど、どこに行くともいわなかった。こっちだって、無理にあれこれ聞くこともないからさあ。近頃は、ほら、あのプライ――」

「プライバシー」

「そうそう、それがやかましいんだろう。だからさ、こっちも何も知らないんだよ。

――ごめんなさいね」

膝《ひざ》から力が抜けて行った。《どうも、すみません》といって、自転車をしばらく押して歩いた。

外に手掛かりなどある筈がない。この広い空の下、一度、離れ離れになった人を、再び捜し出す方法などあるものだろうか。まして自分は中学生だ。もうどうすることも出来ない。

熱を出して、寝ていたことが口惜《くや》しくてならなかった。

途中から自転車に乗り、古利根《ふるとね》川の岸辺に出た。子供の頃から見慣れた川だ。桜並木が続いている。明るい春の眺めだ。

うろ覚えながらも、勤め先の名が記憶に残っていた。そこから手繰って行ったらどうだろう。しかし、会いたくなければ居留守を使われるかも知れない。

――そこでふと、あることに気付いた。

11

久美子《くみこ》ちゃんは、すっとノートを突き出した。

自分の自由帳だ。女の子の顔や、花が描いてある。そこに、鉛筆書きの文字の列が加わっていた。

「書いてくれたよ」

思った通りだった。《荒川区東日暮里——》。丁目番地と続いて行く。《平和荘七号》。アパートだろう。

「これでいいのか」

金井が、脇《わき》から覗《のぞ》き込む。

「うん。ありがとうっ」

心を込めていった。

「——食べていい？」

久美子ちゃんは、アイスを見せる。

「勿論、早くしないと溶けちゃうよ」

紅屋では、まず名前を聞かれた。あの人は、僕の前から去ろうとしている。

——村上という子が来たら、新しい住所は教えないでくれ。

そう、いい残した可能性がある。いや、可能性大だろう。だとしたら、別の子が行ったらどうか。例えば、無邪気そうな、小さな女の子だったら。金井の家に行き、久美子ちゃんを貸してもらった。そして、こういってもらった。

——《水原のおばちゃんに、ご本借りてたの。おかあさんが、郵便で送るから、住所書いてもらって来なさいって》と。

ノートの住所の書かれたページをつまんで、

「ここ切っていいかな」

久美子ちゃんはアイスを食べながら、あっさり、

「いいよ」

と答えた。

日暮里というのは、どう読むのかと思ったけれど、柳亭痴楽《ちらく》が落語で、山手線——あの頃は《やまのてせん》ではなく《やまてせん》だった——の駅名を並べていた。《原宿すいたと渋谷《しぶや》顔》といった具合だ。勿論、これは《腹がすいたと渋い顔》の洒落《しゃれ》だね。

その中に、《にっぽり》というのが出て来た。——多分これは《ひぐれさと》ではなく《にっぽり》だろう、と当たりをつけた。大人なら分かり切ったことだ。しかし、田舎の中学生にとって、東京は海のように広い。こういう馬鹿馬鹿しいところからスター

トするしかなかった。

親に聞くのが手っ取り早かったけれど、何か聞かれるのが嫌だった。

中学校の担任の先生は、がっしりした数学の先生だった。放課後、職員室に行ってみた。机に向かって書きものをしていた先生は、その手を止め、

「どうした」

「すみません。学校に、東京の地図ってないでしょうか」

「東京の？——何なんだ」

「小学生の時から、文通してる相手がいるんです。今度のゴールデンウィークに、遊びに行ってみようと思って」

メモを差し出した。町名地番まで同じで、アパートと彼女の名はない。代わりに、山口賢樹と書かれている。五年生の時、実際に文通をした相手だ。新潟県に住んでいた。雑誌の《お便り下さい》欄に出ていた。文通の方は、数回、やり取りして立ち消えになっていた。

「図書館にないのか」

「細かいのは、ありませんでした」

うちにもない。日本地図では役に立たない。

「そうか。ちょっと待てよ。——竹田さん」

と、白衣を着て通りかかった、若い先生に声をかける。鼻の大きな、男の先生だった。

「はい？」

「竹田さん、よく東京に映画観《み》に行くだろ」

幸い、その先生が『東京二十三区地図』というのを持っていた。数日後に持って来てくれた。職員室の空き机で、日暮里の駅の辺りを写させてもらった。お礼をいって返しながら、

「ここって、山手線ですよね」

「山手線も通ってるけど、北千住《きたせんじゅ》で乗り換えるんだな。そっちの方が早いよ。ええと、――常磐線《じょうばん》だ」

12

一、二週間は、あっという間に過ぎてしまった。日暮里まで出掛けられたのは、本当にゴールデンウィークに入ってからだった。
いいことが、一つあった。ゴールデンウィークなら、遊びに出掛けても、不自然ではない。年の暮れから始まった話題の映画が、ちょうど隣の市に来ていた。

「金井と、『ウエスト・サイド物語』観に行くからさあ」

そういって、午前中に家を出た。勿論、金井には、そのことを伝えてある。遊びに来られたら困る。持つべきものは友達である。

先生に教わった通りに乗り換え、お昼過ぎに日暮里に着いた。駅前でパンと牛乳を買って、お腹《なか》に入れた。それから、略図を片手に歩き出した。

『母をたずねて三千里』というのを読んだことがある。あんな感じがした。もっとも、マルコ少年より、はるかに簡単に目的地に着いた。お寺の前を過ぎ、広い道を渡ると、すぐそこに二階建のアパートが見えた。側《そば》に寄ると、板の札に《平和荘》と書かれていた。

建物に階段が張り付いていた。七号室というのは二階のような気がして、そこを上って行った。手摺《てす》りのパイプに、所々、赤く錆《さび》が浮いていた。

二階の通路には、雑多なものが並んでいた。出したばかりらしいラーメンの丼《どんぶり》や、子供の三輪車もあった。あの洗濯機があるような気がしたが、それは見えなかった。奥から二番目の部屋の前が、片付いていた。

浮き立つような気になって、歩いて行くと、ドアの上のプレートに、半ばかすれた《7》という字が見えた。ドアの横には、真新しい厚紙が、細長く切られて、画鋲《がびよう》でとめられていた。マジックながら、きちんとした書体で、《水原》と書かれていた。

息を整えてから、ノックした。返事がない。また、ノックした。

いないようだ。どうしようかと迷っていると隣のドアが開き、小さな男の子が現れ、三輪車に手をかけ《ブー》といった。派手なシャツを着たおじさんが、後から出て来て、三輪車を、片手で軽々とぶら下げ、子供と一緒に階段を降りて行った。降り口の辺りで、ちらりとこちらを見た。

一度、外に出て、近くの公園で時間をつぶした。戻ってみたが、やはりいない。駅の近くの本屋さんまで行って帰って来たが、同じことだ。子供がうろうろしているのが目立つらしく、割烹着《かっぽうぎ》のおばさんに声をかけられた。《親戚《しんせき》の子で、おばさんに会いに来た》といった。《ふうん》と頷《うなず》いて、それ以上聞かずに、どういうものか最中《もなか》を一つくれた。七号室のドアの前で、それを食べた。餡《あん》がやたらに甘かった。ラーメン屋の出前の人が来て、丼を下げて行った。

夕暮れが迫ると、さすがに、どきどきして来た。もう帰らねばならないのは分かっていた。だが、今来るか、今来るかという思いに引きずられてしまった。

闇《やみ》が降りたところで、あきらめ、駅に行った。《こんな時間になったことを、どう言い訳しよう》と考えながら、《北千住》といって、切符を買った。

だが、堅い四角い切符が、手の中に入った瞬間、別な思いが、理屈を越えて湧《わ》き上がって来た。

――帰るものか、何があろうと、あの人に会うまで帰るものか。

しばらくは改札口の人の流れを見ていたが、そうしていると、もうあの人が部屋に帰っているような気がして不安になった。走って、アパートまで行き、いないのを確認して肩を落とし、階段に腰を下ろした。

八時は過ぎていたろう。今から帰っても、もう十時は回ってしまう。どんな言い訳も出来ない時間だ。

《修一》が幾つぐらいだったか、はっきり分からない。中学生だったという記憶だけがある。《村上和彦》の年齢と、そんなに違わないのだろう。あっちの《心》は、大分、大人びている。それなのに、暗い中で、膝に手を置き、俯《うつむ》いている自分は、まるで迷子のように子供っぽいと思った。《修一》の思いを受け継ぐには、自分はまだ幼な過ぎるのだろうか。そんなことを、漠然と感じていた。すぐ側の部屋から、何があったのか、家族揃《そろ》って、けたたましく笑う声が響いて来た。その時、前の通りを見慣れた影が近づいて来た。立ち上がるべきところだが、そのまま、顔を上げて見ていた。

通りは、大きい割に暗かった。アパートの前に、街路灯が立ってわびしげな光を落としていた。あの人は、その光の中に足を踏み入れた。

こちらを向いた顔が、信じられないものを見たという表情になった。

13

あの人が最初にしたのは、アパートの電話を借りて、一一〇番することだった。勘弁してほしかったが、そうもいかないようだ。

「――あなたね、おうちの人が、どれだけ心配してると思ってるの。屋根から落ちただけじゃ足りないの。いい加減にしなさい」

日暮里の警察から、うちの町の警察に連絡を取ってくれ、と頼んだ。捜索願が出ていないか確認してもらい、いない場合でも家に通知してほしい、といった。

「はい。お子さんの方は、これからわたしが連れて行きます。《ご安心を》と、お伝え下さい。お手数おかけいたします」

てきぱきと話した。チンと受話器を置くと、早速、駅に向かう。犯人が連行される――という感じだ。

「お腹は？」

「パンを食べた」

「まあ、空《す》いてても仕方がないわね。とにかく急いで行くしかない」

切符は買ってあるのを、そのまま使った。常磐線の下り電車が、ホームに滑り込んで来る。チョコレート色の車体が、光を浴びたところだけ、赤茶色に見えた。遅い時間なのに、車内は、結構、混んでいた。

あの人は吊《つ》り革をつかみ、僕はその隣に立った。

「――何か、いいたいことがありますか」

小学校の先生が生徒にいうような口調でいう。あくまでも、《村上君》に対する態度を通している。

「……いきなり、いなくなってしまうのは止《や》めてほしい」

そういうと、黙ってしまった。

「確かに、僕は村上だし、そう考えれば、《修一》だったことは、《思い出》だよ。だけど、何年か経《た》って、――大きくなった《村上和彦》が、あなたに会いたいっていうかも知れない。それだったら、何の引っかかることもない筈《はず》だよね。――その時、どこにいるか分からなくてもいいの」

まだ、口を結んでいる。しかし、心はわずかに動いているように見えた。次の駅に着いた。降りる人はあまりいない。

電車がゆるゆると動き始めて、あの人も、やっと口を開きかけた。――その時、殴りつけるように凄《すさ》まじい急ブレーキがかかった。

あの人の体は、吊り革をつかんだまま《くの字》になり、たまらず手がはずれた。その体がのしかかって来る前に、僕も突き飛ばされるように転げていた。立っていた人は、台を押されたこけしのように、折り重なって倒れた。凄まじい音と共に、大きなもので連打されるような衝撃が数回続いた。明かりが消え、どこかで、硝子《ガラス》の割れるような音もした。

電車は、痙攣《けいれん》した巨獣が膝《ひざ》を着くように、がっくりと止まった。最初は、暗い箱の中に悲鳴が満ちた。それが収まると、痛みを訴える声、連れを気遣う声となり、何事かという疑問になった。

「どうしたんだ」

「飛び込みかあ」

僕達も腕をつき、立ち上がった。手のひらが油っぽかった。あの人は、淡い水色のワンピースを着ていた。それが闇の中で、ぼんやりと動いた。

「何だろう」

「分からないわ」

ただの急ブレーキの衝撃ではない。あちらこちらで、不審と不安の会話がはじけていた。その状態がしばらく続いた。電車は動く気配がない。誰かが嗄《しわが》れた大声で、

「追突されたら、ことだぞっ！」

と叫んだ。女の人が小さく悲鳴を上げた。窓の外を、まるでお化けの列のように、何

人かの影が動くのが見えた。他の車両の乗客が、外に出たらしい。

「開けろっ。開けろっ」

声が巻き起こるより先に、誰かが非常コックを捻《ひね》った。ドアが開けられ、外の夜が見えた。人の波に押され、戸口からこぼれるように、線路に飛び降りた。

思ったより高く、下がでこぼこなので足にこたえた。あの人に手を貸そうとしたが、そう思った時には、もう側《そば》に来ていた。

星のない夜だった。線路は高い土手の上を走っていた。はるか遠くにビルの灯が見えたが、辺り一帯は低い屋根の家が続き、黒い水を湛《たた》えた海が広がっているようだった。電車の先頭の方で、激しく蒸気が上がり、火が燃えたっていた。闇の中にそれが、まるで照明を当てられた舞台のように浮かび上がっていた。現実とは思えない、夢のような眺めだった。横から来た貨車と触れ合い、脱線したようだ。燃えているのは機関車だろうか。

「怪我《けが》した？」

軽く、右足を引いているように見えた。飛び降りた時に痛めたのかも知れない。

「ううん、大丈夫」

人の群れは、ゆっくりと動き出した。近くに見えている背後の駅に戻る人もいた。しかし、大部分は前へと歩いた。暗黒の道を、不確かに進んだ。

「僕が今日来なけりゃ、今頃、うちにいたのにね」

「そんなことといっても仕方ないでしょ」

「今日は、どこに行ってたの」

「気持ちが落ち着かないからね、美術館に行って、それから映画観《み》て来た」

「何の映画」

「『ウエスト・サイド物語』」

「あ、偶然だなあ」

「なあに」

「僕、それを観るっていって、うち出て来たの」

「じゃあ、わたしが代わりに観たんだ」

「そんなの代わりにならないよ」

「それはそう……」

あの人は、いいかけて、全身を強《こわ》ばらせた。鞭《むち》にでも打たれたような動きだった。

「どうしたの」

「思い出す」

「何を？」

「子供の頃、新聞で見たの。鉄道事故、和気の二重転覆」

その時には、何をいっているのか分からなかった。随分、後になってから調べて分かった。あの人が小学生の頃の話だった。

「……上りが脱線」

「今の、下りだよ」

「そこに反対側から……」

次の瞬間、前の人の波が崩れ、射るような光が、突然の、地上の稲妻のように襲いかかって来た。

一瞬にどれほどの会話が出来るだろう。あの人の手が、横から僕の肩と腰にかかった。

その手がいった。

「――生きて」

僕の肩が答えた。

「――君も」

「――間に合わない。行って。あなたが消えるのを、わたし、二度も見られない」

「――オリンピックはどうするの。獅子座《しし ざ》の流星群は」

「――構わない。もしものことがあったら、わたし、あなたのお母さんに合わせる顔がない」

あの人は、全身の力をこめて僕を土手の方に押し出した。どこに、それほどの力があったのだろう。僕は、ほとんど投げ飛ばされた。あの人は、そのまま右膝を折るように、人々の間に倒れた。僕は、急な土手を、転げるというよりは落ちた。

頭上で、天地の割れるような音がした。上り列車が、脱線していた下りの先頭車両を打ち砕き、人の群れの中に横倒しになりながら突っ込んで来た。

第三部

第一章

1

また、五月がやって来ました。今日が、その最初のお休み、新しい憲法の日です。

はるかに遠い五月のある日、しきりに昔のことが思い出されました。あれも何かの、虫の知らせだったのでしょうか。大事な人と別れなければならない——という。

十七年前、神戸の芦屋《あしや》で様々に思いを巡らしたわたしが、今、東京の下町で、あの日のことを考えています。

同じように、朝は白み始め、新聞配達の人の足音が近づき、遠ざかって行きました。

でも、今のわたしは一人です。休日なら、急ぐ必要もありません。誰かのために起きて、朝の支度をしなければならないわけでもない。多少は自堕落でも、朝寝をしていられます。

——あの日、薬学専門学校の丘で、わたしは、子供が掛け布団《ぶとん》を被《かぶ》って外界を遮蔽《しゃへい》するように、しゃがみ込み顔を覆《おお》い俯《うつむ》いていました。それで、全《すべ》てが消えるわけはない。手を離した時、工場を覆っていたのは、生き物のように蠢《うごめ》く、途方もない大きさの黒煙でした。

敵機の姿が拭《ぬぐ》ったように消え、後には青空が広がり、先程までの地響きが、嘘《うそ》のような静寂に取って代わられました。

わたし達は、先生の周りに集まり、工場に戻ろうと懇願しました。しかし、先生はきつい調子で、こう、おっしゃいました。

「戻っても、瓦《かわら》と土や。片付けるにしても、また明日からの話だ。今日のところは、帰りなさい」

そして、通せんぼをするように、浜に向かう道に立ち、わたし達を見送りました。今から思えば、惨状をわたし達に見せたくなかったのでしょう。工場にあるのは、《瓦と土》だけではありません。昨日まで、共に働いていた人達の、最早《もはや》、形すら止《とど》めぬ体も転がっていることでしょう。

でも、——だからこそ、わたしは不吉な糸に引かれるように、工場へ向かわないわけには行きませんでした。途中から路地に抜け、南へと走りました。

工場は、もうありませんでした。天から、巨大な焼き鏝《ごて》を当てられたように、全ての建物は姿を消し、飴《あめ》の曲がったような鉄骨が不気味に、かつての名残をしめしていました。消火が追いつかず、四方八方に激しく火が燃え立ち、凄《すさ》まじい煙が上がっています。時々、何かがはじけるような音が響きました。足元には、爆発で巻き上げられた砂塵《さじん》が撒《ま》いたように敷き詰められています。顔が熱くなり、工場の方を向いているのが苦しい。慌《あわ》ただしく、人が行き交います。離れているのですが、そんな場所でも、立っているだけで邪魔になりそうでした。

実際、血相を変えた工員さん達に《どけっ、どけっ！》と怒鳴られ、帰るしかないのかとあきらめかけた時、遠くで何人かの生徒を集め、指示を出している中学校の先生を見つけました。

転げるように走り、ただもう、自己紹介も何もなく、叫びました。

「——結城《ゆうき》さんは、結城修一さんは、ご無事でしょうかっ！」

非常の場では、そういう緊急の問いかけが自然だったのです。

たまたま、そこにいたのは、修一さんの中学校の方達でした。生徒さん達は、ぐっと身を堅くしました。その表情を見ただけで、怪我《けが》をしている人もいました。服も顔も、煤《すす》や砂で黒く汚れていました。

瘦《や》せこけた先生が、気力だけで動くように、わたしの側《そば》に寄り、

「お身内の方ですか」

「……はい」

「まことに申し訳のないことをいたしました」

わたしは、その場にふらふらとしゃがみ込みました。吐き気に似たものがこみ上げ、喉《のど》を鳴らしながら、泣き出していました。先生も、膝《ひざ》をつかれると、

「お宅には、これから、伺わせていただきます。お詫《わ》びをいたします。ですが、行かねばならぬところが何軒もあります。遅れるかも知れません。ご心配やと思います。――もう、お帰りになって、――申し訳ありませんが、先にお伝え下さい」

2

田所の家の離れに、――つい昨日、《フライ返し》を届けた玄関に、わたしは、ぼろくずのようになって、たどり着きました。

結城のお母様の顔を見ると、綿の詰まったような体が、さすがに伸びました。伝えねばならないことを伝えると、お母様は上がり口にくずおれ、顔を伏せてしまわれました。

軍国の母は、子供の死を聞いても《よくやった》と、にっこり笑わねばならない。でも、教え通りにはいかない。わたしが、すでに涙声だったせいもあるでしょう。その場にいることがつらく、礼をして、小走りに家に帰りました。

数日後に、わたし達一家は、予定通り、神戸を離れました。

若狭《わかさ》の町は、潮騒《しおさい》の聞こえる、実に静かな、美しいところでした。沖からうねり来る五月の波を見ていると、今、戦争が行われているのが嘘のようでした。祖父も、伯父の一家も、皆《みん》な親切にしてくれました。

父は移動がこたえて、しばらくは横になるばかりでしたが、やがて、布団の上に半身を起こせるようになりました。

修一さんのことは、頭を離れませんでした。夢に見て、《逃げて、早く逃げて》と口走ることもありました。若狭に来て、すぐの頃、新聞に《勝手に引揚げてはならぬ》という見出しが出ました。文部省の通達です。罹災《りさい》工場の動員学徒に対する言葉でした。よく読めば、工場が破壊されても、代わりの工場等に行き生産に努めよということでした。しかし、見出しを見た瞬間には、その言葉が修一さんの足を止めたようで、頭に血の上るような思いがしました。

八月十五日は、その町で迎えました。昔気質《かたぎ》の祖父は衝撃を受けたようでした。しかし、町の人に、あまり変わった様子もありませんでした。

父は夏頃から、病状が重くなりました。一進一退を繰り返し、その年の暮れに、亡《な》くなりました。お医者様は《よく、ここまでもった》とおっしゃいました。敗戦間際《まぎわ》から戦後の、一番、食糧事情の悪い時に、何とか食べるものに困らずに闘病生活を送れたのですから、幸せだったといっていいでしょう。

いきなりではありませんから、覚悟は出来ていました。しかし、確実に愛してくれている人が逝《い》ってしまうのは、自分を地上に繫《つな》ぎ止める大きなものが、また一つなくなるようでした。

年が明けると、学校から、《最高学年だった生徒達には授業日数の如何《いかん》にかかわらず、特例として三月に卒業証書を授与する》という知らせが届きました。その時まで、学校のことは、ほとんど忘れていました。突然、耳元で昔の歌を歌われたような、おかしな気がしました。

父の葬儀は若狭で済ませてあり、遺骨だけ持って神戸に戻りました。父は、水原家の神戸のお寺に眠っています。

家は、約束通り、そのまま入れるように綺麗《きれい》になっていました。母が、田所のお宅で簡単な仕事をもらい、取り敢《あ》えずの生計を立てることにしました。

六甲ハミガキは、原材料の割当てが少ないとかで、まだ完全に事業再開とは行かないようでした。それでも、田所のおうちは賑《にぎ》やかでした。広いお庭に、何台もの車が来ていました。先の見通しは明るいようです。

離れに——修一さんのお宅に、うかがうことは出来ませんでした。

あの日の様子については、八千代さんが、——それも又聞きですが——こんな話をしてくれました。

「空襲がね、ちょっと間を置いて、続いたそうよ。最初の時には、工場から離れていたんやって、修ちゃん達。そやけど、次までのわずかの間に、消火出来るかと思って何人か戻ったそうやの。先生一人と、商業学校の子と、修ちゃん達がやられたそうよ」

わたし達の学校は、あの後、六月の空襲で全壊していました。学校工場で作られた軍隊の衣服が、会議室に山と積まれていたそうです。それが積み出される直前に大爆撃があったのです。衣服も、布地も、シンガーのミシンも、全て黒焦《くろこ》げになったそうです。犠牲になられた方もいらっしゃいました。

わたしが級友達の安否を聞くと、思いもかけない返事が返って来ました。優子さんが亡くなったというのです。

「——焼夷弾《しょういだん》で？」

呆然《ぼうぜん》としながら、半ば機械的に問うと、八千代さんが答えました。

「ううん。自殺」

3

「薬、持ってたんよね。お宅が、軍用機の会社の技術重役でしょ。効くのが手に入ったんやないの」

戦争末期には、色々な噂《うわさ》が乱れ飛び、特に女は自決の用意をしておくようにいわれました。

「終戦の時に？」

玉音放送を聞き、耐えられずに薬を飲んだのかと思いました。

「それが秋になってからなのよ」

「……」

「二学期から、週二回だけど、勉強も始まったの。後の日は、学校に集まって焼跡の片付け。トタン板にゴミを載せて運ぶの。ところが、優ちゃん、来たり来なかったり。何だか様子へんやったの」

お兄様のことなどを考え、自分の気持ちを処理出来なかったのでしょう。八千代さんの言葉は、続きました。

「――うちの親も、あちこち動いてね。焼け残りの小学校の端っことか、公会堂とか、色々借りて、何とか授業が出来るようになったのよ。三学期からは、毎日。――それでね、新しい校舎も建てる運びになったの。この間、設計図が出来て来たのよ。広げて見ると――」

わたしは、たまらずにさえぎって、

「うん。優ちゃんはね、——十月の頭ぐらいかなあ、お薬を飲んでしもたんよ。知らせを聞いて、皆な、びっくりした」

「——弥生原《やよいはら》さんは？」

「……」

「その前の日、焼跡の片付けに来てたのよ。転がってるスレートや煉瓦《れんが》のかけらを集めて、防空壕《ぼうくうごう》を埋めるの。いっくらやっても、片付かんでね。でも、空がえらいよう晴れてて、気持ちよかったわ。——優ちゃんが、休み時間に、石に腰掛けてぼんやりしていたから、後ろからぽんと肩を叩《たた》いてあげたの。力づけようと思って。その時、声をかけたのが最後やったわ」

「何ていったの」

「——《これからは、わたし達の時代ね！》って」

「……」

「飛び切り元気な声でいってあげたのに、何だか分からんかったみたい。変な顔して、こっちをじっと見てた。——いつまでも、黙って見てるから、気持ち悪うなってしもうたわ」

——弥生原優子は、その晩、薬を飲んで、死んでしまった。

わたしがいれば、優子さんは、今も生きていたでしょう。自惚《うぬぼ》れとは思いません。

修一さんがいないのに、なぜ、自分は生きているのか。——その思いに苦しめられて来たわたしが、彼女の側にいるべきだったのです。

優子さんのお兄様の死について、詳しい話は分かりません。ただ、敬愛する先生の歌集か、あるいはその抜き書きを持っているのを、見つけられたらしいといいます。軍隊では、さしたる理由もなく、殴り抜かれたといいます。そんなものを隠していれば、文弱の徒、娑婆《しゃば》っ気が抜けない、などと罵《ののし》られ、鉄拳《てっけん》の格好の餌食《えじき》になったことでしょう。

噂が本当なら、優子さんの心の傷はどれほど深いものか。それも大いなる滅びの一部だと思うことで耐えていたのなら、どうでしょう。

——帝国とは我々ではなかったのか。それなら、どうして皆な、帝国と共に滅びないのか。

優子さんの、そういう思いは、よく分かります。彼女は、暗い穴に落ちたようなものだったのです。あの当時、日本には多くの優子さんがいたと思います。早ければ数日、遅くとも数週間経《た》てば、その穴から出て来られた。

優子さんに、それが出来なかったのは、お兄様への思いが深かったからでしょう。

わたしが、側に寄り、

——それでも、生きて行こうよ。それだからこそ、生きて行こうよ。

と囁《ささや》けば、彼女は歩き出せたような気がします。それだけの力を持った人でした。

八千代さんには申し訳ありませんが、最悪の時に、最悪の人から、最悪の言葉をかけられたとしか、いいようがありません。善意だけで解決の出来ないことはあるものです。優子さんの感じたであろう憎悪《ぞうお》、絶望、軽蔑《けいべつ》は、よく分かります。わたしに、いえる言葉は何もありません。《お可哀想《かわいそう》に》も、《安らかに》も。

ただ、あの雪の日の橇《そり》遊びを、あの時の彼女の笑顔を、そして、帰り道、わたしのうちに寄って弾いた『ドナウ河のさざ波』の水際《みずぎわ》立った響きを、生涯、忘れまいと思いました。

4

八千代さんは上の学校に進まれるそうです。わたしは、そんな身分ではありませんし、とにかく、経済的に自立したかったのです。

八千代さんは、ある意味で恐ろしく、また、とても普通で親切な人でした。細かく、わたしのことを気遣ってくれたのです。

「神戸やったら、どんな仕事でも就けるようにしてあげる。もっとも、——市長さんは駄目やけど」

と、笑いました。混乱期に、まして女が職を探すのです。こういうコネがあれば、頼るしかありません。

「有り難いけど、わたし、ここを離れたいん」

「分かった。――東京に行きたいのねっ！」と、八千代さんは一人合点《がてん》し、「それで職種は？」

そんなに都合よく行くものかと、半信半疑になりながら、いいました。

「――出版かな。本を作る」

読書は好きでしたし、修一さんに借りた『愛の一家』や詩集、優子さんに借りた『蜘蛛《くも》男《おとこ》』のことなども頭にありました。本は人を繋ぎ、思いを伝える。それに関わる仕事に就き、生きていけるなら嬉《うれ》しい。

「文化的なのね。分かった。モン・パパに、探させる」

八千代さんは、事もなげにいいました。

それから数日経って、田所のお父様から声がかかりました。行ってみると、応接間に通されました。

大きなふかふかの椅子《いす》に座って、待っていると、八千代さんによく似た、角張った顔のお父様が、出ていらっしゃいました。事業家として、大変な才能のある方だとうかがっていました。公職追放で、名目上はお仕事から退いていらっしゃいましたが、実権はこの方の手にあるようでした。

「やあ、どうも、八千代がいつも、お世話になって」

「とんでもありません」

「出版社に勤めたいんだって」

「はい」

子供のように、椅子にどんと座りながら、

「──歯磨きじゃいけないのかな」

「そういうわけでは──」

お父様は、顎《あご》を上げて、高い声で笑いました。

「まあいい、まあいい。それでね、大学出の連中とかに、出版に行きたい奴《やつ》が多いそうや」

「はい」

「狭き門というわけや。その上に、入ってみると、なかなか外で見ているような綺麗事《きれいごと》やない、お嬢さん仕事やない。労働時間も不規則やし、きつい。これはいいね」

「はい」

「その辺のところさえ分かっていれば、まあ若いんや、とにかく、やるだけやってみなさい」

あっさりと、わたしも聞いたことのある会社名があがりました。

「――お母さんが心配するといけない。変な不良と一緒になっても困るから、最初は子供の本でもやらせてくれといっておいたよ」

何だろうと思いましたが、話しているうちに分かりました。文学系の部署には《不良》がいるということらしい。

母は神戸に残るといいました。家の中のもので、ピアノがいらなくなりました。

クラス仲間のお姉様が、お輿入《こしい》れすることになり、ピアノを探している、という話がありました。銀行頭取のお宅です。時が時だけに、気に入るものが見つからないらしい。うちのを見てもらいました。その結果、品がいいというので、使ってもらうことになりました。

ピアノが運び出され、広くなった家に、頭取のお宅から、牛肉が届きました。

その夜、母と一緒に、久しぶりのすき焼きを食べながら、

「あのピアノを食べてるんやね」

と、話しました。

静かな晩でした。他のお友達の家はともかく、わたしのところでは、食べるものに不自由していました。それだけに、霜降りの最上級のお肉は信じられないほどおいしかったのです。

けれど同時に、しみじみと寂しくもありました。

5

八千代さんが、いいました。

「何かお餞別《せんべつ》、差し上げたいわね」

《いいのよ》といいかけて、そこで、一つ思いつきました。

「――そんなら、勝手をいおうかしら。貰《もら》えるようなら、いただきたいものがある」

「お目当てがあるん？」

「ええ。レコード」

「レコード？」

「リリアン・ハーヴェイの『唯《ただ》一度だけ』」

きっとあると思いました。でも、大きなレコード・キャビネットを見てもらっても、入ってはいませんでした。

八千代さんは、仏壇のようなキャビネットの戸に、手をかけました。猫の鳴くような音を立てて、戸が閉まります。

「残念ねえ……」

と、いいかけ、突然、

「——そうや！」

と、叫んで走って行きました。わたしがぽかんとしていると、大分経ってから、意気揚々と戻って来ました。一枚のレコードを持っています。

「これでしょ？」

その通りでした。コロムビアの黒レーベル、『会議は踊る』。金字のドイツ語の下に、かっこ付きで（ジャスト・ワンス・フォア・オール・タイム）と、英訳が書かれています。こちらなら、わたしにも分かります。まさに『唯一度だけ』。裏面は、同じ映画から『新しい酒の歌』でした。

「どうしたの？」

「中の兄貴のレコードが、別にあるんよ」

「あら、それじゃあ、いただくわけにいかんやない」

「かまへんよ、家を出て行く時、置いてったんだから。――捨てたも同然の、ほったらかし。一枚ぐらいいなくなったって、誰も気が付かへんわ」

「そういうわけにも――」

「大丈夫。何かあったら、わたしがいっとく」取り敢《あ》えず、蓄音機にかけてみることにした。

はじけるような前奏の後に、可憐《かれん》な声が《ヴァイン・イッヒ、ラッハ・イッヒ。ヴァイン・イッヒ、ラッハ・イッヒ》と、はずむように歌い出しました。微《かす》かにチリチリと鳴る針音が、いかにも届かぬ昔の歌を聞くようです。流れる歌の中の一節が《デンイーダーフリューリン、ハ、ヌ、アイネンマイ》と聞こえました。その言葉は、最後にゆっくりと繰り返され《アイネンマーイ》と、歌は閉じられました。

八千代さんは、首をかしげながら、

「これ、二人で聞いたっけ？」

「ううん」

「そんなら、どうしてうちにあると思ったの」

「父がいってたの。《随分、流行《はや》ってた》って。学生がドイツ語で、よく歌ってたそうよ」

「ああ。そういえば、兄貴達もやってた」

「――だから、こんなにレコードのあるお宅なら、きっと置いてあると思ったの」

「そうか。――お父さんの、思い出の曲なんだ」

わたしは曖昧《あいまい》に頷《うなず》きました。

レコードは、いただいて帰りました。修一さんも、これを聞いたに違いありません。

何よりのお餞別です。

うちの蓄音機をポータブルのと替えてくれる人はいないかと探したら、大商店のお嬢さんが、手を挙げてくれました。

——避暑に行く時のために買ったけれど、ホーンが小さいから音が気に入らない。その内、持って行くのも面倒になり、蔵に置いてある。こういう話です。渡りに船ですが、替えの蓄音機はいらない、といいます。

ただで貰うのも気がとがめます。東京に行ってしまえば使わなくなるものだから——というと、お嬢さんは、にっこりして、

「それなら、いただいておきましょう」

お店の使用人の方が、ポータブルを届け、うちの蓄音機を大八車に乗せて持って行ってくれました。家が、また少しだけ広くなりました。

卒業式は、焼け残った男子高の講堂を使って行われました。一年前には、こういう日が来るとは、想像も出来ませんでした。ない筈《はず》の明日を、生きて行くことになったのです。卒業証書を握ると、わたしが神戸ですることは、もうなくなりました。

母は、今更、東京に行く気はないといいます。思い出の残る芦屋で暮らしたい、と。旅立ったのは、桜の咲き乱れる頃でした。母一人の家を、最後に広くしたのは、わたしでした。

6

この年、春の総選挙から、女性にも選挙権が与えられました。動く筈のない重い扉が、音を立てて開いたようでした。わたし自身は二十歳《はたち》前でしたから、まだ投票することが出来ませんでした。それでも、新しい風を感じ、心を動かされました。様々な権利を生まれながらにして持つ人々には、あの時のわたしの気持ちは理解出来ないことでしょう。

さて、東京で、最初に住んだのは、会社の人が用意しておいてくれた下宿で、三畳一間に押し入れが付いているというだけのところでした。若い娘ということで、とにかく堅い家というのが条件だったようです。

今から思えば、子供の本には面白い時代でした。絵本も雑誌も、薄いけれど、数だけはそれこそ雨後の筍《たけのこ》のように出ていました。皆《みん》なが、暗中模索しながら、どんなものをどう作るべきか、何が残るのかを考えていたのです。

わたしは、お茶くみをしながら、少しずつ仕事をさせてもらいました。新制の高校なら、まだ卒業もしていない年齢です。つらいことも、勿論《もちろん》ありました。

会社の人は皆な、当時のわたしから見れば、はるかに年長の方ばかりでした。善意からいってくれる言葉にも、傷つくものはありました。そういう時は、修一さんに貰った

『田舎の食卓』を開き、ポータブルのハンドルを回してリリアン・ハーヴェイをかけました。機械の上に頭を突きだし、音が洩《も》れないように上から布団《ふとん》をかけて聴きました。

歌詞を覚えると、片仮名書きして会社に持って行きました。意味を聞くと、喜んで教えて下さる方がいました。実際に歌える人までいました。

直訳のそれを、今度は自由に、自分の言葉にしてみました。韻律も滅茶苦茶《めちゃくちゃ》だし、意味もねじ曲げたことでしょう。でも、鉛筆を握っている間は、自分の世界に浸れました。それも時には必要なことでした。

皆さんは、大体において、親切にして下さいました。父親のように、面倒をみて下さる方もいらっしゃった。他の人達が酒場に連れて行こうとするのを、ある程度の年月、《いかんっ》といって阻止してくれました。——結局は、皆さんと一緒に、社会見学だといわれて新宿の思い出横丁辺りを、歩かされたりもしましたが。

ただ、そういうところでも、わたしの入ってはいけないお店と、いいお店は区別されました。陸軍バー、海軍バーというようなところは、前に軍服を着た呼び込みの人がいました。ここは駄目でした。

お嬢ちゃんでなくなった頃に聞いてみると、中に踊り子さんがいて涼しい格好になったりしていたそうです。

わたしは喧噪《けんそう》の中を抜け、静かにお総菜料理を前にお酒を傾けるようなお店に、連れて行かれました。場所がどこであれ、相手が誰であれ、酔うほどに出る愚痴や、人生指南、お説教をかしこまって聞かねばならず、大変ではありました。

部署を移っていく男の人はいましたが、わたしはずっと、子供の本一筋にやって来られました。自分の意見のかけらがいえるようになるまで、何年もかかりました。しかし、続けたことは、力になったと思います。仕事に誇りも持てました。

作家の方、画家の方との、繋《つな》がりを持てたことも利点でした。それぞれの方の、仕事上の性格も飲み込めました。

そうこうするうちに、戦後に乱立した小さな出版社は、しだいに消えて行きました。高い理想を掲げながら、思い通りにならなかった、多くの会社があります。わたしの紹介されたところは残ることが出来ました。田所さんに感謝しなければなりません。

多少は女らしく見えるようになると、色々と心配して下さる方もありました。夏と正月に神戸に帰れば、勿論、母や田所の家の方もその話を持ち出しました。あからさまな好意を見せて下さる方もありました。それでも、男嫌いで通しました。

昭和二十九年の冬に、母が亡《な》くなりました。風邪をこじらせ、肺炎になったのです。葬儀の場で、若狭《わかさ》の伯父に会い、昔のお礼をいいました。色黒で、潮風に削られたように高い鼻は昔のままでしたが、頬や首にゆったりと肉が付いていました。

「早いものだなあ。俺も年をとるわけだ」

わたしを見て、伯父はそういいました。女学生が、いっぱしの職業婦人になっていたのです。無理もありません。

芦屋の家は、田所さんを通じて、六甲ハミガキの方に売却しました。

お子さんの手を引いた八千代さんが、葬儀の後で、いいました。

「おばさん、まあちゃんの花嫁姿、見たがっていたのよ」

それはそうだろうな、と思いつつ、

「わたしは、仕事と結婚しちゃったから」

と、月並みの返事をしました。

帰りの東海道線がどこかの川を越える時、土手で草を食《は》む山羊《やぎ》を見ました。冬ですが、日差しの暖かい午後でした。一瞬のことでしたから、錯覚かも知れません。しかし、わたしには山羊に見えました。杭《くい》に繋がれ首を垂れ、土に残った冬枯れの葉を噛《か》んでいるようでした。

まだ、保土ケ谷《ほどがや》にいた頃、川の土手を母と歩いていて、白い山羊に出会いました。

「あれは山羊さん。誰かが、飼っているのよ」

「どうして、山羊さん飼うの」

「お乳を飲むのよ」

目の前に、足や、白い毛の下の方が泥で汚れた当の動物を見ると、子供心には山羊の乳というのが、ひどく気味の悪いものに思えました。

……遠い記憶です。

それを思い出しても、《あんなことがあったね》と、語るべき母は、もういません。

さらに時は流れました。

終戦の年の十六歳を折り返し点にして、いつの間にか、それ以前と同じだけ生きてしまいました。

不思議なものです。前半は記憶のない幼児期を含んでいます。実質上、後半より短い筈です。それなのに随分長く生きたような気がします。

勤めてからは、毎日があわただしく、あっという間に過ぎてしまいました。

7

東京では、会社から神保町が近く、新刊にしろ古書にしろ、本が手に入りやすかったのです。

何げなく手に取った斎藤史《ふみ》という人の歌集に、《白い手紙がとどいて明日は春となるうすいがらすも磨いて待たう》と、ありました。わたしが流れる星を見た頃の作でした。

親しいものを感じてページをめくると、昭和十一年、わたしが小学校に上がる直前の二・二六事件に、お友達やお父様が関係したとありました。《暴力のかくうつくしき世に住みてひねもすうたふわが子守うた》。

響くところがあって調べてみると、わたしが女学校の図書室で歌を読んだ、斎藤瀏《りゅう》陸軍少将のお嬢さんでした。

時の流れは、アコーディオンの蛇腹のように山や谷を作り、その間に様々な事件や人を織り込んで行きます。何事かは何事かに関わり、人は人に繋がって行くものだと思いました。勿論、わたしも、歌を読むという形でお二人に関わっています。

思いがけない出会いといえば、木下夕爾《ゆうじ》の場合もそうです。『田舎の食卓』は、繰り返し開きましたから、名前は当然、頭に入っていました。

仕事柄、子供向けの本に目を通すことは多いのです。お茶くみ時代には『こどもぺン』『子どもの村』なども読んでいました。いい仕事をしながら、比較的早く消えてしまった雑誌です。

職場に自分の居場所が出来た頃には、学習雑誌の童話や詩も見ていました。これはと思うものがあれば、買います。

ある年、学研から出ている『三年の学習』を開いてみたら、水車小屋の絵が目に入りました。春の進級お祝い号でした。大きな活字で『ひばりのす』と題が書かれています。その隣の作者名が《木下夕爾》でした。あっ、と思いました。

殆《ほとん》どオレンジ色の麦畑と、ちょこんと頭を覗《のぞ》かせた赤い屋根が描かれていました。詩には、雲雀《ひばり》の巣を見つけた少年の、ときめきと秘密が書かれていました。『田舎の食卓』には勿論、《田舎》も出て来ます。しかし、作者は、ところどころに横文字を使ったりする都会的な青年に思えました。年月を経て、その人が、もっと柔らかく心を開いているような気がしました。

恐らく、この詩人を愛する編集者が依頼した原稿なのでしょう。

それからというもの、『学習』は木下夕爾に向かう窓になりました。翌年、『五年の学習』の六月号には、黒穂という運命を背負った麦が焼かれ、他の麦達が哀《かな》しむという詩が載りました。黒穂は、やがて星となって生まれ変わる。

——型通りといえば、型通りなのですが、一読忘れ難いものがありました。

詩集を手に入れたいと思って、そのつもりになって探すと、さすがは東京です。詩歌専門の古書店で、『児童詩集』を買うことが出来ました。広島で刊行されたものです。発行は前年の暮れ。春の終わりに書かれた『ひばりのす』が巻頭に置かれていました。嬉《うれ》しかったのは、『田舎の食卓』と『児童詩集』が、大きさも使われている紙も、兄弟のように似ていたことです。

戦争の前に出された本が、もう一つの生命を持って生まれ変わって来たようにも思えたのです。

8

三十になった年、《一戸建てを貸すけど、どうか》という話がありました。もともとは、新婚さんに持ち込まれたのですが、そちらは成立しませんでした。《だったら——》と、名乗りを挙げてみました。

大家さんの次男の方がわたしの同僚で、お正月に帰った時、実家でそういうことを聞いて来たのです。同じ職場の人なら、身元が確かだろうというわけです。

わたしは、一回引っ越して、多少は広いアパートに住んでいました。それでも、満足はしていなかった。

通勤によくても、都内はやはりごみごみしています。少し不便になっても、川や田圃《たんぼ》、そして初夏には、どこまでも続く麦畑が見られて、散歩も出来る。さらに、庭に朝顔ぐらい植えられたら、と思ったのです。

旅館に泊まるのに女一人は嫌がられるそうですが、家を借りるのに、そういうことはありませんでした。

左隣は小さな畑で、右隣は、おばあさんと息子さんとその子供の三人暮らしでした。そのお子さんが、うちを覗いて、本を借りたことから、簡単な家庭文庫のようなことを始めました。

――そう、あんなことを始めなければ、あの子が、――村上君が、うちに来ることもなかったわけです。

そんなことをいい出せば、あの町でなければ、ということにもなります。何という不思議な偶然でしょう。ここまで来れば、我々を越えた意志による《必然》と思いたくなります。

勿論《もちろん》、最初はただ《面白い子だな》と思っただけです。花切手のことも、あの子が相手だから、いい出したことです。ただお使いを頼むというより、遊びの部分があります。そういうことを受け入れられる子だと思いました。

高学年の男子は、あまり来なかったから、やり取りをすれば市場調査にもなるかな、というプロ意識もありました。

引っ掛かりを感じたのは、最初の花の《すいせん》を届けてくれた時です。

わたしは、洗濯をしながら、もう頭に染《し》み付いてしまった『唯《ただ》一度だけ』を、口ずさんでいました。調子がいいので、いつの間にか、洗い物のテーマソングになっていたのです。

その時、振り返って見たあの子の顔が、二十年以上昔に見た顔と重なったのです。

――八千代さんに呼ばれて、わたし達のいる部屋に来て座り、《もう、かなわんなあ》

と、とぼけたいい方をした子の顔と。

男の子が男の子に似ているのは、おかしくないかも知れません。でも、小学五、六年は、そろそろ顔変わりがして来る頃でしょう。村上君の場合は、それが日ごとに修一さんに近づいて来るように思えたのです。

だからつい、木下夕爾の本も貸してしまった。そういうことが、暗い部屋に声をかけるような結果になり、次第次第に、あの子の記憶を呼び覚ましたのでしょう。

男の子が屋根から落ちたと聞いた時、すぐに村上君だと分かりました。医者に運ばれたという話でしたから、念のため、接骨医さんに寄り確認してから、お宅に伺いました。仮に遊び半分にしろ、《わたしを守りたかった》と聞いた時には、何とも複雑な気分になりました。

率直にいうなら、最初に感じたのは、嬉しいでも、有り難いでもありません。一言でいうなら、《もう、いい加減にしてほしい》でした。自分は助かって、修一さんはいない——それは、わたしにとって負い目なのです。そういうわたしのために、今度は村上君が傷つく。

《勝手なことはしないでくれ》と思いました。しかし、目はいつの間にか潤《うる》みました。母までも失い、もうこの世に自分を繫《つな》ぎ止めるものはなくなった。そう思っていました。——でも、向こうがどう感じようと、こちらからは、この子に心を繫げる。

そういう発見、——一度は失った懐《なつ》かしい思いです。愛といっていいでしょう。

村上君の枕元《まくらもと》で、お母さんと話せた時間は、心休まるものでした。横になっている子に対して、愛を共有しているという、奇妙な、しかし確固たる同胞意識を感じたのです。

9

今までのことが、ほとんど瞬時といっていい間に、凄《すさ》まじい速さで思い返されます。

そうはいっても空は、思いを追いかけてどんどん明るくなって来ます。わずかの間に、チュンチュク、チュンチュクという雀《すずめ》達の声が響くようになりました。わたしは、カーテンを開け、布団《ふとん》の上に座ります。

目の前に定規で平行線を引いたように、黒い電線が見えます。その向こうに、家々の屋根が広がっています。甍《いらか》の列は、すでにはっきりと形を見せてはいますが、昼間よりはまだ色合いが薄く、白黒映画めいて見えます。その間に、消えるにはまだ少し間のある街灯が、遠く近く色を点じています。昔ながらのそれは、線香花火の消え残りに似た酸漿《ほおずき》っぽい色で、新しい街灯は白く光っています。

朝早く動き出す人々の、遠くを行き交う自動車の音が、若狭の海の潮騒《しおさい》のように響いて来ます。あちこちで、雨戸を開ける音がし始めました。こんなことにも動かしようのない個性があります。性急に、隣近所お構いなしに、叩《たた》きつけるように開く人、病の癒《い》えかかった時の歩みのように、そろそろと開ける人。それぞれの戸に、それぞれの手がかかります。

薄墨を塗ったようだった空も、いきなり明るくなります。高いところに浮かんでいる雲が、急に塗られたように白くなりました。遠い小さい雲が、幼い頃にどこかで見た蚕《かいこ》のようです。

気が付くと、街灯はすでに消えています。雀の声は、朝の光に力づけられたように、ずっと元気になっています。

──『啄木《たくぼく》かるた』の歌を、村上君が口にした時には、本当にびっくりしました。わたし自身、あの日から誰に向かっても打ち明けたことはない。それを、あの子は、時を超えて諳《そら》んじたのです。この耳が聞こうとは、予想もしていませんでした。奇跡だと思いました。そして──《フライ返し》。あれで、修一さんの心は、完全に呼び戻されてしまいました。もう、これは奇跡以上の何かです。

確かに不思議ではありました。しかし、《嘘《うそ》》と声に出しながら、わたしの心は、口よりもすんなりと、事態を受け入れていたのです。

これがまことでなければ、輪廻《りんね》や、転生などという昔からの言葉は、何のために生まれたのでしょう。単に、この矛盾に満ちた世界で、犠牲となったもの、虐《しいた》げられたもの、汚辱の淵《ふち》に沈んだものが、そのまま消えてはならないという——天秤秤《てんびんばかり》の釣り合いを取るような意味ではありません。それは結果です。

もし我々が死ぬものなら、無限の昔、遠い我々の祖先はどうして、海から陸を目指したのでしょう。我々は死ぬものではない。そう感じたからこそ、よりよい次の世代を信じ、目指したのでしょう。子のうちに親があるという、狭い意味でもない。わたしは我々であり、我々は永劫《えいごう》の生命を持つわたしなのです。

個の哀しみは、わたしの胸を満たしました。しかし、それは村上君の中に修一さんの生命を見た喜びでもあります。

春に五月は一度しか来なくとも、村上君のいう通り、年ごとに春はめぐり、日ごとに朝はやって来るのです。

村上君は、修一さんであると同時に、きっと、わたしでもある。

——そうなのです。彼のうちに、わたしも生きているのです。

……そろそろ、起きましょう。また一日が始まります。今月、誕生日が来れば、わたしは三十三歳になります。

今日がその五月、わたしの生まれ月の初めての休日です。

どうか、よい一日になりますように。

第二章

1

遠くに飛ばされ、谷底深く落ちて行ったような気がした。実際には、わずかな距離だったのだろう。あまりにも突然のことで、しかも、月も星もない曇天だった。全《すべ》ての感覚が、しばらくは闇《やみ》にくるまれた。

急な滑り台に乗ったようだった。頭が下だったら、首の骨を折っていたかも知れない。坂には、それほど角度があった。幸い、直立の形のまま、数メートル滑り落ち、土手の下で体が横倒しになった。

すぐ近くから、一度も聞いたことのない、凄《すさ》まじい音が響き、大地が揺れた。横に何かが落ちて来た。どさりという大きな袋でも投げたような音がしてから、それが動き、うめき声を上げたので人だと分かった。恐ろしさに、譬《たと》えではなく本当に寒くなり、歯が鳴り始めた。

目の前には黒い屏風《びょうぶ》のようなものが立っていた。土手の間近に迫った民家の壁だった。

「……まあちゃん」

赤ん坊が泣くような声しか出なかった。すぐ側《そば》に落ちた人が、一瞬、あの人のような気がした。しかし、うめく声は男のものだった。金切り声や泣き声は、闇のあちこちから聞こえて来た。どうしたらいいか、分からない。

土手下の道を、何人か走って来る足音がした。若い声が、怒鳴った。

「どうした、大丈夫かっ」

「僕は——」その場に座り直した。擦りむき程度で、大きな怪我《けが》はしていなかった。

「——僕は大丈夫です。この人が」

「よしっ」

駆けつけて来た人は、大きな板のようなものに、男の人を載せた。戸板をはずして来たらしい。なす術《すべ》もなく、土手を背に寄りかかっていた。

右手を見ると、黒々とした固まりが視界を斜めに横切り、建物の壁にめり込んでいるようだ。列車だった。車内から、悲鳴や苦悶《くもん》の声が絶え間なく響く。土地の人が走り寄り、窓から出られる人を助けている。

恐ろしいことが、この先で起こっているらしいと、次第に分かって来た。ここから先の人々は、突進して来る電車になぎ倒されたのだ。電車自体も横転して、崖《がけ》の下に突っ込んでいる。どれほど多くの人が、苦悶し、あるいは、すでに苦悶することも出来なくなっているか分からない。

後から知ったことだが、実際、車両の壁の彼方《かなた》は、凄惨《せいさん》を極めていた。蛇のようにねじ曲がった列車の先頭は、原形を留めず、レールは曲がって宙に浮いていたという。そこにいた人々がどうなったかは、いうまでもなかろう。見なかったのが幸せといってい い。

最初の接触事故の物音で、すでに大勢が動き出していたらしい。人波が寄せるのは早かった。

殺気だった言葉のやり取りが聞こえる。車両の下敷きになっている人達が、何人もいるらしい。

「手がよ、動くようでよ」

「引き出せねえ」

「馬鹿《ばか》野郎、こっちが先だ」

「生きてる者が先だ」

ふらふらと近づこうとすると、激しい声がかかった。

「坊主《ぼうず》、あっち行ってろっ！」

耳を裂くようなサイレンの音が、四方から聞こえて来た。どこかから、焦《こ》げくさい臭《にお》いがして来る。

回り込んで、別の場所から土手に上ろうとしたが、鉢巻をしたおじさんにズボンをつかまれ、引きずり下ろされた。何か大声でいわれたが、耳に入らなかった。

気が付くと、近所のおかみさんらしい人が、前にしゃがんで話しかけていた。

「誰か、見つからないの」

「……」

「名前、呼んでたよね。はぐれちゃったのかい」

「はい」

「おっかさんかい？」

「いえ」

「うちの人？」

説明出来ずに、ただ頷《うなず》いた。

「可哀想《かわいそう》に……」

懐中電灯の光が何本も行き交っていた。切れ切れに照らされた土手に、はしごが幾つか、かかり、上下する人の姿が見えた。

靴音と怒号が響き、サイレンが幾重にも重なった。道を開けろというマイクの声が、何回も聞こえた。救急車が着いたらしく、担架があわただしく行き来した。

投光器が現場を照らし出し、血の赤が見えるようになると、事態の苛酷《かこく》さはより鮮明になった。息のある人が先に運ばれる。動かぬ体が、泥人形のようにあちらこちらに転がっていた。淡い水色のワンピースは、どこにも見えなかった。

あの人が上にいるのか、それとも電車の下にいるのか、あるいは担架で運ばれているのか。——何も分からなかった。

2

離れてはいけない気がして、しばらく人の行き来を見つめていた。だが、いたずらに時が経《た》つばかりだった。

ただ立っていても仕方がない。近い方の駅に後戻りすることにした。もう土手の上を歩くことは出来ない。線路と平行する通りに出た。途中、お線香の匂《にお》いの流れるところがあった。遺体が運び込まれているらしい。

夜にしては異様な雑踏の中を抜け、駅に着いた。駅員さんに、電話して貰《もら》おうと思ったが、とても頼める雰囲気ではなかった。

待合室のベンチに座っていると、親切なおじさんがいて、赤電話の長い列に一緒に並んでくれた。信じられないだろうが、お父さんは、その時まで電話を実際に使ったことがなかった。一一〇番は只《ただ》だということも知らなかった。かけ方を、そのおじさんに教わった。あの人を真似《まね》て、町の警察から家に連絡をとってもらうことにした。

朝方、母が待合室に姿を現した。北千住《きたせんじゅ》まで私鉄で来て、そこからタクシーを使ったという。屋根から落ちた時とは違って、今度は、これがあの母かと思うほど、きつく怒られた。父の学校に電話をして、無事を伝え終わると、これまでの経緯を聞かれた。

あの人が、身を投げ出して、電車から庇《かば》ってくれたというと、母はぎゅっと口を結び、それから、ゆっくりといった。

「今日は、体さえ無事なら、午後からでも学校に行かせようと思っていたの」

「……」

「でも、もう、水原さんが見つかるまで帰れないわね」

駅に、幾つかの病院、二つのお寺、保健所の場所が張り出された。近いところから順に回って行く。最初の医院に、それらしい人はいなかった。続いてお寺の門をくぐった。

「ここには――いないことを祈りましょう」

受付事務所で名前を書き、警官の指示に従って中に入る。

すぐに泣き声が聞こえて来た。本堂前の石段に、遺品がずらりと並べられていた。その前にしゃがみ込み、小さなリュックサックを抱き嗚咽《おえつ》している女学生がいた。ポケットに手を突っ込み、持ち主のいなくなった品物の列を凝視している、初老の紳士もいた。

「荷物は？」

「――ハンドバッグ」

「どんなだった」

「黒っぽかったけど、――よく覚えてない」

「靴はどう？」

石段の一番下に、靴やサンダルが山のように置かれていた。あの人の足元を思い出そうとしたが、どうしても浮かんで来なかった。

「……分からない」

母は小さく頷いて、本堂に進もうとした。――その時、並んだカバンの列の中に、小さな象牙色《ぞうげいろ》が見えた。プラスチックの小さな四角いケース。

「待って！」

腰をかがめ、大きなボストンバッグと風呂敷《ふろしき》包みの間に手を入れる。そこに、黒のハンドバッグが横倒しになっていた。投げ出されたのか、それとも隣にものが置かれた時、倒れたのか、いずれにしても、口が開いていた。まるで、《わたしを見て》――と囁《ささや》きかけるように。

その口から、鍵束《かぎたば》がこぼれ、鍵束の端にはミゼットトランプのケースが繫《つな》がれていた。

「——これだ」

母はこちらを見、戻って来て、そのハンドバッグを取り上げた。わずかの間があってから、中を探った。透明プラスチックの定期入れが出て来た。母は低い声で、そこに書かれた名前を読む。

「水原……真澄さん？」

こっくりするしかなかった。

白木の柩《ひつぎ》が、本堂を埋め尽くしていた。それぞれの上に花束が置かれている。柩には、年頃服装などを記した紙が付されていた。母は、それを一々見て行く。薄水色のワンピースがないか、探しているのだ。

表にバッグがあったからといって、ここにあの人が眠っているとは限らない。

だが、壁際《かべぎわ》まで来た時、母の足は止まった。膝《ひざ》をつき、そっと花束をのけると、蓋《ふた》に手をかけ薄く持ち上げた。

3

結局、顔は見せてもらえなかった。ただ左の腕とワンピースの袖口《そでぐち》、そして腕時計を見た。

蓋が閉められる前に、そっと、白い手首に触れた。ハンドバッグに名刺が入っていたので、勤め先と連絡も取れた。そこから先は、大人がやってくれた。

火葬は国鉄が行ったのだと思う。親戚《しんせき》の人が来て、白木の小さな箱に入ったあの人を、引き取って行ったという。今なら、お寺のことも詳しく聞くだろう。親戚は北陸の人らしい、としか記憶にない。何もかも終わったという思いが強く、そこまで考えられなかった。

残念だったことは、色々ある。しかし、一番、気になるのは、最後の会話だ。こちらのことを気遣い、ひたすら、身を隠そうとしていた彼女だった。

しかし、

――《修一》としてではなく、《和彦》として、あなたの側《そば》にいたいといったらどうする。

と聞いた時、心が動いたような気がする。それについての、はっきりした答えが貰えなかった。これは心残りだった。

中学三年の秋に、東京オリンピックがあった。開会式の日の空は、あの人に見せたいような、深い青さだった。

入場行進は、繰り返し見ることになった。テレビは白黒だったが、写真や映画の印象が強い。国立競技場の赤茶色のアンツーカーの上に、色とりどりの国旗が舞い、様々な国の人々が行進して行った。

一方、獅子座《ししざ》の流星群は、きっかり三十三年ごとに現れるわけではなかった。《その前後数年にわたって、顕著な出現がある》のだった。

高校一年の秋に、そのことが話題になった。東京の天文台でも観測に成功したと、新聞に出ていた。あの人に見られないものを、自分だけ見ようという気にもならず、特別に夜空を仰ぐこともなかった。

翌年の十一月十七日には、アメリカで記録的な大出現があった。獅子座の流星雨。二十分間に五万の星が流れたという。

その頃までは、自分が生きているということが、不当に思えて仕方なかった。まあちゃんを犠牲にし、また目前に多くの人の死を見た。夢で何度うなされ、涙ぐんだか知れない。しかし時が経つうちに、だからこそ、自分が生きなければと思うようになった。

お父さんは、村上和彦として、普通に勉強し、普通に大学に進んだ。

ただし、理工学部に入ったのはともかく、就職の時、ハミガキの会社を受験したのは、あの人の言葉のせいだ。家の仕事は、ハミガキだったらしい。同じ道を歩いてみようと思ったんだ。

色々なことに《時代の流れ》というのは出て来るものだよ。

戦前はね、まずハミガキの普及に努めた。お父さんが入社した頃には、それはもう、済んでいた。しかし、《さらに収益を倍にしたい》と会社は目論《もくろ》んでいた。――どういうことか。簡単だ。その頃、日本人の平均歯磨き回数は、一日一回だったんだ。これを増やしたいというわけさ。二回になれば二倍、三回になれば三倍儲《もう》かる。単純な計算だろう。

無理な望みではない。衛生への意識が強くなれば可能な筈《はず》だ。――では、その後、どうなったか。

お答えしよう。現在の日本人の平均歯磨き回数は一日二回さ。それで、収益は倍になったか。残念ながらノオだ。そのせいか、初任給はよかったが、あまり昇給しなかった。

面白いね。

何故《なぜ》だと思う？　昔は考えもしなかった要素が出て来てしまったんだ。ハブラシだよ。昔のハブラシは、ブラシの部分が長かった。今のは短い。自然、使うハミガキの量は半減した。いや、それ以下かも知れない。

どういうことかというと、――ハブラシは短い方が使いやすいんだ。そっちの方が機能的なのさ。うちの会社ではハブラシの研究もしている。真面目《まじめ》にやれば、どうしてもそういう形になってしまうんだ。自分で自分の首を締めているようだが仕方がない。

でも、ハミガキの方の開発研究なんて、どんなことをやるんだろう。あんな単純なものに、画期的な新商品なんてあるのかしら。――そう思わないかい？

これがあったんだな。例えば色。ハミガキというのは中に、研摩材として炭酸カルシウムというのを入れていた。これで色がある程度決まっていた。それをリン酸カルシウムに替えたら、白いハミガキが出来たんだよ。画期的だったね。

もっと凄《すご》いのはないかというなら、色々な用途ごとにチームを作って考える。口臭防止チーム、歯槽膿漏《しそうのうろう》防止チーム、虫歯予防チームといった具合さ。

そこで目的にあった配合のプランを考える。経験的にいって、どんな場合も処方百を越えた辺りから、ものになりそうになって来る。それまでは試行錯誤の連続だ。仮に有効性があっても、味はどうか、微生物は発生しないか、泡立ちはどうか、歯肉に害はないかといった試験は欠かせない。

どこの職場でもそうだと思うが、入社したては、まず単純作業をやらされる。お父さんは、安定性試験の係になったな。

日本は縦に長くて、四季があるだろう。ハミガキも色々な場所、色々なところで使われる。だから、四十度の高温にも零下の厳寒にも耐えられなければ商品にならない。これを調べる。

何百種類という試剤をチューブに入れ、様々な環境に置いてみる。それを藁《わら》半紙の上に絞り出す。先輩が、艶《つや》を見る。それから紙を折って固まりが出ないか、水分の分離はないか、紙に染《し》み出す具合はどうかを判断する。そして、口頭で採点結果をいう。

「はい、——三マイナス」

それを、こっちが記録する。最初の三年は、こういう単純作業ばかりやっていたね。

四年目から、自分なりの意見もいえるようになって来た。嬉《うれ》しかったな。

4

そういう頃だ。神奈川の工場に、用があって出掛けた。研究の結果をもっての打ち合わせだ。いつもの白衣を脱いで、春の背広で出掛けた。

大体が、工場なんていうのは、郊外にあるものだ。空気がいい。バス停で降りてから、上り坂をゆっくりと歩いて行った。

向こうにハミガキのように白い建物が見える。道の両側には、一面に金色の麦畑が広がっていた。気持ちのいい風が吹く。同時に、実りの時を迎えた麦の穂が一斉にそよぐ。日差しの具合いと波打ち方で、畑のあちこちが、黄色みの強い向日葵色《ひまわりいろ》にも、明るい蒲公英色《たんぽぽいろ》にも、ちょっと沈んだ枯草色にも見えた。空の高みでは、雲雀《ひばり》が身を震わせながら、五月の歌を歌っていた。

先に人影が見えなかったから、つい、いい気になって、小さく口ずさみ出した。

「——《ヴァイン・イッヒ、ラッハ・イッヒ。ヴァイン・イッヒ、ラッハ・イッヒ》」

そうそう、あの人の影響なら、これもある。第二外国語はドイツ語にしたんだ。最初はゆっくりと、つぶやくように始めた。割合に長い歌だ。終わるのに、かなりかかるだろう。雲雀に負けまいと、途中から声が尻上《しり》がりに大きくなった。誰も聞いていないと思ったからね。《デン・イェーダー・フリューリング——》と、歌い上げながら、会社の封筒を持った手を、大きく天にかざした。

そうしたら、左の麦畑の向こうから、それこそ、小鳥の群れが騒ぎ出すような、明るい笑い声が湧《わ》き起こったんだ。

しまった、と思った。

前に来て知っていた。工場の駐車場は、麦畑の中に食い込むように作ってあった。門から入った車は、ぐるっとハンドルを切って、駐車場に回る。この工場には、近くの市から、時々、社会科見学にやって来るんだ。

主に、小学校高学年と中学生。バスで来て、製造過程を見、衛生講話を聞いて、小さなハミガキをおみやげに貰《もら》う。これが基本的パターンだ。

その連中だろう。帰りの時間だ。バスの近くに集まったところで、麦畑の向こうから、わけの分からない歌が聞こえて来た——腹を抱えても不思議はない。

眺めると、黄金色の波の向こうに幾つもの頭が見えた。

それだけなら、ただの、ちょっと気恥ずかしい話だ。驚いたことに、何を思ったのか、頭の中の一つが、畝《うね》の間をこちらに向かって突進して来る。麦も何本かは倒れたろう。お百姓さんの敵だ。

別に、飛びかかって来られるほど、悪いことをした覚えはない。しかし、変な奴《やつ》なら、理由もなしに何をされるか分からない。身構えた。向かって来るのは、セーラー服の女の子だ。中学生だろう。途中からは足元の悪いのも構わず、真っすぐにこっちの目を見ている。利口そうな、大きな瞳《ひとみ》だ。

一気に麦畑を走り抜けると、そこで立ち止まった。純白のセーラー服に紺の襟、茜色《あかねいろ》のスカーフが、胸元でふわりと舞った。

女の子は、そこから道に下り、ゆっくりと歩き始めた。黄金の海原を背景に、ショートカットの髪が揺れる。歩きながら、彼女は、唇を開いた。小さいがはっきりとした声だ。懐《なつ》かしい調べが、途切れた歌を引き継ぎ、寄り添った。

「――《ハット・ヌーァ・アイネン・マーイ》」

歌い終わると、肩を震わせ、山道で幾日も迷った旅人が村里の名を呼ぶように、いった。

「村上君」

そして気力を使い果たし、膝を折り、お父さんに向かって倒れ込んだ。

仲間達が、何かおかしなことが起こっていると思ったのだろう、麦の間をあちらこちらから、そろそろと近づいて来た。子供の頃、麦畑に入って追いかけられたのを思い出した。

右側から、眼鏡の女の子が叫んだ。

「――大丈夫っ？　まあちゃん」

どきりとした。

「まあちゃん――真澄さんですか？」

先生らしい背広の中年男性が、困惑も露《あら》わにいった。

「いえ、真知子ですが」

抱き締めたかったが、視線がこちらに集中している。倒れない程度に支えながら、顔を改めて覗《のぞ》き込んだ。

「そうか、真知子の《まあちゃん》か」

見上げる瞳が、頷《うなず》いた。――中学生。あの事故の日から、もうそんなに経《た》ったんだ。

他の誰にも聞こえないような、密《ひそ》やかな声で、そっと名前を呼んでみた。《まあちゃん》は、下から泣き笑いの顔を見せた。

いうまでもない。これが、お前達のお母さんだ。

まあちゃんは、事故の翌年には、もう生まれていたことになる。お父さんに比べて、ぐずぐずしていない。

「それだけ早く、あなたに会いたかったのよ」

という。

麦畑と、あの歌が、一瞬に記憶を呼び戻したらしい。ハミガキ工場見学も、関係しているか知れない。再会した時が中学生だ。結婚は、かなり待たねばならない。

「何でもないわ」

と、あの子はいった。

「何十年も待ったんですからね。五、六年なんかあっという間よ」

そして、彼女が高校生の時だ。……昭和五十四年。会社から帰るとすぐに、電話がかかって来た。

「ニュース、見た？」

という。何回か、かけたらしい。

基本的に、彼女に蘇《よみがえ》った記憶は《村上君》のことだけだ。これは、お父さんの場合と

5

同じだ。人間には、二つの人生は抱え切れない。
ただ、ひとつ、飛行機を造っていたような気がするという。《真澄さん》にとって、よほど強い思い出だったのだ。《戦争の時、飛行艇を造っていた》というのは、《真澄さん》の口から、じかに聞いていた。

彼女がいう。

「今日のニュースでやっていたのが、どうも、それらしいの」

あわてて、遅い時間のNHKニュースをつけると、《旧海軍の飛行艇、里帰り》というのをやっていた。名機といわれた軍用機がアメリカから返還され、その歓迎式があったという。船での運送の都合上、切り離して運ばれて来たずんぐりした胴体が、クレーンで吊《つ》られ、陸揚げされていた。

翌日の新聞の記憶も混じっていると思うが、とにかく、これは、航続距離、飛行性能などあらゆる点から見て、当時、世界一のプロペラ式飛行艇だったらしい。

里帰りしてどうなるかというと、九月から『船の科学館』というところで、屋外展示されるのだ。《時代が変わり、軍用機が今は、戦争の反省と平和への願いを語る》と書かれていた。

秋になるのを待ち兼ね、早速二人で行ってみた。

まあちゃんは、Vネックの薄手のニットを着ていた。淡いベージュ色だった。下は、今の子と違ってふくらはぎまである、ゆったりしたフレアースカート。エメラルドグリーンの水玉模様がプリントされていた。風に揺れると、緑の玉が触れ合って、軽やかな音を立てそうだった。

並んで見上げる機体は、想像以上に大きかった。正面から振り仰ぐと、突き出た鼻先がのしかかってくるようだった。まさに飛行艇、――空飛ぶ船だ。こんなものが、プロペラなんかの力で、よく浮くものだ。

「真澄さんは、わたしぐらいの時に、これを作っていたのね」

「君が、軍用機を作らされたり、爆撃されたりすることを考えると、たまらないね」

「あなたが、爆撃する方になったって、たまらないわ」

四つのプロペラは綺麗《きれい》にX字型に揃《そろ》えられ、もはや、これが実用品ではなく展示品であることを示していた。

濃緑に塗られた機体の周りを、まあちゃんは、行きつ戻りつした。フレアースカートの裾《すそ》が、ひらひらと舞う。

そして、こんなことをいった。

「二度とそんなことのないように、皆《みん》な、勉強しなくっちゃあ。――でも、それとは別に、《真澄さん》や、そのお友達が、――中学生や高校生ぐらいで、――もう動かしようのない時の中で、これを造っていたのかと思うと、――言葉にならない何かが湧いて来る」

そして、物いわぬ飛行機に向かって、ぽんぽんと、その場で跳躍した。秋の澄み切った空気の中を、まあちゃんの声が流れた。

「――届かないけど、――届かないけど、何だか、あの翼にキスしてあげたいな。《真澄さん》、お帰りなさいって」

それは、母が無条件で幼子の頬に寄せるのと同じ唇だった。

何年かが経ち、結婚式を終え、お姉ちゃんがお母さんのお腹《なか》に宿った時のことだ。旅行の出来るうちに、二人で《真澄》さんの働いた工場の跡地に行ってみたいと思った。

場所を調べるのは簡単だった。飛行艇についての本を見たら、すぐに分かった。神戸の海岸で、そこは今も工場になっている。一般の人を、いきなり入れてはくれない。見学の手続きをとるのが大変だった。

二人がその正門に着いたのは、春の暖かい日だった。飛行機と海が好きだという、若い主任さんが出迎えてくれた。

会社は様々な分野の仕事をしているが、その中に今も飛行艇の部門があるという。海難事故用の救助飛行艇が完成し、続いて消防用飛行艇の実験機も出来たそうだ。通路を歩いて行くと、並木が春というのに美しく色を変えていた。

「これは何の木ですか」

と聞くと、打てば響くように答えてくれた。

「――楠《くすのき》です。この辺には多いんですよ」

お母さんが、その葉を一枚拾った。

やがて視界が開けて、海辺に出た。主任さんがいった。

「水がすっかり汚れてしまいました。昔は、この辺りでも拾った貝がすぐ食べられるくらい綺麗だったというんですが」

見学申し込みの際、《母親が、昔、勤労動員で働いていた》と伝えてあった。爆撃を受けたのだから、何も残っていないだろう、ただ、その場所の土を踏めたらと思っていた。ところが、海辺の工場の、見上げる外壁には、刳《く》り貫《ぬ》いたような穴の開いているところが何ヵ所かあった。

「あれは？」

「機銃掃射を受けた跡です。勿論《もちろん》、この工場は戦後に新しく建てたものです。でも、当時の焼け残りの一部を、わざと使ってあるんです。昔のことを、忘れないように」

その時から、さらに年月が流れた。

6

今、飛行艇の置かれている『船の科学館』の辺りは、お台場と呼ばれ、現代の若者のデートスポットになった。新交通システム《ゆりかもめ》が高いところを走り、ヴィーナスなんとかというビルの中の街を、押すな押すなとばかりに人が歩いている。そこには人工の空が輝いている。

この街でも、麦畑はほとんどみられなくなった。畑の跡には、駐車場が出来、コンビニが立ち、団地になってしまった。

色々なものが変わった。だが、わたし達が若かったように、今は若いお前達がいる。この不思議な物語を、一度は、次の世を生きて行くお前達に語りたかった。そして同時に、あの麦畑で、まあちゃんと再びめぐりあい感じたことを、お前達にも伝えたかった。

ベッドでの生活を送るようになり、熱にうかされながら天井を見上げたこの数週間、その言葉が、頭の中に繰り返し浮かんだのだ。――《我々は死んだりはしない》。

もう二時を回った。見回りの看護婦さんに、何をぶつぶつ寝言をいっているのかと、驚かれてしまう。

そろそろ、終わりにしよう。カーテンを開けた窓からは、綺麗に星が見える。

ここまでの話を聞けば、お父さんとお母さんが、この前の獅子座《しし ざ》の流星群出現の時、随分はりきっていたのも分かるだろう。

お前達を起こし、一家全員で寒いテラスに出たっけね。お母さんは、延長コードを引いて来て、電気ストーブを点《つ》けた。お父さんはバスタオルを首に巻き、お前達はお洒落《しやれ》にマフラーをし、手袋をしていたっけ。

その内に、闇《やみ》を引っ掻《か》くように、明るい線が流れ出した。流星雨とはいかなかったが、間を置いて、幾つも天空を走った。

お母さんの耳元に、口を寄せていった。

「……この前のは見なかったから、これが初めてだ」

「一緒に見ようと、とっておいたの？」

「そういうことさ。この目が見る、最初で最後の獅子座の流星群だ」

「ただ一度、二度とない？」

「ああ」

お母さんは、にっこり笑って、流れ星に祈るようにいった。

「……また見ましょう。あと三十三年、生きて」

幾度《いくたび》も星は流れ、そして時はめぐる。地上では詩が生まれ、歌が作られる。人々は、絶えることなく、それぞれの物語を、各々《おのおの》の言葉で語り続ける。

そして時は流れ、星はまためぐり続ける。

取材の過程で次の方々に、特にお世話になりました。記して御礼申し上げます。

☆戦中の女学校生活について
古屋浩子様のお話、並びに当時の日記
甲南女子高等学校資料室、特に年表と、沢田歌子様の手記『尊い体験』
☆当時の教科書について
東書文庫　藤村恵様
☆飛行艇工場について
新明和工業株式会社航空機事業部　総務部主任　奥村和哉様のお話
並びに、『新明和工業株式会社　社史1（抄）』
☆木下夕爾について
山中玄造様のお手紙、並びに『木下夕爾と学研』（『備後春秋』連載）
ふくやま文学館　西村幸夫様、福山市教育委員会　小林実様
☆歯磨きについて
ライオン歯磨株式会社広報室並びに『ライオン歯磨八〇年史』
☆神戸弁について
上田淳子様

歴史的事実にそえば、真澄の通ったのは『甲南高等女学校』、飛行機工場は『川西航空機甲南製作所』、飛行艇は『二式大艇』、最後に起こるのは『三河島事故』ということになってしまいます。しかし、この物語はあくまでも創作であり、個々の人物、出来事に特定のモデルはありません。

また、高校、工場、事件についても、必ずしも事実そのままに語られているのではないことを、お断りいたしておきます。

◎参考文献（作中に記したものは除く）
『あしや子ども風土記　写真で見る芦屋今むかし』（芦屋市文化振興財団）
『兵庫県の百年』前嶋雅光・蓮池義治・中山正太郎（山川出版社）
『探偵小説三十年』江戸川乱歩（岩谷書店）
『欲しがりません勝つまでは　私の終戦まで』田辺聖子（新潮社）
『少年H』妹尾河童（講談社）
『間違いだらけの少年H　銃後生活史の研究と手引き』山中恒・山中典子（勁草書房発売・辺境社発行）
『太平洋戦争下の学校生活』岡野薫子（新潮社）
『自伝　北風と太陽』小倉朗（新潮社）

『主婦の科学』沼畑金四郎（鱒書房）
『白き薔薇の抄』春日野八千代（宝塚歌劇団）
『宝塚少女歌劇脚本集』昭和十三年五月号・昭和十四年十二月号（宝塚少女歌劇団）
『すみれの花は嵐を越えて』橋本雅夫（読売新聞社）
『手塚治虫のタカラヅカ』中野晴行（筑摩書房）
『奥付の歳月』紀田順一郎（筑摩書房）
『深夜の市長　海野十三集Ⅳ』海野十三（桃源社）
『年表昭和の事件・事故史』小林修（東方出版）
『事故の鉄道史　続』佐々木冨泰・網谷りょういち（日本経済評論社）
『あゝ同期の桜』海軍飛行予備学生　第十四期会編（毎日新聞社）
『図解・軍用機シリーズ7疾風／九七重爆／二式大艇』雑誌「丸」編集部編（光人社）
『学徒出陣』わだつみ会編（岩波書店）
『昭和史が面白い』半藤一利編著（文春文庫）
『昭和二万日の全記録④・⑤・⑥・⑦・⑪・⑫』（講談社）
『朝日歴史写真ライブラリー　戦争と庶民②・③』（朝日新聞社）
『昭和日常生活史①』加藤秀俊・井上忠司・高田公理・細辻恵子編（角川書店）
『朝日新聞縮刷版』戦中、昭和三十五、六年の世相、三河島事故について
『読売新聞縮刷版』三河島事故について

『毎日新聞縮刷版』三河島事故について
『日本のうた大全集』長田暁二編著（自由現代社）
『写真で見る昭和の歌謡史〔I〕戦前・戦中編』福田俊二編著（柘植書房）
『少年少女ふろくコレクション』弥生美術館　中村圭子・堀江あき子編（藝神出版社）
『美しく生きる　中原淳一　その美学と仕事』別冊太陽スペシャル（平凡社）
『子どもの昭和史　昭和十年―二十年』別冊太陽スペシャル（平凡社）
『子どもの昭和史　昭和二十年―三十五年』別冊太陽スペシャル（平凡社）
『写真ドキュメント　空白の昭和史　5』空白の昭和史刊行委員会企画・編集（エムティ出版）
『アサヒグラフに見る昭和の世相　5』（朝日新聞社）
『写真記録昭和の歴史③』（小学館）
『昭和・平成家庭史年表』下川耿史・家庭総合研究会編（河出書房新社）
『しし座流星雨がやってくる』渡部潤一（誠文堂新光社）
『増補　萬葉名歌鑑賞』斎藤瀏（人文書院）
『遠景』斎藤史（短歌新聞社）
『定本木下夕爾詩集』（牧羊社）
『定本木下夕爾句集』（牧羊社）

◎参考CD
『音声資料による実録大東亜戦争史』監修・構成・解説　山中恒（日本コロムビア株式会社）
『映画音楽究極の収集　ドイツ映画主題歌集』（JOY　SOUND）

★旧日本海軍の「二式大型飛行艇」は、船の科学館（東京都品川区）に展示されていましたが、二〇〇四年四月に海上自衛隊の「鹿屋《かのや》航空基地史料館」（鹿児島県鹿屋市）に移されました。

時を超えて結ばれる魂

宮部みゆき・北村薫

（「波」二〇〇一年一月号より再録）

待望の第三作

宮部　一読者としてこの作品の完成を待ち焦《こ》がれていました。ただ、これからお読みになる方にあまり内容をしゃべりたくない、ただ味わってほしい、という気がします。
北村　その辺、難しいですよね。特に最後のところは、言わないでほしいですね。
宮部　それに、今日の私は「徹子の部屋」の徹子さんですから（笑）、《時と人》のシリーズについてもいろいろお伺いしたいと思います。『スキップ』から『ターン』を経て『リセット』まで何年ですか。
北村　六年になりますね。
宮部　そうすると、二年に一冊のペースですね。最初から素材が三つあって三作と決めていらっしゃったんですか。
北村　三作とも、骨になるところは最初に全部あったんです。結末についても考えていました。時間の話というのは、前に帰る話がほとんどなので、違うパターンだと、どういうものがあるだろう、と考えたのが発端でした。その形に、語りたい切実な思いが、自然に寄り添って浮かんできました。『スキップ』だと、中年になったときに、もう少し別な人生はなかったのか、と思うことや、『ターン』だったら同じ毎日の繰り返しの中で一体、何を生み出すことができるのだろうか、というような徒労感とか。ただ、どの作品でも、それを書き始めると、材料になりそうなことが出てきたり、出会った人が偶然その話をしてくれたり、ということで、ふくらんでいくんですよね。

宮部　やはり、その作品に向けたアンテナが出ていて、キャッチできるんでしょうね。そうそう、北村さんは去年の夏、原因不明の高熱で入院されて、とっても心配したんですけれど、そのときのご体験もちゃんとこの小説に生かされていますよね。

北村　病院のベッドで横になって、ああ、こういう状況から書き始められるな、と考えていましたね。死ぬかもしれないと思ったときに、やはりいろいろ考えましたから。

宮部　ほんとうにこの小説にふさわしい状況設定だと思います。大変だったけれど、無駄にはならなかったという、作家の業《ごう》みたいなものも感じますね。

柔らかな気持ちで読める

北村　『リセット』は、時の流れということを書いているんですが、作者があまり説明するというのもちょっとね。

宮部　私は三作のなかで、この『リセット』がいちばん好きかもしれません。『スキップ』『ターン』の二作と違うと思ったのは、これまでの二作では、時が、主人公とその人を取り巻く状況に対して非常につらいものなんですよね。私は『スキップ』の設定には、自分が女だということもあって、なんて苛酷《かこく》な話だろうと思ってしまったし、『ターン』もやっぱり切なかった。でも、『リセット』では時がやさしいんです。流れて運んでくれてめぐりめぐってまた戻ってくる。すごく長い時が流れているのに、どうなるんだろうと思いながらも、柔らかな気持ちでずっと読めました。

北村　『スキップ』でちょっとご不満の方は、『リセット』で少し安心してください。

たまたま生まれ落ちた場所

北村　このシリーズは、三作とも、時とどう向かい合うかという話ですが、『スキップ』『ターン』は、単数の問題でした。『リセット』では、複数の問題になっています。人はみな、生まれるときに、その環境を選べない。そういう不条理を含めて、その中で生きていく人間という存在に想《おも》いを致していただければ、と思って書いていました。不条理に対する言葉としての「リセット」なんですね。このシリーズを考えた時から、大分、時間が経《た》ちました。ゲームなどの影響か、「リセット」という言葉が、随分、軽く使われるようになりました。ちょっと具合が悪かったら、ちゃらにしてしまえばいい――という身勝手なイメージですね。そういうことじゃないんです。『ハムレット』の中の有名な台詞《せりふ》に「世界の関節が外れてしまった」というのがあります。――で、実は「リセット」には「骨接《つ》ぎ」という意味もあるんですね。最初から、考えていたわけではないんです。でも、それに気づいた時には、神の手みたいなものを感じました。そういうわけで、この題には、どうすることも出来ないものと向かい合った時の、かくあってほしいという祈りや願いの意味がこめられています。今の日本は本当に豊かで、世界の歴史の中でも珍しい時代にいるわけですけれど、ちょっと生まれる場所が違っていたら、そうはいかないわけですからね。

宮部　そうですね。北村さんや私ぐらいの世代はまだ日本が貧しかった時代を知っていますけれど、いまの二十代の人は日本がアメリカと戦争をしていたことを知らなかったりしますからね。それぐらい感覚が離れている中で、戦時中、日本のあるところで、こういう少女時代、青春時代があって、そのあとに、今の日本があるということを、『リセット』を読みながら、感じてほしいですね。

北村　『リセット』には太平洋戦争末期の神戸の女学生真澄《ますみ》が登場しますが、この作品は歴史的な状況や事実を元にしていても、基本的には、どこの国でも、通じる話だろうし、苛酷な状況に投げ込まれて生きていくということはいつの時代でも、同じだと思うんですよ。

宮部　そうですね。『リセット』を読み返している時に、アルプスのケーブルカーの火災事故*が起きて、中学生が亡《な》くなられて。本当に、世界のどこでも、どの時代でもこういう災禍で命を落とされる方がいるわけで。もう一度、生まれ変わってきてくれるといいな、そうあって欲しいな、と思いました。

北村　当事者のことを考えたら、到底、言葉にならないんですが、やっぱりそういう悲惨な、苛酷な状況に追い込まれた人たちには何とか救われてほしい、という祈りがありますよね。

宮部　いまおっしゃった祈りとか、願いという言葉が強く心に残る作品ですね。

＊二〇〇〇年十一月、オーストリアアルプスで起きたケーブルカー火災事故では、日本人十人（うち中学生五人）を含む計百五十五人が死亡した。

少女のリアリティ

宮部　真澄さんは戦時下の少女ですけれど、その生活は女学生らしい楽しみに充《み》ちていて、お友達の八千代さんの家でのお正月のかるたとりの場面なんか、優雅でステキで……。

北村　その辺りは、書いていると自然に出てきますね。

宮部　不思議ですねえ。北村さんは時々、小さい女の子になって時間を溯《さかのぼ》って、あの辺りで少女時代を過ごしているんじゃないかというふうな気がしちゃうんですよ。

北村　男の子と女の子は遊ばない、とか現代と違う潔癖なところがあって、そう、昔はこうだったんだよ、と今の人に伝えたいというのはありますね。
宮部　とても魅力的な女の子が三人登場しますが、苛酷な時代にそれぞれの生き方をした、真澄さん、八千代さん、優子さん、どの子がお好きですか。
北村　それは難しい質問ですね。八千代さんという人は話のなかではちょっと悪役みたいな感じになるけれど、戦後民主主義を支えたのは、彼女のような人だったわけだし、また友達だったら、すごく頼りになると思いますね。基本的に、いい人、悪い人といえないんですよね。優子さんはやっぱり魅力的な人ですしね。
宮部　もしかしたら優子さんは作家や芸術家になるようなタイプだったかもしれませんね。これだけの時が流れているということで、登場人物が成長するのはもちろんなんですが、人間にはいろいろな面があるっていうことが、時の流れとともによく見えてくる。特に八千代さんの場合はすごくよくそれがわかるんですよ。
北村　書いていて難しかったのは、戦中は事件がたくさんある。だからそれに反応する人の性格や人間の在り方なんかも、割と裸になってみえるんですが、昭和三十年代の小学生の日常というと、ドラマがない分、書きにくいところが多かったですね。
宮部　戦争というものが、あえて括弧付きでいいますが、「大変感動的なドラマ」として始まりますよね。真澄さんはお母さんに「あまり感動して、気持ちが上ずっては駄目よ」と言われています。

北村　そういう雰囲気だったと思うんですよね。その当時の人に聞いても、戦争が始まったからにはやらにゃあいかん、という感じだったという人が結構多いのです。
宮部　当時の感覚というのはそういうものでしょうね。お母さんが真澄さんをたしなめるシーンは、すごく印象的でした。
北村　一つ前の世代だったら、わりと冷静な目で見られるんですよね。でも、当時、高等女学校とか中学生ぐらいだったら、批判的な目は持ちにくいと思いますね。
宮部　それだけに、戦後に日本が変わっていく時に一番戸惑いを感じた世代だとも思います。そういう傷を背負って戦後を生き抜いた女性たちのことを改めて考えさせられました。

知りたいことが向こうからやってくる

宮部　でも、これだけの時代を書いていくためには相当、お調べになったでしょう。
北村　色々と読んだりもしました。「旅の夜風」なんて歌は、戦前も戦後も随分、流行《はや》ったんです。西條八十《さいじょうやそ》の作詞で《ほろほろ鳥》という言葉が出て来る。八十自身は《ほろほろと鳴く鳥》というイメージだったんですね。ところが、たまたまそういう名前の鳥が、現実にいたために、混乱する人がいたんですね。わたしは小学生の時、リバイバルで聞きました。耳に親しい曲なので、これを中に入れたりしましたね。しかし、何といっても、現実にその時代を生きていた方に取材できたことが大きかったですね。
宮部　必要なことが、向こうから飛び込んでくることってありますよね。
北村　この作品では、戦前に中原淳一《じゅんいち》さんが描いた「啄木《たくぼく》かるた」を登場させたんですが、書き終えた頃に河口湖に中原淳一美術館ができて現物を見ることができました。でも「啄木かるた」にしたって現物を見せるわけにはいかない。小説だから文章の範囲で何とか表現できればと。歌にしても「丘を越えて」とか「唯《ただ》一度だけ」とか繰返し出てくるんですが、メロディは出せない。
宮部　私は「丘を越えて」は知っていたから、メロディが聞こえてきました。麦畑のシーンなどは、あの曲を聞きながら書いていたんですか？
北村　「唯一度だけ」を聞きながら。
宮部　これはCDをつけて売ってほしいくらいです。

子のうちに親がいる

宮部　『リセット』を読みながら、北村さんが以前おっしゃっていた言葉を思い出しました。ちょうど体調を崩された後だったか、ご両親が亡くなられてから、自分が身体《からだ》の具合を悪くしたりすると、親に申し訳ないな、と思うって、おっしゃってましたよね。「せっかくもらった身体を傷《いた》めてしまいました」って、とっても切ない気持ちになるって。作中に、「子のうちに親がいる」っていう言葉が出てきて、それを思い出しました。「子のうちに親がいる」、いい言葉ですよね。私、すごく好きです。

北村　そうおっしゃってくださるとうれしいです。

宮部　北村さんがご両親を見送られてお感じになったことが、この『リセット』の中には強く生きていると思いました。この小説は愛し合い、想いを伝えあう男女の物語でもあるんですけれども、一方で、やはり親から子へ、子から子へと伝えられる命の物語なのですね。「我々は死んだりはしない」という印象的な言葉が出てきますが、それは単なる輪廻《りんね》どか生まれ変わりということだけじゃなくて、親から子へ想いが継承されていくことや、次世代の人たちが前の世代のことを忘れないでいる限り私たちは死にはしないんだと、私はそういうふうに読んだし、若い読者の方にもそういうことを感じとって欲しいなと思いました。

北村　具体的には、父母のことがあるし、いまおっしゃっていただいたような、前の世代から、次の世代へ、そしてまた、その次の世代へ、というつながりのようなものを感じて書いていましたね。若いうちよりも年を重ねてくると、そういう想いが強くなるんですよ。

宮部　そのあたりのことが、行間からにじんできます。あんまり言っちゃいけないんだけれど、これぐらいはいいかな。『リセット』はとってもハッピーなお話なんです。読

人《ひと》といふ人《ひと》のこゝろに
一人《ひとり》づゝ囚人《しうじん》がゐて
うめくかなしさ

かの時《とき》に言《い》ひそびれたる
大切《たいせつ》の言葉《ことば》は今《いま》も
胸《むね》にのこれど

潮《しほ》かをる北《きた》の濱邊《はまべ》の
砂山《すなやま》のかの濱薔薇《はまなす》よ
今年《ことし》も咲《さ》けるや

「少女の友」昭和十四年一月号付録の「啄木かるた」
（但し写真は、平成十三年十二月国書刊行会発行の復刻版）

者ひとりひとりの年齢とか、立場とかで、それぞれに違う「じーん」となり方があると思いますね。読者一人一人に、自分の時の流れみたいなことを考えさせるような力のある作品だと思います。
北村　読み終えたときに、ああ時が流れたなあ、と感じてもらえたら、うれしいですね。それが小説のひとつの功徳《くどく》だと思います。すうっと頭の中に時の流れた感じというのが浮かんでくれればいいな、と。

好きな場面、好きな言葉

宮部　とっても好きなシーンがあるんです。昭和三十年代の和彦少年が真澄さんと一緒にいて、事故に遭うところ。真澄さんが、事故の直前、「もしものことがあったら、わたし、あなたのお母さんに合わせる顔がない」っていうところです。
北村　それは、ぜひとも使いたいせりふでした。そのまえに彼女は彼の母親に会っている。だからそういう想いが来るんです。
宮部　なんて気持ちのいいせりふだろう！　と思って。今、語られている恋や愛のなかには、この感覚は少ないと思うんですよ。あなたに何かあったら、あなたのご両親に申し訳ない、という感覚は、薄れていると思うんです。人に恋したり、愛したりする感情が、相手を思いやるということなら、そのなかには必ず親のこともあるはずなのだけれど――。

北村　古いやつなんでしょうけれども。

宮部　「合わせる顔がない」っていう言葉、久しぶりに聞きました。背筋が伸びた、りりしい言葉ですよね。

北村　共感してもらえたらうれしいです。こういう女の人、今もいると思いますが。

宮部　ブルッとするほど、感動しましたね、よくぞ書いてくださいました！

楽しんで書いたさまざまなシーン

宮部　いい作品はみんなそうですけれど、少しずつ自然に材料が集まってきて、あるとき発酵してパーッと、さあ書いて！　というふうになることがありますよね。

北村　これがこうで、あれがああなって、あれも使える、ということになる……。

宮部　あの、セーラー服で、麦畑を走ってくるシーン、あの瞬間だけでも切り取ったように絵になっていて。きっと御自身でも書きたいところだったんでしょうね。

北村　ああなって、最後に獅子座《しし ざ》流星群がでる。そこまで早く行きたいと思って書いていました。『リセット』には、他にも真澄さんと優子さんの橇《そり》すべりとか、飛行艇が飛びたつところとか、書きたい場面がいっぱいありましたから楽しかったですね。

宮部　あの、飛行艇が飛ぶシーン、良かったですね。「紅の豚」を思い浮かべました。

宮崎駿《はやお》さんがアニメ化してくれないかなあなんて思いましたよ。

・父と子の獅子座流星群

宮部　ラストシーンの獅子座の流星群は、すばらしく感動的で、これしかない、というシーンですね。私も物書きですから、こう来たか！と。ところで、この間（二〇〇〇年）の流星群は、ご覧になったのですか。
北村　見ました。
宮部　私は起きられなくて（笑）。『リセット』のなかで見せていただきました。
北村　子どもの頃『愛の一家』という本を読んでいたので、そこに出てくる獅子座の流星群というのが印象に残っていましてね。それと、亡くなった父の若い頃の日記を読んでいたら、昭和七年のところに獅子座流星群を見る、というのが出てきたんですよ。
宮部　お父様も、見ていらしたんですね。
北村「期待の獅子座流星群。夜食にうどんを食べながら見ると、向こうの空に」なんて書いてある。へえっと思って。父が昭和七年に獅子座流星群を見ていて、私が『愛の一家』でその話を読んでて、今度また、それがやって来たなんてことになると、これは話に使わない手はないよな、と。
宮部　ドラマですね！

北村　頭の中で、うん、これは、「リセット」の話だ、というふうになりました。
宮部　何か、このエピソードをお父様から、いただいたようなところがありますね。それこそ、まさに「子のうちに親がいる」というお話ですね。
北村　実は、父の日記がかなりたくさん残っていまして、それをワープロで書き起こしたりしているんです。小説にそういうものを使ったことはなかったんですが、今回、こういう形で生かすことができて、そこから触発されることもあったりして、面白いものですね。
宮部　もう一つの「リセット」ですね。
北村　父は若い頃、「童話」という雑誌に投稿していて、それも残っているんですが、今読むと、いろいろなことを感じますね。
宮部　血ですね。やっぱり血のなかに言葉が流れているんだ。
北村　それはどうなんでしょうね。
宮部　『リセット』という作品にこのエピソードがふさわしいのは、やはりお父様が北村さんのなかに脈々と生きていらっしゃるってことだと思いますしね。
北村　そうありたいですね。
宮部　それでは、和彦少年の日記というのも実際に北村少年の？
北村　そうです。私の日記はほんの少しだけ残っていたんですが、そのまま使いました。

忘れてしまっていることも多くて、「よく書いておいてくれたね」と、当時の自分に礼を言いたいような気持ちでした。

宮部　あの少年もいいですよね。「おばさん」へのほのかな恋心、ぐっときますねえ。あ、このことも、これ以上説明できないんですが……言えない、言えない。きらきら光るパズルのかけらが寄ってくるみたいに書ける作品ってあるんですよね。今回は、そのかけらが何年もかけて集まっていって。

北村　何かほんとうに、こう、いろいろと、自然にきましたね。

宮部　この作品に使ってもらうために、すべてがもう一度現れたような。さて、シリーズ四作め、というのは、もうないのでしょうか。書き終えた、という感じですか。

北村　何か思いつけばね。でも時と人というテーマはずっと考えていくでしょうね。

宮部　また、書いてください！

この作品は二〇〇一年一月新潮社より刊行された。

リセット

新潮文庫　き－17－8

平成十五年七月一日発行
平成二十一年七月三十日四刷

著者　北《きた》村《むら》薫《かおる》

発行者　佐藤隆信

発行所　株式会社　新潮社

郵便番号　一六二―八七一一
東京都新宿区矢来町七一
電話　編集部(〇三)三二六六―五四四〇
読者係(〇三)三二六六―五一一一

価格はカバーに表示してあります。

乱丁・落丁本は、ご面倒ですが小社読者係宛ご送付ください。送料小社負担にてお取替えいたします。

印刷・大日本印刷株式会社　製本・加藤製本株式会社

ISBN978-4-10-137328-7 C0193